KB124597

그림쟁이、루쉰

왕시룽 엮음 김태성 옮김

그림쟁이 루쉰

초판 인쇄 2010년 3월 22일
초판 발행 2010년 3월 29일

엮은이 | 왕시룽
옮긴이 | 김태성

펴낸이 | 이성우
편집주간 | 손일수
본문디자인 | 이수경
마케팅 | 서선교 · 황혜영

펴낸곳 | 도서출판 일빛
등록번호 | 제10-1424호(1990년 4월 6일)
주소 | 121-837 서울시 마포구 서교동 339-4 가나빌딩 2층
전화 | 02)3142-1703~5
팩스 | 02)3142-1706
전자우편 | ilbit@naver.com

값 25,000원
ISBN 978-89-5645-144-2(03820)

차례

이 책을 엮게 된 인연 011

❶ 국화國畵

01 소나무처럼 무성하기를 020

❷ 전각

02 조 024
03 융마서생 026
04 신 027

❸ 평면 디자인

05 불새 030
06 부엉이 032
07 국휘 033
08 북경대학 교휘 037
09 소백상 039

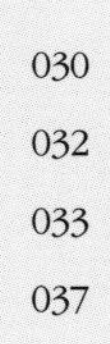

4 선묘

10 해부도 048

11 주동무, 호유항, 여안수 등 3인의 초상 051

12 북망에서 출토된 명기도 (1) 056

13 북망에서 출토된 명기도 (2) 059

14 고군궐도 061

15 진한와당문자 063

16 서삼조호동 21호 건물 설계도 065

17 하문대학 교사도 067

18 하문대학 숙소 평면도 070

19 사유분과 활무상 072

20 조아투강도 076

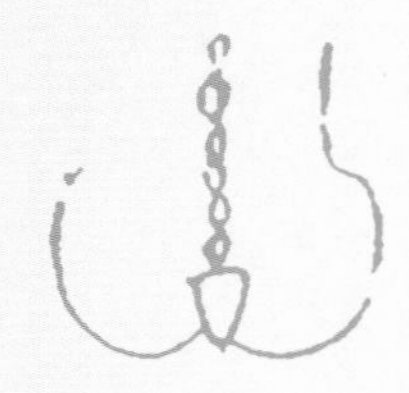

21 노래자가 부모를 즐겁게 하다 079

22 옥력초전 083

23 타안 086

24 정자간 088

25 양진 090

26 압패보 092

27 골패도 095

28 벽사 097

29 미려 099

30 갓끈 101

31 어린 대추 104

32 화창 106

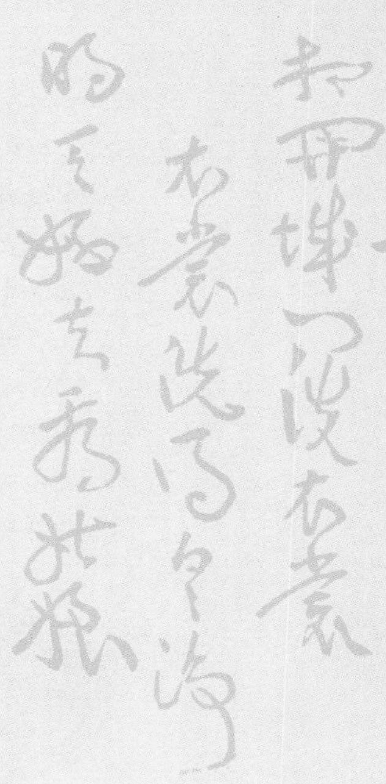

33 금고봉 108
34 두문 110
35 격선 112
36 추엽식 동문 114
37 적독판 116
38 훈툰 튀김 118
39 정향 귀고리 120
40 인중 122
41 판자 124
42 보군지 126
43 장궐니리 128
44 팔단 의복 130
45 청선 132
46 빙당호로 134
47 독일 책에서 발췌한 도안 136

5 책과 잡지 디자인

48 『역외소설집』 표지 142
49 「국학 계간」 표지 146
50 『복숭아빛 구름』 표지 148
51 『답답한 외침』 표지 150
52 『열풍』 표지 153
53 『중국소설사략』 속표지 155
54 「가요기념증간」 표지 158
55 『화개집』 표지 161
56 『화개집 속편』 표지 163
57 『마음의 탐험』 표지 165
58 『무덤』 표지 167
59 『무덤』 속표지 170
60 「분류」 표지 172

61 『이이집』 표지 175
62 『당송전기집』 표지 견본 177
63 『아침 꽃 저녁에 줍다』 속표지 179
64 『작은 요한네스』 표지 182
65 『벽하역총』 표지 184
66 『기검 및 기타』 표지 186
67 『사막에서』 표지 188
68 『입맞춤』 표지 189
69 『리틀 피터』 표지 191
70 『근대 목각 선집』 (1) 193

71 『후키야 코지 화선』 표지 196
72 『근대 목각 선집』 (2) 198
73 『비어즐리 화선』 표지 200
74 『신러시아 화선』 표지 202
75 『근대 미술사조론』 표지 204
76 『예술론』 표지 206
77 「맹아 월간」 표지 208
78 「문예연구」 표지 210
79 『파우스트와 성』 표지 212
80 「전초」 표지 214
81 『고요한 돈강』 표지 217
82 『용감한 야노시』 표지 219
83 『메페르트의 목각 「시멘트」의 그림』 표지 222
84 『훼멸』 표지와 속표지 226
85 『철류』 표지 230
86 「십자로」 제자 232

87『삼한집』 표지 234
88『이심집』 표지 236
89『상해에서의 버나드 쇼』 표지 239
90『한 사람의 수난』 표지 242
91『양지서』 표지 245
92『노신 잡감 선집』 표지 249
93『바른 길을 가지 않는 안드론』 표지 252
94『위자유서』 표지 255
95『해방된 돈키호테』 표지와 속표지 257
96『목각기정』 (1) 표지 260
97『십죽재전보』 속표지 263
98『불삼불사집』 표지 266
99『인옥집』 표지 268
100『남강북조집』 표지 271
101「역문」 표지 274
102『집외집』 표지 277
103『손목시계』 표지 280
104『러시아 동화』 표지 283
105『준풍월담』 표지 285
106『화변 문학』 표지 288
107『차개정 잡문』 표지 291
108『나쁜 아이와 별나고 기이한 소문』 표지 294
109『해상술림』 표지 297
110『죽은 혼령 백도』 표지 300
111『케테 콜비츠 판화 선집』 표지와 속표지 304
112『케테 콜비츠 판화 선집』 광고 308

옮긴이의 글 310

부록 1 노신 연보 313
부록 2 이 책에 언급된 사람들 319

일러두기

1. 번역의 원칙은 원문에 충실한 직역을 위주로 하였다. 하지만 원서의 내용상 흐름이 끊기거나 사건의 개연성이 불분명하여 우리말로 번역했을 때 정확한 이해가 어려운 경우에 한해 의역을 곁들였다.
2. 내용의 이해와 보충 설명을 위해 옮긴이의 주를 비롯해 원서에 없는 '노신 연보' 및 '이 책에 언급된 사람들'을 부록으로 추가했다.
3. 인명이나 지명이 처음 나오는 곳에 한자를 병기해 이해를 도왔으며, 인명의 경우에는 그 사람의 출신 지역을 고려하여 표기했다.
4. 중국어 인명과 지명의 표기는 우리가 한자어를 읽는 발음에 따르는 것을 원칙으로 하되, 1978년 중국의 개혁·개방 이후 우리에게 이미 알려진, 현재 알려지고 있는 인물들은 중국어 발음으로 표기한다. 다만 노신(魯迅)의 경우, 루쉰으로 일반화하여 점점 익숙해지는 경향이 있으므로 독자의 편의를 위해 이 책의 제목에 한해 '루쉰(Lu Xun)'으로 표기한다.

노신은 어려서부터 그림을 매우 좋아했고, 아주 훌륭한 미술 훈련을 받은 경력이 있다. 소년 시절에는 습자지 같은 종이로 된 글씨 연습장인 묘홍지(描紅紙)와 같은 '명공지(明公紙)'에 수상소설(繡像小說)*을 모사하기도 했다. 이에 관해 동생 주작인(周作人)은 이렇게 기억하고 있다.

> 노신은 어려서부터 인물을 즐겨 그렸고, 마당의 낮은 담장에 입이 뾰족하고 닭의 발톱을 가진 뇌공(雷公)을 그리거나 형천지(荊川紙 : 대나무로 만든 얇고 투명한 종이)로 만든 작은 공책에 '사사팔근(射死八斤)' 같은 만화를 그리기도 했다. 이때 그는 그림 그리기의 재미를 알아 이런 수상들을 세밀하게 모사하기 시작했다. 마침 인근 잡화점에 대나무로 만든 종이를 팔았는데, 속칭 '명공지'라 불리는 이 종이는 한 장에 1문(文)이었다. 지금 생각해보니 아마도 모변지(毛邊紙 : 명나라 말 강서성江西省에서 생산된 대나무로 만든 종이로 얇고 부드러움)의 일종으로, 대략 6절 정도의 크기였던 것 같다. 노신은 명공지를 사다가 그 위에 그림을 그렸고, 찬(贊)과 같은 글도 그대로 본떠 썼다 ……
>
> —『노신의 청년 시대』(5) 피난

* 명청 시기 중국 고전 소설의 새로운 간행 양식으로 삽화가 있는 통속 소설

노신은 나중에 남경(南京)에 가서 과학기술을 배울 때 자연스럽게 그림을 접하게 되었고, 일본에 가서는 의학을 전공하면서 해부도를 그리게 되었다. 이러한 미술 훈련은 그의 회화 실력을 크게 향상시켜 주었다. 이 시기 이후 적지 않은 그림을 남기게 되었는데, 이 점은 대부분의 사람들이 잘 알고 있는 바이다. 그러나 노신의 서예 작품은 『수고전집(手稿全集)』이나 『시고(詩稿)』 같은 간행물에 수록되어 전해지고 있지만, 미술 작품들은 이런 기회를 얻지 못했다. 그래서 사람들은 노신의 미술 작품이 책으로 엮기에는 그 수량이 너무 적다고 생각하기도 한다. 하지만 필자가 노신을 연구하는 과정에서 발견한 그의 미술 작품은 그 수량이 적지 않았고, 이것들을 적극적으로 수집해 정리해보니, 뜻밖에도 무려 100여 점이 넘었다. 이에 필자는 노신의 대표적인 작품들을 정선하여 애호가들에게 보여주려 하는 것이다.

노신의 미술 작품은 크게 다음 몇 가지로 분류할 수 있다.

첫째는 국화(國畵)인데, 그 작품 수가 그리 많지 않아 현재 단 한 점만이 전해지고 있다. 하지만 다른 작품들이 존재할 가능성도 배제할 수 없다. 몇 년 전에도 필자는 노신이 그린 그림으로 추정되는 국화 작품을 발견한 적이 있으나 끝내 확인할 수는 없었다.

둘째는 전각(篆刻)이다. 전해지는 기록에 따르면 노신은 젊은 시절에 세

개의 인장을 새겨 사용했다고 전해지는데 애석하게도 남아 있는 것은 하나뿐이고, 그것도 인감이다. 삼미서옥(三味書屋) 탁자 위에 새긴 '조(早)' 자는 엄격한 의미에서 전각이라 하기 어렵다. 현재 남아 있는 원장(原章)은 하나뿐이지만 진귀한 작품이라 할 수 있다.

셋째는 평면 디자인이다. 이 범주에 포함시킬 수 있는 작품은 주로 약간의 휘표(徽標)와 평면도이다. 노신의 휘표 디자인은 공력이 깊은 전문 디자인으로 뛰어난 예술적 수준을 자랑하고 있다. 이에 비해 평면도는 비교적 초보적인 작품이라 할 수 있다. 엄격히 말해서 이러한 평면도들은 진정한 의미의 '디자인'이나 '창작'이라 하기 어렵고, '초벌 그림'이나 '구상도' 정도로 규정할 수 있다. 이는 노신이 편지를 포함한 여러 형태의 글에서 설명을 보다 잘 하기 위해 그려 넣은 것으로, 즉흥적인 작품이라고 하는 것이 옳을 것이다. 이런 작품들이 대단히 뛰어난 수준이라고 말할 수는 없지만, 그 가운데 적지 않은 작품들이 노신의 가공되지 않은 예술적 자질을 나타내기에 충분한 것들이고 생각한다. 일부 '정통적인' 미술 작품이나 평면 디자인, 책의 장정 디자인 등은 따로 책과 잡지 부분으로 분류했기 때문에 여기서는 언급하지 않기로 한다.

넷째는 선묘(線描) 부문으로, 노신의 전체 미술 작품 가운데 하나의 분기를 이루는 매우 중요한 분야이다. 가장 대표적인 작품으로는 노신이 인쇄된 기존의 그림에 근거하여 새롭게 창작한 활무상(活無常)의 형상을 들 수 있다. 주작인은 노신이 활무상의 다른 모습을 그린 적이 없다고 이야기하고 있지만, 공정하게 말해서 노신의 활무상 그림은 대단히 뛰어난 작품이라 할 수 있다. 또 한 부문의 그림은 노신이 마쓰다 쇼(增田涉)의 질문에 대답하면서 사물의 형상을 설명하기 위해 손 가는 대로 그린 선묘화(嬋描畵)인데, 간단하긴 하지만 생동감이 넘치고 나름대로 정취가 넘친다. 이외에 노신이 고금을 막론하고 국내외에서 발간된 책에서 모사한 그림들도 있다. 이 그림들에 대해 평론가들은 예술적 가치가 비교적 낮다고 이야기하고 있지만, 반대로 일부 예술가들은 예술적 가치가 아주 높은 그림들이라고 이야기하기도 한다. 이런 그림들을 모사하기는 어렵지 않지만, 어느 정도의 효과를 내는 것은 그리 쉽지 않다는 것이 그 이유이다. 세밀한 부분을 첨가하기 위해서는 상당한 회화 실력이 필요하고, 운필(運筆)의 훈련을 받지 못해 일정한 소양을 갖추지 못한 사람의 경우에는 선을 그렇게 부드럽고 시원하게 그릴 수 없기 때문이라는 것이다. 문외한인 필자로서도 노신의 숙련된 필치를 확인할 수 있었고, 그림에 담긴 분위기를 체감할 수 있었다.

다섯째는 책과 잡지의 디자인 부문이다. 이 부문은 아주 잘 정리되어 있어 표지와 속표지의 두 가지 형태로 구분할 수 있는데, 실제로 이들 표지에 담긴 정황은 대단히 복잡하다. 표지 가운데 일부는 노신이 독창적으로 창작한 것으로 「가요기념증간(歌謠紀念增刊)」의 표지처럼 상당히 전문적이고 훌륭한 수준을 나타내고 있는 것들도 있다. 그러나 여러 가지의 잡문집들처럼 지나치게 단순한 형태를 보이는 것도 있다. 그 이유는 제작 원가를 고려한 결과이기도 하겠지만, 잡문집의 표지가 지나치게 화려한 것이 적절치 않다고 생각한 때문이기도 하다. 또한 완전히 노신 한 사람의 독창적인 디자인이 아니라 다른 사람들과의 합작으로 이루어진 작품도 있다. 예컨대 『역외소설집(域外小說集)』의 경우 표지의 제자(題字)는 진사증(陳師曾)의 작품이기 때문에 일종의 합작이라 할 수 있다. 『무덤(墳)』의 경우는 더욱 흥미롭다. 표지의 그림은 도원경(陶元慶)이 그린 것이 분명하지만 전체적인 디자인을 구상한 것은 노신이다. 이때 도원경은 노신의 구상을 무시하고 무덤과 관이 들어간 표지 그림을 그렸는데, 노신은 이것을 마음에 들어하면서 나중에 직접 작은 그림을 한 점 더 그려 속표지에 끼워넣었다. 사실 이것은 상당한 인내심과 관용을 필요로 하는 행위임에도 불구하고 노신이 이런 태도를 보인 것은 매우 드문 일이다. 그런 점에서 필자는 노신이 이 책의 표지에 대해 애초에 가졌던 디자인적 구상을 의심하기도 했다. 노신이 그린 작은 그림은 죽음과 두려움의 이미지를 배제하면서 시신의 '매장'과 '그리움'이라는 두 가지 개념을 표현하기에 아주 적합한 매우 훌륭한 창작이었다. 일부 표지는 정보의 부족으로 확실히 단정하기가 쉽지 않지만, 추측컨대 다른 사람들과 합작한 그림은 그리 많지 않은 것 같다. 표지 디자인은 노신의 미술 작품 가운데 아주 비중이 큰 부문으로서 실제로 작품을 본 사람도 적지 않다. 그러나 여기서는 지면의 제한으로 대표적인 작품만을 선별하여 싣기로 했다.

이러한 노신 미술 작품의 새로운 '발견'과 간행을 통해서 독자들에게 감상과 함께 미술 창작에 대한 노신의 공적을 확인할 수 있는 자리가 되기를 기대하며, 그에 덧붙여 연구자들의 지속적인 관심과 발견을 기대한다. 노신이 세상에 남긴 미술 작품은 필자가 찾아낸 것보다 훨씬 더 많을 것이다. 하지만 지금으로서는 진일보한 발굴을 기대할 뿐이다.

한 가지 꼭 설명하고 넘어가야 할 것은 노신의 손에서 나온 작품이라고 확신을 하면서도 이 책에 수록하지 못한 작품이 있다는 사실이다. 여기에는 두 가지 상황이 존재한다.

첫 번째는 노트 필기에 삽입되어 있는 그림이다. 사실 「해부학 필기」는 모두 여섯 권이 있고, 그 가운데는 100여 점의 그림이 있는데 비교적 수량이 많고, '미술'이라는 의미에서의 '그림'과는 거리가 있기 때문에 여기에서는 그 일부만 수록하여 노신의 그림 실력만 보여주고자 했다. 두 번째는 그가 남경에서 공부할 때의 일인데, 「개방(開方)」, 「팔선(八線)」, 「수학입문(水學入門)」 같은 과목의 필기에 삽입된 그림 초본들이다. 이 그림들은 노신이 일본에서 수학할 당시 해부학 과목의 노트 필기에 삽입한 그림과 같은 부류에 속하고, 일부 해부학 그림이 이미 수록되었기 때문에 다시 첨가하지는 않았다.

그 밖에도 사람들에게 잘 알려지지 않은 한 가지 부류가 더 있다. 그것은 노신이 직접 설계한 건물들로 지금까지 그대로 보존되고 있는 것들이다. 특별한 의미와 정취를 지닌 작품들임에도 불구하고 이것들 역시 수록하지 않았다. 그 이유는 아주 간단하다. 건물의 실물만 있을 뿐 노신의 설계 원고가 없기 때문이다. 이는 노신이 일본에서 귀국하여 소흥(紹興)으로 돌아온 직후에 사촌 동생인 여신농(酈辛農)의 가족을 위해 직접 설계한 집의 경우인데, 초보적인 기록과 이런 사실을 증명할 길이 없음에도 불구하고 친구들의 기억과 이 건물이 일본 풍격의 특수한 조형과 기능을 갖추고 있다는 사실에 근거하여 노신이 설계한 것으로 추정할 수 있다. 하지만 이 책은 노신이 손수 쓴 글씨나 그린 그림을 선별해 수록하는 것을 원칙으로 했기 때문에 대단히 의미 있는 건물임에도 불구하고 누락시키는 수밖에 없었다. 여기에 이런 사실을 밝혀 독자들께 참고 사항으로 남겨두고자 한다.

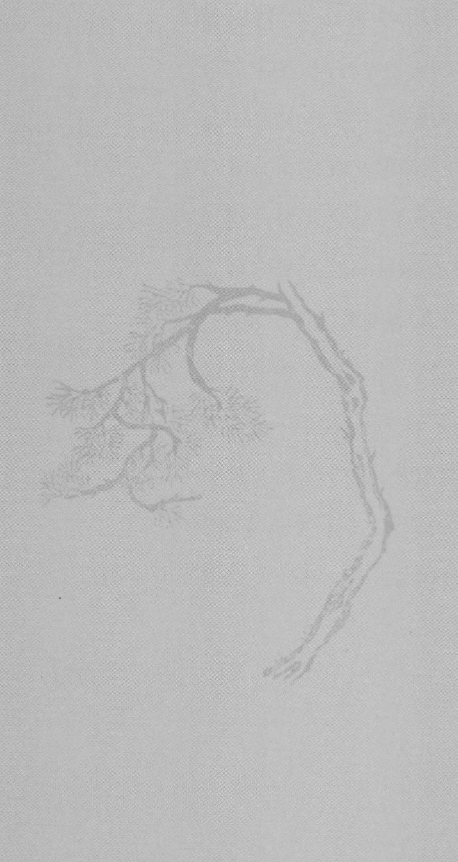

1

국화國畫

01

소나무처럼 무성하기를

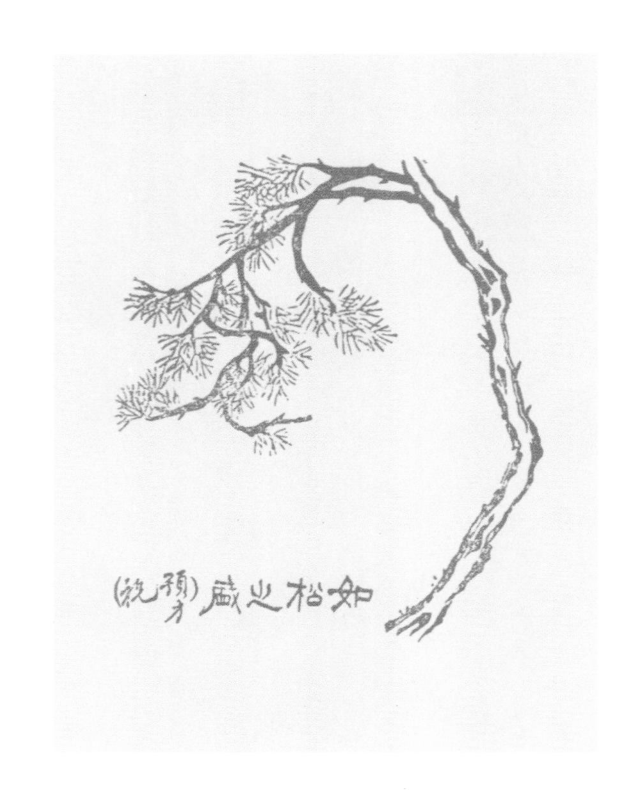

魯迅自述 천각의 출판 자유를 삼가 축하함. 북경에서 주수인(周樹人).

— 소흥 「천각보(天覺報)」 1912년 11월 1일 창간호에 처음 게재

관련 기록 송림(宋琳) : 일간지 「월탁(越鐸)」(1912년 소흥에서 창간된 일간지로 1927년 정간됨)은 이미 누군가에게 매수되어 모 당의 기관지가 되면서 더 이상 예전

의 기개를 찾아볼 수 없게 되었다. 이에 나는 따로 「천각보」를 창간함으로써 사회 사업을 고취하고, 사회 교육의 발전을 도모하고자 한다! 그뿐 아니라 공화 정신을 다시 회복하고 전면 자치를 시행하기 위해 우리 계산(稽山) 일대 13개 향에 자치회를 설립하였다. 그러나 이 자치회들은 쟁반 위에 흩어진 모래알같이 헛되이 형식만 갖추고 있는 형편이라서 사회적으로 아무런 기능도 발휘하지 못하고 있다. 이는 오히려 자치의 앞길에 장애가 되는 실정이다. 그래서 각 향동(鄕董)들과 상의하여 13향 자치연합회를 조직하여 이를 계산공회(稽山公會)라 명명하고, 「천각보」를 통해 자치에 관한 지식을 제공하여 자치의 정신을 제창하고자 한다. 이로써 우리 계산 일대를 체계적으로 결합하고자 하니, 지금부터가 시작이다. ―「20년만에 고개를 돌림(二十年來之回首)」*

해설 1911년 신해혁명 당시 노신은 고향 소흥(紹興)의 소흥부중학당(紹興府中學堂)에 재직하면서 학생들을 조직하여 혁명을 지지했다. 1912년 2월 노신은 소흥을 떠나 남경(南京) 임시정부 교육부에서 일을 하다가 같은 해 5월에는 교육부를 따라 북경으로 오게 되었다. 같은 해 10월, 소흥부중학당 시절 노신의 학생이었던 송림 등이 「천각보」를 창간하면서 노신에게 축사를 부탁했다. 이에 노신은 「천각보」의 창간을 축하하는 이 그림을 그려 전보로 띄워 축사를 대신하면서 '여송지성 ― 예재축(如松之盛 ― 豫才祝 : 소나무처럼 무성하기를 ― 미리 축하함)'이라는 제자(題字)를 덧붙였다. 이 그림과 전문은 「천각보」 창간호에 게재되었다. 이 그림은 지금까지 남아 있는 노신의 보기 드문 수묵화 작품이다.

* 회수(回首) : 머리를 돌린다는 뜻으로, 뱃머리를 돌려 진로를 바꾼다는 말.

2

전각

02 조

魯迅自述 나는 왜 집안에서 날 서숙(書塾)에, 그것도 도시 전체에서 가장 엄하기로 이름난 서숙에 집어넣었는지 알지 못했다. 문을 나서 동쪽으로 가다 보면 반 리가 채 못 되는 곳에서 돌다리를 하나 지나게 된다. 이곳이 바로 우리 선생님께서 사시는 곳이다. 검은 페인트칠을 한 대나무 대문을 열고 들어가면 세 번째 방이 바로 서재였다. 서재 한가운데는 '삼미서옥(三味書屋)'이라고 쓴 편액(扁額)이 하나 걸려 있고, 편액 밑에는 그림이 한 점 걸려 있다. 아주 비대한 매화사슴 한 마리가 고목 아래 엎드려 있는 광경이다.

— 「백초원(百草園)에서 삼미서옥까지」

관련 기록 수수린(壽洙隣) : 노신의 책상은 처음에 남쪽 벽 밑에 놓여 있었다. 벽쪽이라 약간 어두운데다 문틈으로 바람까지 새어 들어오자, 이를 핑계로

서북쪽 창가의 밝은 곳으로 자리를 옮기게 되었다. 사실 노신은 소설을 비롯하여 잡다한 책을 즐겨 읽었다. 그는 서랍에 이런 책들을 감춰두고 읽곤 했는데, 어두운 곳이 책 읽기에 불편하여 핑계를 만들어 밝은 곳으로 옮기고자 했던 것이다. —「나도 노신에 관한 얘기를 해본다」

해설 노신은 어려서부터 독학으로 배운 미술 실력을 기초로 전각(篆刻)에 손을 댄 바 있다. 이 글자는 노신이 '삼미서옥'에 있는 자신의 책상 위에 새긴 것이다. 기록에 따르면 당시 노신의 부친이 와병 중이라 부친의 처방전을 받기 위해 이른 아침에 수시로 외출을 해야 했고 그러다 보니 지각이 잦아 여러 차례 사숙 선생님인 수경오(壽鏡吾)로부터 꾸지람을 들었다. 그래서 그는 책상 위에 '조(早)' 자를 새겨 다시는 지각하지 않겠다는 각오를 다졌다고 한다. 이 '조' 자는 소흥 삼미서옥의 당시 노신이 사용했던 책상에 아직도 그 흔적이 남아 있다.

03 융마서생

관련 기록 주작인(周作人) : 남경학당에 다닐 때 노신은 별호를 사용하기 시작했다. 그는 직접 돌에 '융마서생(戎馬書生)'이라는 글자를 새겨 자신의 인장으로 삼았다.

—「노신의 청년 시대」

해설 노신은 일찍이 어린 시절부터 당숙 주근후(周芹侯)가 새겨준 '지유매화시지기(只有梅花是知己 : 매화만이 지기이다)', '녹삼야옥(綠杉野屋 : 초록 삼나무 늘어진 시골 집)' 등의 인장을 갖고 있었고, 노신 본인도 즐겨 전각을 배우곤 했다. 주작인과 주건인(周建人)의 기록에 따르면 노신은 남경에서 공부할 때부터 즐겨 인장을 새겼고, '융마서생' 외에도 '문장오아(文章誤我 : 글이 나를 망친다)', '알검생(戛劍生)' 등의 글귀를 새긴 인장 두 과(顆)가 더 있었다 하는데, 지금은 전하지 않는다.

04
신

관련 기록 전군도(錢君匋) : 노신의 아내 허광평(許廣平)은 초서로 새긴 '신(迅)' 자 인장을 국가에 헌납하면서 이것이 노신이 생전에 직접 새긴 것이라고 분명하게 설명한 바 있다. 이는 지금까지 보존되고 있는 노신이 손수 새긴 유일한 인장으로, 매우 진귀한 물건이다. —『노신유인(魯迅遺印)』 서문

해설 이 인장은 돌로 만든 것으로, 크기는 가로 11mm, 세로 20mm, 높이 35mm이며, 현재 북경의 노신박물관에 소장되어 있다. 이 인장의 각자(刻字) 필법이 노신이 즐겨 사용하던 행초(行草)인 것으로 미루어 노신이 직접 새긴 것임을 알 수 있다. 전각 기법도 매우 부드럽고 성숙되어 있어, 그 공력을 가늠하기에 충분하다. 하지만 이 인장이 날인된 문서는 아직 발견되지 않았다.

3

평면 디자인

05
불새

관련 기록 이 그림은 노신이 1911년경 자신이 직접 엮은 식물표본책 안에 그려 넣은 것이다.

해설 노신은 1909년에 일본에서 돌아와 항주(杭州)의 절강양급사범학당(浙江兩級師範學堂)에서 화학과 생리학 교사로 재직하면서 일본인 교사들의 식물학 과목의 통역을 맡기도 했다. 수업이 없을 때면 그는 종종 학생들을 데리고 보숙산(保俶山) 등지를 돌아다니며 식물표본을 채집하곤 했다. 1910년 소흥으로 돌아온 뒤에도 소흥부중학당에서 교사로 재직하면서 자주 식

물표본을 채집하여 책으로 엮었다. 책 표지에는 이 '불새' 외에 '부엉이' 그림도 있다.

이 그림과 관련하여 어떤 사람은 불새가 아니라 꿀벌을 그린 것이라고 주장하기도 한다. 그림이 식물표본책에 수록되어 있는 만큼 꿀벌과 더 관련이 있을 거라는 견해이다. 하지만 그 형상이나 비상하는 모습이 가볍고 생동감이 넘쳐 사람들로 하여금 봉황 등 뭇 새들의 왕이라 할 수 있는 뛰어난 영물의 형상을 연상하게 한다. 그래서 거의 '불새'로 해석고 있는 것이다.

06 부엉이

관련 기록 이 그림은 노신이 대략 1911년경 자신이 직접 엮은 식물표본책 안에 그려 넣은 것이다.

해설 노신은 독특한 심미적 기호와 취향을 지니고 있었다. 예컨대 그는 부엉이를 몹시 좋아했는데, 사실 부엉이는 모든 사람들이 싫어하는 불길한 새이다. 그렇다면 그가 이처럼 불길한 새를 좋아한 이유는 무엇일까? 암흑의 시대에 부엉이는 암흑에 대한 저주를 상징한다. 저주받아야 할 그 시대의 불길한 소리에 관심을 가졌다는 것은 시대를 변화시키고자 하는 노신의 호소를 암시한다. 이 부엉이 그림은 필법이 간결하면서도 생동감 넘치는 형상을 하고 있어, 장식적 효과가 매우 뛰어나다.

07 국휘

魯迅自述 전도손(錢稻孫), 허수상(許壽裳) 등과 함께 국휘(國徽)를 만들어 교육 총장에게 전했다. 십이장(十二章) 1매, 기감(旗鑒) 1매, 정간장(井簡章) 2매 등 총 4매였다.

— 『노신 일기』(1912년 8월 28일)

「국무원에 보내는 국휘 제작 설명서」

삼가 살펴보건대 서양의 국가들은 국휘를 사용한 지 아주 오랩니다. 그 발단은 제각기 다르지만 각 나라에 널리 퍼져 있습니다. 옛날 그리스의 병사들은 방패를 들고 전쟁에 임하면서 자신들이 좋아하는 사물을 방패에 그려 넣어 적군과 구별했습니다. 로마 시대에도 이런 전통은 그대로 계승되었고, 십자군전쟁이 일어나자 각국의 병사와 지휘관들은 적군과 서로 뒤섞여 피아를 구분하지 못할 것을 염려하여 대장의 방패에 그려진 표지(標識)를 표식으로 삼았습니다. 이것이 점차 발전하여 한 가문에서 사용되다가 한 민족에게서 사용되기 시작했고, 결국에는 한 국가에서 사용되기 시작했습니다. 식물에 싹이 트는 형상을 이름과 연관하여 개인을 나타내기도 하고, 혹은 십자가를 그려 종교를 나타내기도 했습니다. 국휘 역시 역사적 사실에 의거하기 때문에 십자가를 사용하는 경우가 비교적 많고, 방패 모양이나 휘날리는 깃발, 면류관 등의 장식을 사용하기도 했습니다. 새로 건립된 나라라 해도 먼저 국휘부터 제정하는데, 모든 나라가 일정한 테두리를 벗어나지 못하는 것은 문헌의 한계 때문일 것입니다.

이제 중화민국은 가화(嘉禾 : 이삭이 많이 달린 큰 벼)를 국휘로 정했습니다. 그 도안이 매우 단순하긴 하지만 이를 보완할 상징물들을 더한다면 지나치게 소박한 점을 걱정할 필요는 없을 것이며, 다른 국휘와 비교해도 결코 손색이 없을 것입니다. 단지 역사의 특수성 때문에 유럽인들이 흔히 사용하는 사물을 우리의 국휘에 사용하는 것은 곤란합니다. 우리는 마땅히 과거의 역사에 근거하여 새로운 도안을 만듦으로써 그 토대를 튼튼히 해야 할 것입니다. 이에 여러 전적(典籍)들을 고찰하고 옛것을 조사한 결과 용(龍)만한 것이 없었습니다. 그러나 용은 그리기도 쉽지 않고, 옆으로 배치하기에도 불편하여 차선책을 생각한 끝에 십이장(十二章 : 고대 중국의 황제 의복에 붙였던 열두 가지 문양)을 선택하게 되었습니다. 이는 멀리 『상서(尙書)』에서 그 연원을 찾을 수 있습니다. 십이장과 관련하여 한나라 시대 이후로 경서를 말하는 사람들은 일월성신(日月星辰)은 그 비춤을 취한 것이고, 산(山)은 그 진중함을 취한 것이며, 용은 그 변화를 취한 것이고, 화충(華蟲 : 꿩)은 그 화려함을 취한 것이며, 종이(宗彝)는 그 효성스러움을 취한 것이고, 조(藻 : 수초水草)는 그 정결함을 취한 것이며, 불은 그 밝음을 취한 것이고, 분미(粉米 : 쌀가루)는 그 양생을 취한 것이며, 보(黼 : 흰 실과 검은 실로 도끼 모양의 문양을 수놓은 것)는 그 자르는 힘을 취한 것이고, 불(黻 : 두 개의 궁弓자가 서로 등을 대고 있는 모양의 수)은 그 변별력을 취한 것이라 했습니다. 이로써 최상의 미덕을 두루 갖춘 셈이지요. 우리는 이러한 주장에 따라 그 조화로운 바를 적절히 섞고 배합함으로써, 중화민국의 휘식(徽識)을 만들었습니다.

국휘를 그리는 방법에 있어서는 가화를 맨 가운데 배치하여 중심으로 삼았습니다. 가화의 형상은 한나라 시대의 「오서도(五瑞圖)」 석각에서 취했습니다. 간(干 : 방패)이기 때문에 순(盾 : 방패)의 형태를 취했고, 간 뒤에는 보가 있습니다. 그 위에는 양쪽으로 분미가 그려져 있습니다. 보 위에는 해가 있고, 아래에는 산이 있습니다. 산을 실제 형태로 그리면 배치할 공간이 없기 때문에 전문(篆文)으로 대체하고, 그 틈을 불로 메웠습니다. 보의 좌우에는 용과 화충이 있어 제각기 종이를 받치고 있습니다. 용은 불로 자신의 몸을 장식하고 있고, 달은 그 뿔이 됩니다. 화충은 부리에 조를 물고 있고, 머리에 별자리를 메고 있습니다. 이러한 조합은 모든 법도와 조화를 추구하고 있어 국휘의 면모를 두루 갖추고 있습니다. 따로 이삭이 다섯 개인 가화로 간휘(簡徽)한 매를 제작했는데, 간(簡)을 번잡하게 수 놓지 않아 수시로 사용할 수 있게 했습니다. 또한 곡선식 쌍수 가화로 만든 간휘는 전지(箋紙)에 사용하기 위한 것입니다. 그림을 더욱 정교하게 하고 별도로 색채를 가미한다면 그 형상을 더욱 아름답게 할 수 있고, 중화민국의 덕을 더욱 빛낼 수 있으며, 천하에 널리 시행할 수 있을 것입니다.

—「교육부 편찬처 월간」 제1권 제1책에 처음 수록되어 있음

관련 기록 전도손 : 총통부에서 국휘를 제정하기로 하자 진임중(陳任中)이 이런 뜻을 전하면서 나와 노신, 허수상에게 공동으로 제작하게 했다. 사실 우리 세 사람은 모두 문외한이었지만, 초안을 내가 담당하고 국휘에 대한 설명을 노신이 쓰기로 했다. 도안은 썩 좋지는 않았지만 글은 아주 훌륭했다. 육조문(六朝文)으로 쓴 이 글은 교육부에 있는 사람들은 절대로 쓸 수 없는 글이라 모두들 탄복해 마지않았다.

— 1961년 5월 17일~19일 노신박물관 직원들과의 대화에서

해설 1912년 4월, 중화민국 임시정부가 북경으로 소재지를 옮겨 새로운 정부 체제를 건립하기 시작했다. 6월에 오색기(五色旗)를 국기로 공포한 데 이어, 국휘의 디자인도 준비하기 시작했다. 교육부에 소속된 사회교육사가 사회 교육을 담당하고, 전문교육사가 미술 교육의 책무를 담당했기 때문에 교육부가 자연스럽게 국휘의 디자인 업무를 맡게 되었다. 이 작업은 참사(參事)인 진임중에게 전달되어 사회교육사 주수인(노신)과 전도손, 전문교육사 허수상 등이 맡게 되었다. 당시 교육부 총장은 범원렴(范源濂)이었다. 노신의 기록에 따르면 이들이 디자인한 도안은 총 네 장이었다. 하지만 공포되어 지금까지 남아 있는 것은 이 한 장뿐이다. 노신은 이 국휘를 시험 주조했던 견본도 한 장 보관하고 있었다.

전도손이 나중에 밝힌 바에 의하면, 이 국휘는 한동안 각국에 주재하는 대사관에서는 물론이고 각종 외교 문서와 증서, 그리고 지폐에 두루 사용되었다 한다.

08 북경대학 교휘

魯迅自述 채(蔡) 선생에게 북경대학 교휘(校徽) 도안을 보냈다.

— 『노신 일기』 (1917년 8월 7일)

관련 기록 상혜(常惠) : 당시 북경대학 총장이었던 채원배(蔡元培) 선생은 노신 선생이 미술에 조예가 깊다는 것을 알게 된 후 대단히 존경하고 부러워했다. 그래서 북경대학의 학생 교휘와 교기의 디자인을 노신 선생에게 일임했다.

— 『노신 선생을 추억하며』

해설 1916년 12월부터 채원배가 북경대학 총장직을 맡게 되었다. 그 이듬해에 채원배는 노신에게 교휘의 디자인을 부탁했다. 이에 노신은 8월 7일에 작업을 끝낸 교휘 디자인을 채원배에게 보냈고, 그것은 곧 채택되어 사용되기 시작했다. 그러나 그 뒤로 오랫동안 사용하지 않다가 1980년대부터 다시 사용하기 시작했다. 현재 사용 중인 북경대학 교휘는 당시 노신이 디자인했던 것을 바탕으로 약간 수정하여 제작한 것이다.

노신이 디자인한 북경대학 교휘는 전서체(篆書體)로 쓴 '북대(北大)' 두 글자를 하나의 원형으로 구성함으로써, 원형 교장(校章)을 제작하는 데 편리하게 했다. 절묘하게도 아랫부분의 '대(大)'자는 한 사람, 윗부분의 '북(北)'자는 두 사람의 형상을 하고 있기 때문에 '세 사람이 무리를 이루는(三人成衆)' 이미지를 형성하고 있다. 또한 한 사람이 두 사람을 업고 있는 듯한 형상을 하고 있기 때문에 이 도안을 통해 사람들은 '북경대학이 무거운 책임을 지고' 있다는 상상을 하게 된다. 예술적인 면에서도 이 교휘는 도안이 간결하면서도 기개가 넘치고, 선이 부드러우면서도 상당히 풍부하고 안정되어 있다. 문자를 구성해 디자인하는 도안은 교휘 디자인에서 자주 사용하는 기법이다. 그러나 뛰어난 디자이너는 문자를 구성하는 데 그치지 않고, 이를 통해 교휘의 함의까지 드러낼 수 있는 도안을 만들어낸다. 노신이 디자인한 이 교휘야말로 이런 경지에 이르렀다고 할 수 있다.

09
소백상

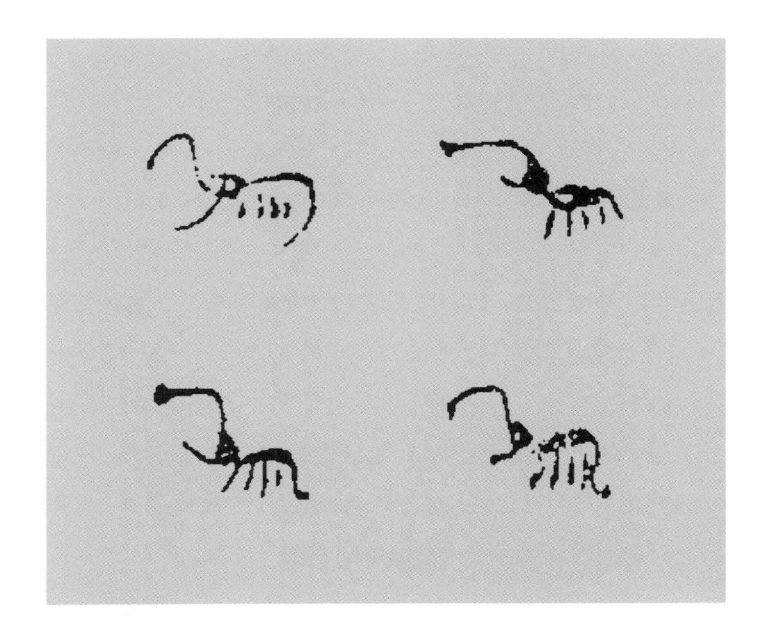

魯迅自述 인간은 코끼리를 본받아야 한다. 첫째, 코끼리는 피부가 두껍고 피를 잘 흘리지 않으며, 가벼운 자극에는 좀체 긴장하지 않기 때문이다. 둘째, 우리 인간들도 코끼리처럼 천천히, 그러나 강인하게 앞으로 걸어 나아가야 하기 때문이다. —『유석 일기(柔石日記)』(1929년 10월 14일)에서

남북이 통일되었다는 소문이 전해지자 우리에 관한 이야기가 갑자기 이곳에 떠들썩하게 퍼지기 시작했소. 연구자들도 아주 많았지만, 모두들 아는 바가 정확하지 않았소. 오전에 영제(令弟 : 남의 아우를 높여 이르는 말)가 한 이

야기를 들려주었소. 한두 달 전에 어떤 부인이 모친께 자신의 꿈 이야기를 했다고 하오. 그녀의 꿈에 내가 한 아이를 데리고 돌아왔고, 이 때문에 자신은 몹시 화가 났다는 것이었소. …… 나는 소백상(小白象)의 일을 영제에게 알려주었소. 영제는 이를 전혀 이상하게 여기지 않았으며, 오히려 이미 예상했던 일이라고 말했소. 오전에 모친께 이런 사실을 알리며 8월 중에 우리가 소백상을 갖게 될 것이라고 말씀드렸소. 어머니와 영제 모두 몹시 기뻐했소. …… 하지만 소백상의 출현이 세상에서는 당연한 일로 받아들여질 것이오.

허나 나는 소백상이 이 집에서 왔다 갔다 하는 것을 원치 않소. 이곳은 소백상을 양육할 수 있을 만큼 그리 넓은 숲이 아니기 때문이오. 북평(北平 : 북경)이 아직 황폐해지지 않았으니 살기에 적합할 것 같소. 하지만 소백상을 위해서는 따로 적절한 거처를 마련해야 할 것 같소.

— 『양지서(兩地書)』 117 수고

관련 기록 허광평 : 임어당(林語堂) 선생은 어느 글에서 노신 선생이 중국에서는 대단히 귀한 존재이기 때문에 이를 높이는 의미에서 '백상(白象)'이라고 부른다고 이야기했다. 코끼리는 대부분 회색인데, 흰 코끼리를 만나면 국가의 보물로 여기게 된다는 것이다. 나도 이 전고(典故)를 빌어 그를 '소백상'이고 부른 적이 있다. 『양지서』에서 외국어로 호칭한 것 가운데 하나가 그것이다. 이때 노신은 이 호칭을 해영(海嬰)에게 선물하여, 그 아이를 '소홍상(小紅象)'이라 불렀다. …… 밤 12시가 되면 그는 꼭 2층으로 올라가 두 시간 동안 아이를 보았다. …… 그는 피곤해지면 이를 푸는 방법이 있었는데, 해영이를 두 팔에 안고 작은 방의 입구에서 창문까지 왔다 갔다 하면서 평평측측

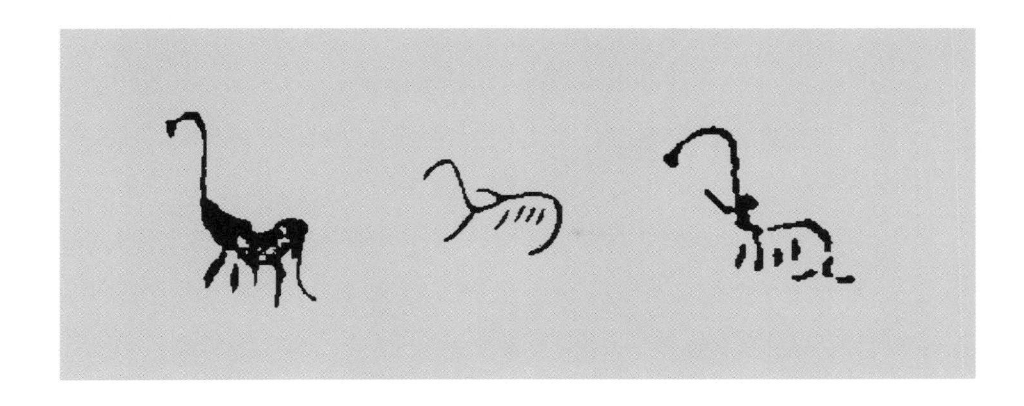

평평측(平平仄仄 平平仄)의 시가를 읊조리는 것이었다.

소홍, 소상, 소홍상(小紅, 小象, 小紅象)

소상, 소홍, 소상홍(小象, 小紅, 小象紅)

소상, 소홍, 소홍상(小象, 小紅, 小紅象)

소홍, 소상, 소홍홍(小紅, 小象, 小紅紅)

—「기쁘고 위안이 되는 기념(欣慰的紀念)」

임어당 : 그곳(하문厦門)은 사방이 중국인들의 공동묘지로 결코 '신성한 들판(Camμo Santo : 이탈리아의 공공 장례지)'이 아니다. 그저 작은 산언덕일 뿐이다. 산 위에는 토분 몇 기와 지나가는 사람들을 향해 입을 크게 벌리고 있는 무덤용 구덩이들이 여기저기 흩어져 있다. 평범한 공동묘지인 이곳은 거지들과 북방에서 온 병사들의 부패한 시신들이 덮개조차 없이 널브러져 있어

악취가 고약하다. 헌데, 어찌 이런 곳에서 지식계의 공기를 느낄 수 있겠는가? 노신은 실제 이런 곳에서 (사람들을 걱정하게 만드는 작은) 백상이 되어 있다. 이는 경건한 예의를 표한 것이라기보다는 골칫거리를 만든 셈이다. — 「노신」

장석금(蔣錫金) : 1939년부터 1941년 사이에 나는 상해에 있으면서 허광평 선생에게 'EL'과 'ELEF'가 함축하고 있는 의미에 대해 물은 적이 있다. 그녀의 대답은 앞에 인용한 내용과 크게 다르지 않았다. 다른 점이 있다면, 당시 그녀가 임어당 선생이 북경에 있을 때 그에게 이런 칭호를 선사했다고 이야기했다는 점이다. 나는 과연 그렇다면 이 칭호가 좋은 뜻인지 나쁜 뜻인지 구분할 수 없겠다는 생각이 들었다. 임어당 선생은 영어를 공부한 사람이고, 영어에서 말하는 '백상(a white elephant)'은 또 다른 의미를 갖고 있기 때문이다. 영어에서 '백상'은 '얻기 어려우나 내치기도 쉽지 않은 아주 큰 부담'이라는 비유적 의미를 갖는다. 여기에는 한 가지 전고가 있다. 전하는 바에 따르면 태국이나 미얀마에서는 흰 코끼리를 발견하면 이를 대단히 진귀한 동물로 여겨, 반드시 국왕에게 헌상해야 하고 국왕은 마음에 차지 않는 대신에게 종종 왕실의 흰 코끼리를 사육하는 일을 시켰다 한다. 이 일을 맡은 사람은 코끼리를 여위게 해서도 안 되고, 굶어 죽게 해서도 안 된다. 코끼리는 식사량이 많기 때문에 이런 일을 맡은 대신은 정신적으로나 육체적으로 큰 곤혹감과 피로를 느꼈다. 당시 나는 이런 전고를 허광평 선생에게 이야기해 주지 않았다. 그녀는 이 호칭을 아주 좋은 뜻으로 이해하고 있었기 때문에 이야기해 주지 않는 것이 차라리 낫다고 생각한 것이다.

— 「'EL'과 'ELEF'는 노신의 필명인가?」

해설 바로 앞에 수록된 임어당의 글을 읽으면 그가 사용하고 있는 영어 'elephant'에 '얻기 어렵지만 내치기도 쉽지 않은 아주 큰 부담'이라는 함의가 있다는 것을 알 수 있다. 1926년 임어당의 적극적인 요청으로 노신은 하문대학에서 교편을 잡게 되었다. 하지만 노신은 그곳에 가서 현지 관련 기관으로부터 얻기는 어렵지만 일단 얻은 다음에는 뿌리치기 힘든 큰 부담을 떠안고, 차가운 도서관에 갇혀 일을 하게 되었다. 그래서 임어당은 속으로 몹시 괴로워하며 이렇게 썼다. "노신이 하문에서 …… 얻은 결과는 그가 할 수 있는 한 충실히 했을 것이다. 하지만 자신도 모르는 사이에 좋은 친구들이자 그를 공경하고 사랑하는 사람들에게 속았던 것인지도 모른다."

그러므로 노신과 허광평은 '백상'이라는 이 칭호의 의미를 몰랐던 것이 아니라 단지 그 의미를 반대로 사용했던 것뿐이다. 즉 당신들은 내가 뿌리칠 수 없는 큰 부담이라고 생각하는가? 그렇다면 나는 기꺼이 그런 부담이 되어 당신들을 아주 불편하게 해주고 말겠다! 이는 암흑에 대한 그들의 멸시를 분명하게 드러낸 것이었다. 나중에 허광평은 당시의 상황을 잊고, 그 전반부의 '백상은 진귀하다'는 뜻만 기억하고 있었던 것이다. 만약 노신이 그 당시

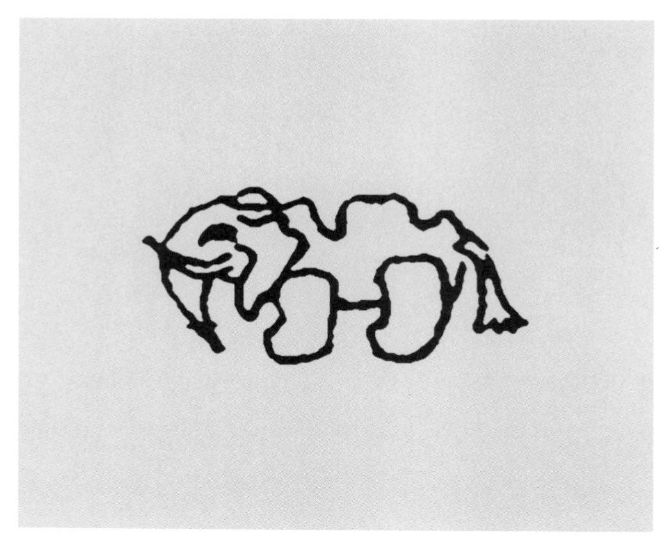

작고 흰 코끼리(허광평 작)

에 '백상은 진귀하다'는 말의 함의를 기억하고 있었다면, 어떻게 자신을 '백상'이라 부르고, 해영을 '소홍상(小紅象 : 작고 붉은 코끼리)'이라 부를 수 있었으며, 자신이 직접 편곡한 노래에 '홍상가(紅象歌)'라는 제목을 붙였겠는가?

여기에 소개된 코끼리 몇 마리는 모두 '검은 코끼리(黑象)'를 그린 것이다. 그중에서 허광평이 그린 것만이 흰 코끼리인데, 아무리 봐도 물소를 닮았지 '큰 코끼리' 같아 보이진 않는다.

관련 기록 허광평 : 당신의 코는 당신이 그린 것처럼 그렇게 치켜 올라가 있지 않아요. 오히려 아래로 처져 있지요. — 『양지서』 124 수고

노신 : 물론이오. 편지를 읽어보니 고슴도치가 아주 귀여운 것 같구려. …… 하지만 내 코가 아래로 처졌다는 말은 너무 전제주의적인 관점이라는 혐의를 면치 못할 것 같소. 때때로 내 코를 고슴도치가 아래로 잡아당기긴 하지만, 항상 그렇게 고무줄 같은 건 아니라오. —『양지서』 125 수고

저녁 무렵 미명사(未名社)에 가서 한담을 나누다가 연경대학 학생들이 제가 강의를 할 수 있도록 운동을 벌이고 있다는 사실을 알게 되었어요. …… 제가 이를 사양하는 것은 교원이 되고 싶지 않아서가 아니에요. 그것은 제가 하문에 있을 때 장홍지(長虹之)가 들려줬던 소문 때문이기도 하고, 당신이 지금 상해에 있어 '소백상'의 일을 걱정하고 있는 터라 비밀로 하고 말하지 않는 것이 바람직하다고 생각했기 때문이에요. —『양지서』 126 수고

…… 비파나무의 효력은 아주 크고, 나도 비파나무를 좋아해요. 그래서 '소백상'께서 먼저 비파 그림이 있는 종이를 고르신 것은 제게 비파를 먹으라고 보내준 것이나 마찬가지에요. —『양지서』 127 수고

해설 앞에 언급된 몇 마디 말은 노신과 허광평의 편지 중에서 두 사람 모두가 '백상'으로 노신을 지칭하고 있었음을 보여준다. 때때로 허광평은 노신을 '소백상'으로 부르기도 했다. 하지만 노신이 '소백상'이라고 표현한 것은 장차 세상에 나올 아들 해영이였다.

4

선묘

10 해부도

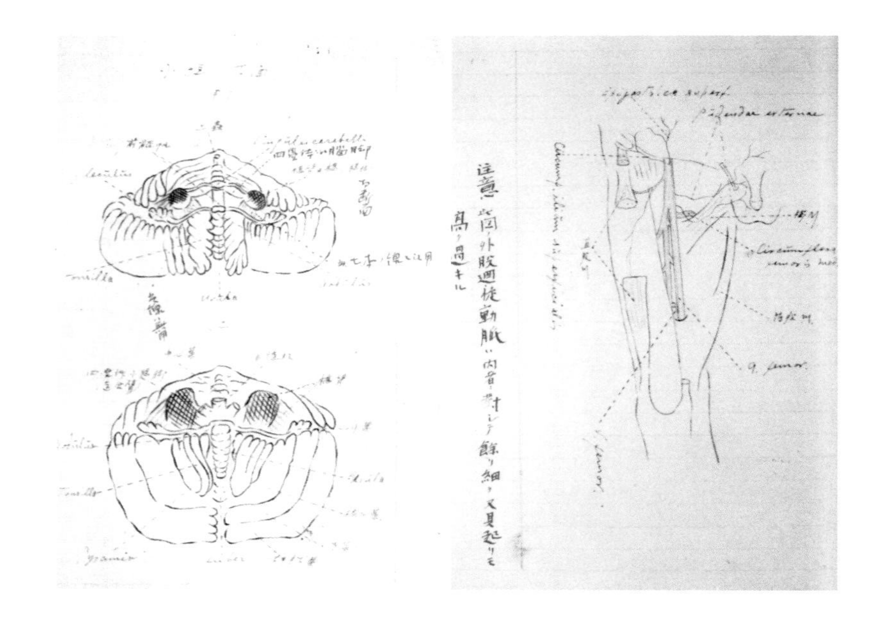

魯迅自述 애석하게도 당시 나는 공부를 그다지 열심히 하지 않았고, 제멋대로 생활할 때가 많았다. 한번은 후지노(藤野) 선생이 나를 연구실로 부르시더니, 내가 강의 시간에 그린 그림들을 펼쳐보이셨다. 그것은 하비(下臂 : 아래팔뚝)의 혈관을 그린 그림이었다. 선생은 그 그림을 가리키며 조용히 말씀하셨다. “보게, 자네는 혈관의 위치를 약간 옮겨 놓았네. 물론 이렇게 그리는 것이 보기에는 좋을 수 있겠지. 하지만 해부도는 미술이 아니네. 실물이 어떻든 간에 마음대로 바꿔선 안 된단 말일세. 이번에는 내가 고쳐줄 테니 다음부터는 칠판에 그려진 대로 그리도록 하게.” 하지만 나는 그 말에 수

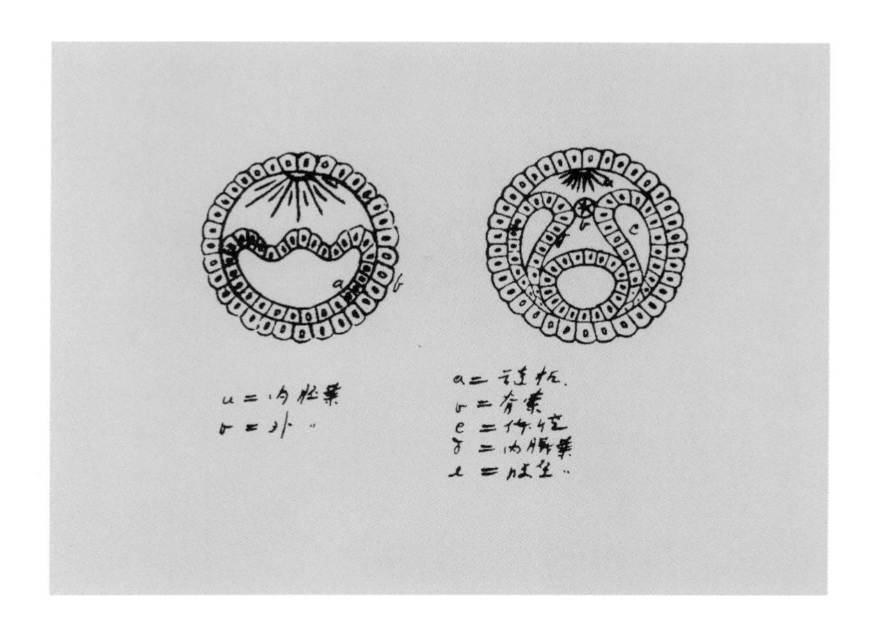

긍할 수 없었다. 입으로는 그러겠다고 대답했지만, 속으로는 이렇게 생각했다. '역시 제가 그린 그림이 낫군요. 물론 실제 형태는 머릿속에 다 기억하고 있습니다.'

— 『아침 꽃 저녁에 줍다』 「후지노 선생」

해설 일본 센다이(仙臺) 의학전문학교의 중국인 유학생인 주수인은 강사 후지노 곤쿠로(藤野嚴九郞)가 담당하는 해부학 강의를 듣고, 자신의 해부학 노트에 이런 해부도를 그렸다. 현재까지 남아 있는 이 노트의 기록을 통해 당시 후지노 선생이 지적한 부분은 '하비'가 아니라 하지(下肢 : 궁둥이에서 발에 이르는 부분)였음을 알 수 있다. 이는 노신이 잘못 기록한 것이다. 후지노 선생

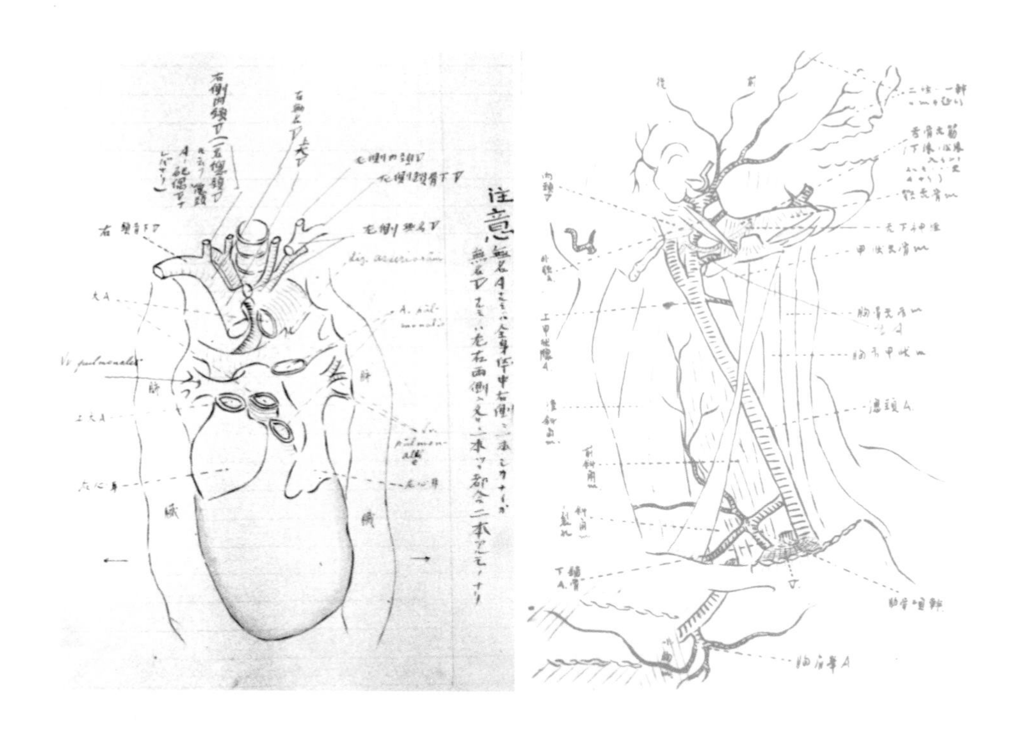

이 말했던 것처럼 해부도는 미술이 아니다. 하지만 노신은 해부도를 미술로 대했다. 미술에 대한 노신의 생각과 공력을 반영하는 대목이라 할 수 있다.

일본 도호쿠대학(東北大學)의 한 연구자는 당시 노신이 그린 해부도가 후지노 선생이 칠판에 그린 그림을 근거로 그린 것이 아니라 수업이 끝난 후에 학과 내용을 확실히 하기 위해 교과서를 보고 그린 것이라고 지적한 바 있다. 결국 모든 학생들의 노트에 그려진 그림은 제각기 달랐다는 것이다. 이 책에서는 비교적 대표적이라고 할 만한 해부도만을 선별하여 수록한다.

11 주동무, 호유항, 여안수 등 3인의 초상

魯迅自述

밤에 「어월삼불후도(於越三不朽圖)」에서 빠진 그림 세 장을 보완하여 그렸다. ─『노신 일기』(1912년 6월 6일)

밤에 「어월삼불후도찬(於越三不朽圖贊)」에서 빠진 그림 세 장을 보완하여 그리고, 셋째 동생에게 찬(贊)과 발(跋)을 쓰게 했다.

─『노신 일기』(1913년 7월 10일)

유리창에 가서 …… 진씨(陳氏) 중각본(重刻本) 「월중삼불후도찬(越中三不朽圖贊)」 한 권을 5각(角)에 샀다. 한 권을 더 사서 부본으로 삼거나 다른 사람에게 주기로 했다.

─『노신 일기』(1914년 2월 1일)

저녁에 계시(季市)가 왔기에 「삼불후도찬」 한 권을 선물로 주었다.

─『노신 일기』(1914년 2월 2일)

오후에 담은로(蟫隱廬)에 가서 「명월중삼불후도찬(明越中三不朽圖贊)」 한 권을 1원 3각에 샀다. ─『노신 일기』(1935년 11월 21일)

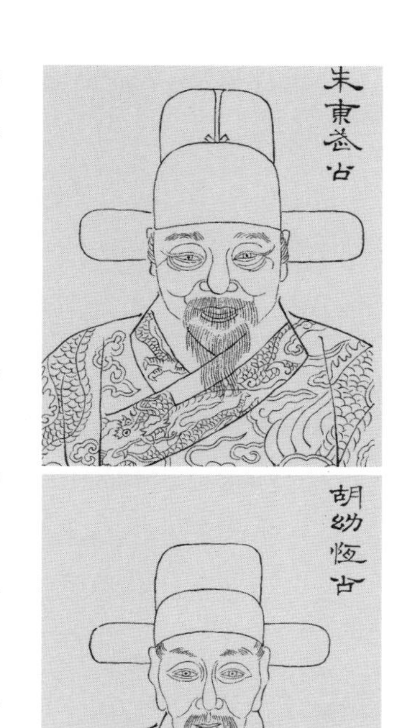

• 선묘

「어월유명삼불후도찬(於越有明三不朽圖贊)」

고검노인(古劍老人)의 생질 진중모(陳仲謀)가 초각.

건륭(乾隆) 을묘년, 고촌(皐邨) 여(余)씨가 중각.

가경(嘉慶) 경진년, 송산(松山) 주(朱)씨가 보각(補刻).

광서(光緖) 무자년, 산음(山陰) 진(陳)씨가 중각.

진씨본 서(序)는 다음과 같다.

고검노인 원서(原序), 허경인(許景仁) 서, 진중모 서, 여훤(余烜) 서, 주문연(朱文然) 발(跋), 진면(陳綿) 서, 부정건(傅鼎乾) 발. 가장본(家藏本)에는 그림 네 장이 빠져 있어, 오늘 진중모본에 의거하여 보완했다.

—「'어월유명삼불후도찬'을 보완하여 그림」, 『노신연구자료』 제16집에 수록

관련 기록 주작인 : 노신은 어려서부터 인물을 즐겨 그렸고, 마당의 낮은 담장에 입이 뾰족하고 닭의 발톱을 가진 뇌공을 그리거나 형천지로 만든 작은 공책에 '사사팔근' 같은 만화를 그리기도 했다. 이때 그는 그림 그리기의 재미를 알아 이러한 수상들을 세밀하게 모사하기 시작했다. 마침 인근 잡화점에 대나무로 만든 종이를 팔았는데, 속칭 '명공지'라 불리는 이 종이는 한 장에 1문이었다. 지금 생각해보니 그것은 모변지의 일종으로, 대략 6절 정도의 크기였던 것 같다. 노신은 명공지를 사다가 그 위에 그림을 그렸고, 찬과 같은 글자도 그대로 본떠 썼다. —『노신의 청년 시대』(5) 피난

주작인 : 일부 구본은 구입할 방법이 없어 빌려서 봐야 했다. 그냥 보는 것만으로는 충분치 않다고 생각하여 직접 손으로 베끼기로 했다. …… 앞에서

잊고 밝히지 않은 얘기지만, 원래 집에서 보관해 오던 책에는 임위장(任渭長 : 1820~1864, 화가)이 그린 「어월선현상전(於越先賢像傳)」과 「검협전도(劍俠傳圖)」 누락되어 있었다. 어렸을 때도 이 그림들이 운치가 있다고 생각하여 매우 좋아했다.

— 『노신의 청년 시대』 (6)새 책을 사다

노신의 초록

* 주동무(朱東武), 청개(淸介 : 청렴하고 공정하며 강직함) : 주동무는 자가 윤중(允中)으로, 문의공(文懿公)의 부친이다. 어려서 부친을 잃고 효성으로 모친을 섬겼다. 관직에 올라서는 재산을 전부 동생에게 물려주었다. 관직에서 물러나서는 고향으로 돌아와 옛 친구인 진해초(陳海樵), 심청하(沈靑霞) 등과 어울려 시와 술로 세월을 보내면서 세상일에는 일체 관여하지 않았다. 계산(稽山)에서 강학(講學)했으며, 심속(沈束), 고학(高鶴) 등이 그의 제자들이다. 그의 일생이 도정절(陶靖節 : 도연명陶淵明)과 유사하다.

찬(贊)에는 이렇게 쓰여 있다.

"그가 효성스럽고 친구들에게 신의를 다한 것은 그 성정에서 우러나온 것이다. 영(令)이나 목(牧) 같은 낮은 벼슬을 전전하면서도 청렴하기만 했다. 명성과 이익을 좇지 않았고, 병사를 잘 훈련시켰으며, 백성의 삶을 풍요롭게 해주었다. 이에 많은 사람들이 부모를 칭송하듯 그의 정신을 기렸다. 벼슬을 그만둔 뒤에는 국화와 소나무를 벗삼아 지냈다. 계산에서 강학하자 많은 학생들이 그를 따랐다. 그 고아한 풍격은 정절 선생이 다시 태어난 듯했다. 관직도 같고 세상을 산 세월도 같았으며, 덕성과 명망도 같았다. 글방에 틀어박혀 소박한 삶을 살았으니, 그 명성이 천 년까지 이어질 것이다."

* 호유항(胡紉恒), 성덕(盛德) : 호유항은 산음(山陰) 사람이다. 박학하고 지조가 있어 관직을 얻었으나 벼슬길에 나아가지 않았다. 베풀기를 좋아해 흉년이 들 때마다 곡식 수백 석을 내다 사람들에게 나눠주었고, 세밑이면 저축해둔 가산을 풀어 가난한 사람들을 도왔다. 상을 펴서 손자들을 가르칠 때면, "가난하면 뜻을 세우고, 부유하면 남을 구제해야 한다. 지금 내가 의로운 재산 백여 무(畝)를 갖고 있으니, 너희들도 이런 내 뜻을 따라야 한다"라고 깨우쳤다. 지금까지 백여 년이 흐르는 동안 수많은 마을 사람들이 그에 의지하여 살고 있다.

찬에는 이렇게 쓰여 있다.

"태악(太岳)의 후예로서 독실하고 선한 사람이다. 성정이 온화하고 우아하며, 질박함을 품고 있다. 수많은 책을 읽어 박학다식하며, 오경(五經)에 통달했다. 부유함을 질그릇처럼 여겼고, 백성들을 두루 구제했다. 절개를 굳게 지켰고, 상황이 여의치 않을 때도 인(仁)을 숭상했다. 지금까지도 사람들은 그의 의로움을 칭송하고 있다."

* 여안수(余岸修), 은둔(隱遁) : 여안수는 제기(諸暨) 사람이다. 품성이 남다르고 학식이 뛰어났다. 숭정(崇禎 : 1628~1644) 연간에 남궁(南宮)에 등용되어 흥화부(興化府) 사리(司李)로 제수되었으나 명을 따르기도 전에 틈왕(闖王) 이자성(李自成)이 도성을 함락하자, 초야에 묻혀 있다 귀향했다. 부친의 병이 위중해지자 3년을 한결같이 병상을 지켰다. 말년에는 작은 집에 은거하며 10년간 집밖을 나가지 않았고, 결국 우울증으로 세상을 떠나고 말았다.

찬에는 이렇게 쓰여 있다.

"훌륭하다 여안수여, 성품과 학문 탁월하구나. 일찌감치 과거에 급제하여 이름을 날려 복건(福建) 지방으로 파견되었으나 도중에 먼 길 되돌아오고 말았네. 부친의 병환으로 3년을 근심하다 작은 집에 몸 눕힌 채 깨끗한 몸으로 삶을 마쳤네. 초췌하게 여윈 몸으로 우울하게 세상을 떠났으나 지조를 다하는 기풍과 굳센 의지는 영원히 기억되리라. 성현들의 책을 두루 읽었으니, 마음으로 지킨 바 거스르지 않았네."

해설 노신은 지극히 굳건한 애국·애향의 정서를 지니고 있었고, 고향 선현들에 관한 자료를 수집하는 데에도 열정적인 태도를 보였다. 만년에는 "회계(會稽)는 원수를 갚고 설욕한 땅이지, 오욕을 감추고 수치를 받아들이는 땅이 아니다"라고 말하기도 했다. 「명어월삼불후명현도찬(月於越三不朽名賢圖贊)」은 명나라 시대 장대(張岱)의 작품으로, 명나라 시대 소흥 일대 선현들의 화상(畵像)과 일생에 대한 기록 및 평가를 기술한 책이다. '삼불후'란 '입덕(立德)과 입언(立言), 입공(立功)'에 있어 선현들의 업적을 의미한다. 노신에게는 가장본(家藏本) 「어월삼불후도찬」이 있었으나 거기에는 빠진 부분이 있었다. 1912년 6월 노신은 교육부를 따라 북경으로 온 지 얼마 되지 않아 사람들로부터 이 책을 빌려 그 가운데 주동무, 호유항, 여안수 세 사람의 화상을 보완하여 그리고, 찬(贊)을 써서 가장본의 부족함을 보완했다. 1923년 7월 10일에 노신은 고향에 머무는 동안 또 다시 그림을 보완하는 한편, 셋째 동생 주건인에게 부탁하여 찬(贊)과 발(跋)을 각각 한 항목씩 쓰게 했다. 1914년 2월 1일 노신은 이 책을 두 권 더 구입하여 다음날 허수상에게 한 권을 선물로 주었다. 1935년 11월에는 상해에서 다시 한 권을 구입했는데, 현재 노신의 장서에 포함되어 있는 것은 이 책 세 권뿐이다.

12 북망에서 출토된 명기도 (1)

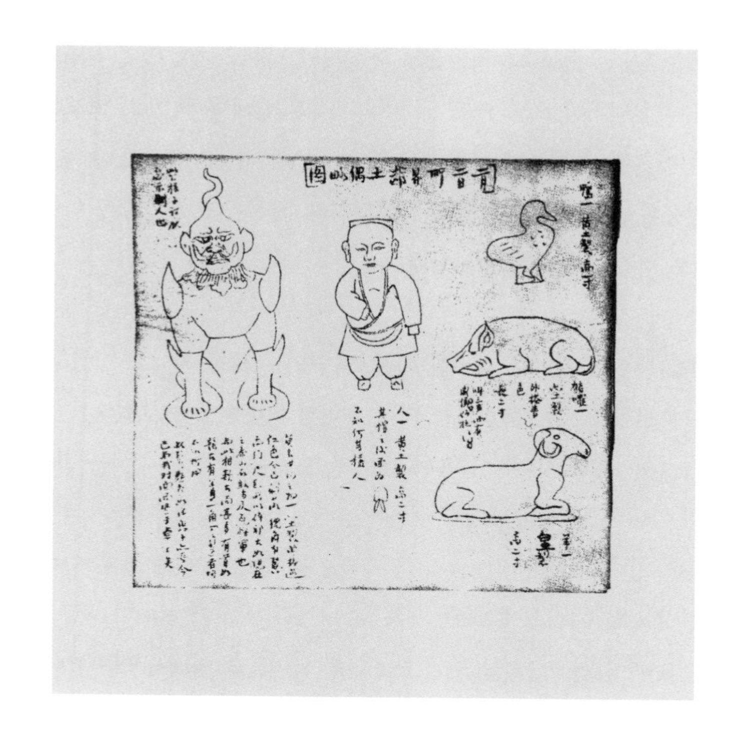

魯迅自述

오후에 허계상(許季上)이 왔기에 함께 유려창(留黎廠)에 머물며 책을 보았다. …… 북망(北邙)에서 출토된 명기(明器) 다섯 점도 샀다. 다 합쳐 은자 6원이 들었다. 기물은 각각 인물 한 점, 돼지 한 점, 양 한 점, 집오리 한 점, 그리고 사람 얼굴을 한 짐승 한 점이다. 이 짐승을 머리에 뿔이 하나 나 있고 날개도 달려 있는데, 그 이름은 알 수가 없다.

— 『노신 일기』(1913년 2월 2일)

2월 2일에 구입한 북망산 토우(土偶)에 대한 기록

오리 : 황토로 만들어졌으며 높이는 1촌(寸 : 손가락 하나 굵기) 정도 된다.

돼지 호각 : 역시 황토로 만들어졌으며 표면에는 청색 도료가 칠해져 있고, 길이는 2촌 정도 된다. 세 가지 소리를 낼 수 있는데, 위엄이 있고 절묘하다.

양 : 백토로 만들었으며, 높이는 2촌 정도 된다.

인물 : 황토로 만들었으며, 높이는 2촌 정도 된다. 모자 뒷면이 둥근 탁자 모양으로 되어 있는데, 어떤 유형의 인물을 빚은 것인지 알 수가 없다.

아주 이상하게 생긴 짐승 : 역시 황토로 만들었으며, 붉은색을 칠했던 것 같은데 지금은 다 벗겨져 남아있지 않다. 뿔이 하나 있고 날개도 있으며, 높이는 약 1척(尺) 정도 된다. 벽사(辟邪 : 요귀를 물리침)를 위한 기물로 보이는데, 지금의 태산(泰山) 석감당(石敢當 : 벽사에 사용된 돌비석)이나 와장군(瓦將軍 : 도자기로 만든 장군상으로 용마루나 기와에 새겼으며, 역시 벽사에 사용됨)과 유사하다. 이와 유사한 기물은 아주 많아 용의 머리를 한 것도 있고, 수염은 없지만 뿔이 하나 달린 양도 있었는데, 모두 어떤 용도에 쓰였는지 알 수가 없다. 서양 귀신처럼 꼬리 날개가 있는 것 역시 기이하다. 지금 나와 얼굴을 마주하고 탁자 위에 앉아 있다. 이 물건은 모양이 흉측해 다른 사람들에게 보여주지 않는 것이 좋을 것 같다. — 노신 친필 수고에서 발췌

해설 '유려창'은 유리창(琉璃廠 : 북경 화평문和平門 근처에 있는 상가로 문방사우와 모조 골동품을 주로 판다. '留黎廠'과 '琉璃廠'은 중국어 발음이 같음)으로 골동품이나 책을 주로 팔던 북경의 시장이다. 노신은 북경에 거주하는 동안 청나라

시대 이후 발전하기 시작한 이 시장을 자주 찾아 책과 골동품을 사곤 했다. 북망은 하남성 서부 농해철로(隴海鐵路) 북쪽에 있는 북망산을 말한다. 이곳에는 고대 제왕들의 분묘가 많아 문물이 많이 출토된다. 명기(明器)는 '명기(冥器)', 즉 부장품을 말하는데 실제로 고대 분묘에서 출토되는 문물들이다. 이 가운데 '이상야릇한 물건'은 진묘수(鎭墓獸)를 가리킨다. 이 문물들은 현재 모두 북경의 노신박물관에 소장되어 있다. 원래의 문물들과 비교해 보면 노신의 소묘 실력이 상당한 수준이었음을 알 수 있다. 조형이 매우 정확하고, 선이 간결하면서도 부드러우며, 형상에도 생동감이 넘친다. 단지 인물의 비례가 다소 맞지 않을 뿐이다. 현존하는 이와 유사한 토우와 비교해 볼 때 원래의 기물은 형태가 조금 긴 편이다. 이에 비해 노신이 그린 그림 속 인물은 키가 작고 뚱뚱한데, 어쩌면 다른 물건일 수도 있다.

13 북망에서 출토된 명기도(2)

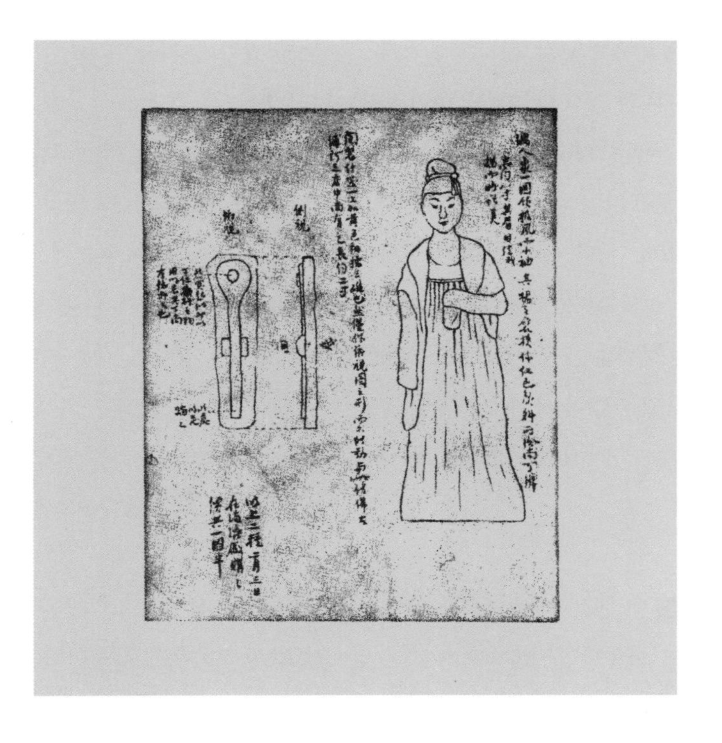

魯迅自述

오후에 계시, 계상 등과 함께 유려창에 가서 명기 두 점을 더 샀다. 여자 입상 한 점과 방망이 한 점을 사는데, 1원 50전이 들었다.

— 『노신 일기』 (1913년 2월 3일)

우인상(偶人像 : 흙이나 나무로 만든 인형) : 옷깃이 둥근 피풍(披風 : 옛날 부녀자들이 입던 외투로 망토와 유사함)을 입고 있으나 소매가 짧다. 치마의 '벽적(襞積 :

주름)'은 붉은색 물감으로 그려 쉽게 구분할 수 있다. 높이는 약 8촌 정도이고 눈썹은 내가 약간 다듬었을 뿐인데, 한결 나았다.

도제집기(陶製什器) : 표면에 황색 유약을 발랐는데, 일설에는 그것을 '대(碓 : 방망이)'라고 한다. 그러나 위에서 내려다 본 모습만 그릴 수 있고 움직일 수는 없다. 이와 유사한 물건이 부아삼(傅阿三)의 가게에도 있는데, 길이가 약 2촌 정도 된다. 그림에서 튀어나온 부분은 도저(搗杵 : 곡식 따위를 찧는 절굿공이)를 장착하는 부분으로, 그 밑에는 항상 도저가 있다는 것을 의미한다. 이곳을 발로 밟아 곡식을 빻는다.

이상 두 가지 물건을 2월 3일 유리창에서 구입했다. 가격은 모두 1원 50전이다.

— 노신 친필 수고에서 발췌

해설 노신은 이틀 연속 유리창에 가서 명기를 사다가 그 형상을 그렸는데, 이는 매우 드문 일이다. 이것은 당시에 그가 교육부에서 주관하는 박물관 사업을 담당하게 된 것과 연관이 있는지도 모른다. 이로써 노신의 소묘 실력을 다시 한번 드러내는 기회가 되긴 했지만, 그는 자신이 그린 그림에 대해 만족하지 못했던 것 같다. 확실히 여자 입상의 소묘는 실물과 흡사하다. '벽적'이란 의상의 주름을 말한다. '대(碓)'는 곡식을 빻을 때 사용하는 도구로, 머리 부분에 '구(臼 : 절구)'가 있고 중간에 튀어나온 부분이 있으며, 그 위에 나무 막대, 즉 '도저'가 장착되어 있다. 반대편에서 나무 막대를 밟으면 곡식을 빻을 수 있다.

14 고군궐도

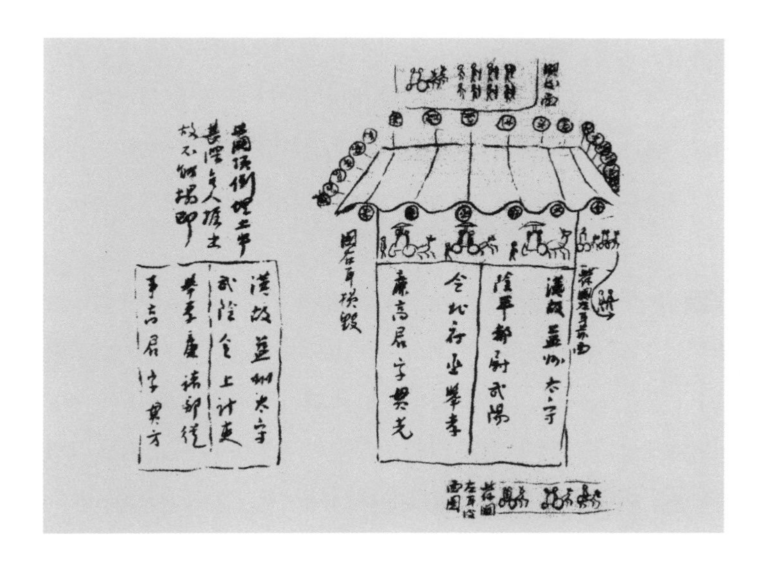

魯迅自述 계속해서 한나라 시대의 석화상(石畵像) 한 상자를 사들였다. 처음에는 완전한 것이든 부분적으로 파손된 것이든, 가리지 않고 전부 인쇄하여 그림 목록처럼 분류했다. 1)마애(磨崖), 2)궐(闕)·문(門), 3)석실(石室)·당(堂), 4)기타(이 부류가 가장 많다). 그러나 재료가 완전하지 못하고, 인쇄 작업이 너무 많아 점차 중지하게 되었다.

— 『대정농(臺靜農)에게』 (1935년 11월 15일)

관련 기록 채원배 : 나는 그가 그림에 대해 커다란 흥미를 지니고 있음을 잘 안다. 그는 북평에 있을 때 이미 한나라 때의 비석 탁본을 수집하기 시작했다. 이전에 한나라 때 비문을 수록한 책들은 문자만 중시하고, 조각된 문양

에는 별로 관심을 기울이지 않았다. 하지만 선생(노신)은 이를 매우 중시하여 이미 수백 종을 수집했다. 우리는 만날 때마다 이 탁본들을 인쇄하는 문제를 상의하곤 했는데, 인쇄비가 너무 올라 끝내 결론을 내리지 못했다.

—「알려지지 않은 노신 선생의 일들을 기억함」

해설 노신은 한나라 때의 화상석(畵像石)과 비석 탁본 6천여 점을 수집했고, 일찍이 이를 책으로 출판할 생각도 가졌으나 인쇄비가 너무 높아 이를 실현하지 못했다. 하지만 그는 수집한 비문의 편집을 마쳤을 뿐만 아니라 그 도안을 모사해 놓기도 했다. 위의 작품은 노신이 편집을 마치고 직접 그림을 그리고 설명을 덧붙인 석궐도(石闕圖 : 사당祠堂의 전면 또는 묘도墓道의 입구 좌우에 세우는 돌기둥을 그린 그림)이다. 궐(闕)의 정면에는 '한고익주태수음평도위무양령북부승거효렴군자관광(漢故益州太守陰平都尉武陽令北府丞舉孝廉君字貫光)', 뒷면에는 '한고익주태수무음령상계리거효렴제부종사고군자관방(漢故益州太守武陰令上計吏舉孝廉諸部從事高君字貫方)'이라는 문구가 새겨져 있다. 또 윗부분에는 노신이 "이 궐은 땅에 거꾸로 너무 깊이 박혀 있어서 파내는 사람이 없어 탁본을 뜰 수 없었다"라는 설명을 덧붙였다. 그리고 여러 군데에 "이것은 궐 왼쪽의 앞부분이다", "궐 오른쪽 귀가 훼손되었다", "이것은 궐 왼쪽 귀의 뒷부분을 그린 것이다" 등의 설명도 덧붙였다. 이 그림에서 가장 눈길을 끄는 부분은 궐의 조형이 아니라 그 위에 있는 도안과 상세한 설명이다. 도안의 그림은 거마(車馬)를 묘사하고 있는데, 그 뒤를 여러 사람이 따르는 것으로 보아 신분이 높은 인물임을 짐작할 수 있다. 간략한 그림이긴 하지만, 거마와 인물 등 세밀한 부분까지 자세히 그려져 있어 분위기와 형태가 잘 드러난다.

15

진한와당문자

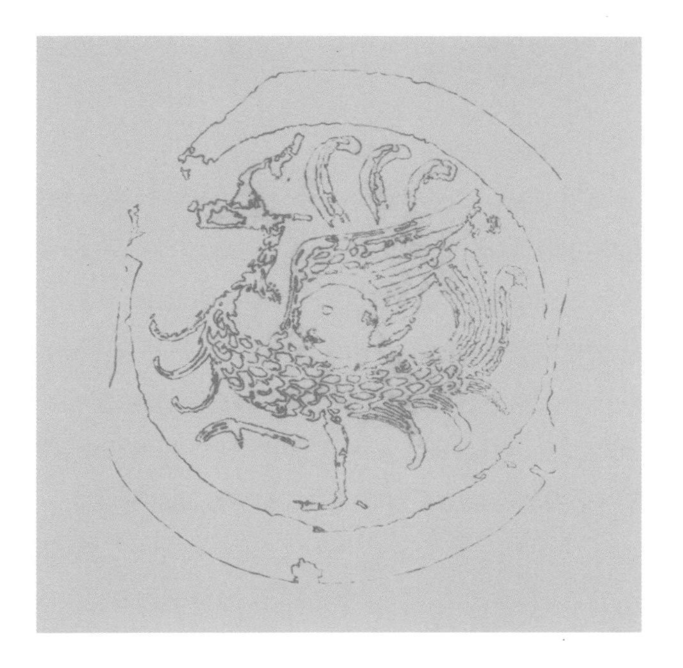

魯迅自述 오후에 도손(稻孫)에게서 『진한와당문자(秦漢瓦當文字)』 1권 2책을 얻어 이를 영사(影寫 : 글씨나 그림을 비치게 받쳐 놓고 그 위에 덧쓰거나 그림)할 생각으로 청비각(淸秘閣 : 노신이 자주 찾던 지물포)에 가서 종이를 1원어치 샀다.

— 『노신 일기』 (1915년 3월 19일)

밤에 『진한와당문자』 1권 상책의 영사를 끝냈다. 처음 시작한 날부터 지금까지 약 열흘이 걸렸다. — 『노신 일기』 (1915년 3월 28일)

저녁에 『진한와당문자』 1권 하책를 마무리했다. 모두 12일이 걸렸다.

— 『노신 일기』 (1915년 4월 10일)

관련 기록 나진옥(羅振玉) : 오른쪽은 건장궁(建章宮 : 한 무제 때 세운 궁궐)의 봉궐와(鳳闕瓦) 가운데 하나로, 유태학(兪太學)이 한성(漢城) 정녀루(貞女樓)에서 얻은 것이다. …… 이 와당은 재질이 견고하고 원무궐(元武闕 : 미앙궁의 정문을 달리 이르는 말) 와당과 윤곽이 크게 다르지 않은 것으로 보아, 건장궁을 지을 때 특별히 미앙궁(未央宮)을 본받아 그 장점을 최대한 옮겨놓은 것임을 알 수 있다. …… 이 와당은 정녀루에서 가져온 것이긴 하지만, 재질이 원무궐과 유사하기 때문에 '봉궐와'라고 단정해도 크게 문제가 없을 것 같다.

— 『진한와당문자』

해설 노신은 교육부에서 일하는 처음 몇 해 동안 한나라 시대 석화상을 수집하는 데 열을 올렸고, 이런 열정이 와당으로까지 확대되었다. 와당은 고대 기와 건축의 처마 끝에 있는 기와의 정면을 말한다. 와당에는 보통 각종 그림이나 문자가 새겨져 있다. 노신은 1915년 3월 19일에 고향 친구인 전도손과 함께 경사도서분관(京師圖書分館 : 수도首都도서관의 전신으로 1913년 6월 개관)에서 나진옥이 편집한 『진한와당문자』 1권 2책을 빌린 다음, 그 날로 종이를 사다가 저녁 무렵부터 영사(影寫)를 시작했다. 반투명 종이를 대고 그대로 모사하는 방식이었다. 28일에 상책을 완성하고, 곧바로 하책을 모사하기 시작하여 4월 10일에 완성했다. 17일에는 경사도서분관에 책을 반납하면서 그곳에 책의 장정을 맡겼다. 여기서는 이 '봉궐와' 하나만 골라 소개하기로 한다.

16 서삼조호동 21호 건물 설계도

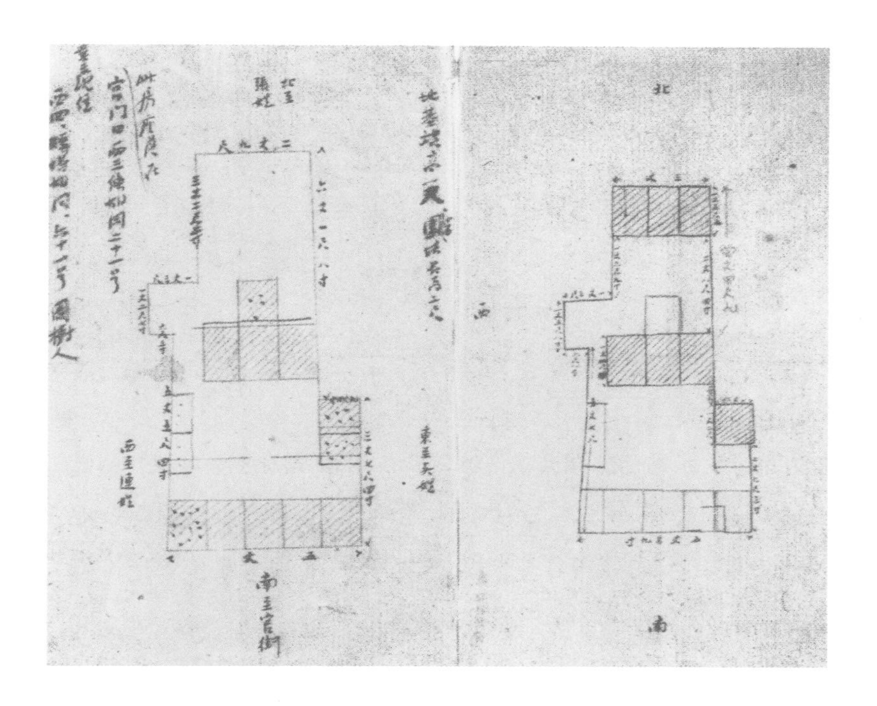

魯迅自述 오후에 양중화(楊仲和), 이신재(李愼齋) 등이 찾아와 함께 부성문(阜成門) 안에 있는 삼조호동(三條胡同)에 가서 가옥들을 살펴보았다. 제21호 문패가 걸린 낡은 가옥 여섯 칸을 사들이기로 하여 가격을 800원으로 흥정하고, 장식을 주문한 다음 측량을 마치고 계약금 10원을 지불했다.

— 『노신 일기』 (1923년 10월 30일)

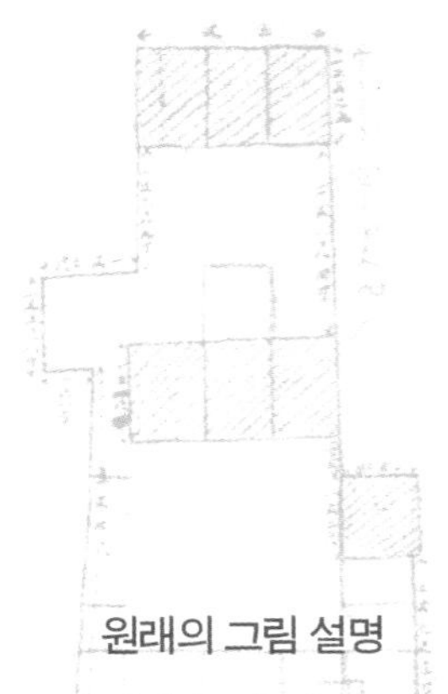

원래의 그림 설명

지반은 한 자 정도 위로 올라와 있고, 사방은 두 자 높이의 낮은 담장으로 둘러싸여 있다. 동쪽은 오(吳)씨네로 통하고 서쪽은 연(連)씨네로 통하며, 남쪽은 관가(官街)로 통하고 북쪽은 장(張)씨네로 통한다. 이 집은 궁문 입구 서삼조호동(西三條胡同) 21호에 자리 잡고 있다.

주인의 현재 주소 : 서사(西四), 전탑호동(磚塔胡同 : 역사가 오래된 북경의 호동胡同으로 서사패루西四牌數 근처에 있음), 61호 주수인.

해설 1923년 7월 노신은 동생 주작인과 사이가 좋지 않게 된 뒤로 전탑호동에 따로 집을 얻어 살았다. 같은 해 10월 서삼조호동에 집을 사서 수리를 하고, 다음 해 5월 25일에 이곳에 이사해 살다가 1926년 8월에 북경을 떠났다.

노신은 이 집에 심혈을 기울여 자신이 직접 설계를 하고, 시공을 감독했다. 이 그림은 1923년 11월에 그린 것으로, '노호미파(老虎尾巴 : 늙은 호랑이 꼬리)'란 말은 바로 이 그림에서 나왔다.

17 하문대학 교사도

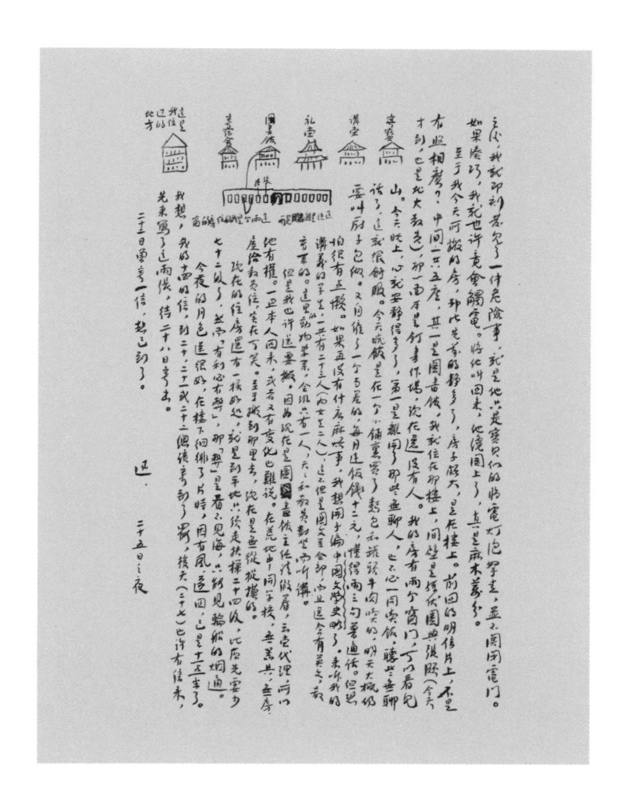

魯迅
自述 내가 원래 묵던 방에 물품을 진열하게 되어 어쩔 수 없이 이사를 해야 했소. …… 이번에 내가 새로 이사한 곳은 전에 사용하던 방보다 훨씬 조용하고 넓은 2층 방이오. 지난번 엽서에 사진이 있지 않았소? 중간에 다섯 개의 건물이 있는데, 첫 번째 건물이 도서관이오. 내가 묵고 있는 곳은 바로 이 건물로 손복원(孫伏園)과 장이(張頤) 교수와는 벽 하나를 사이

• 선묘

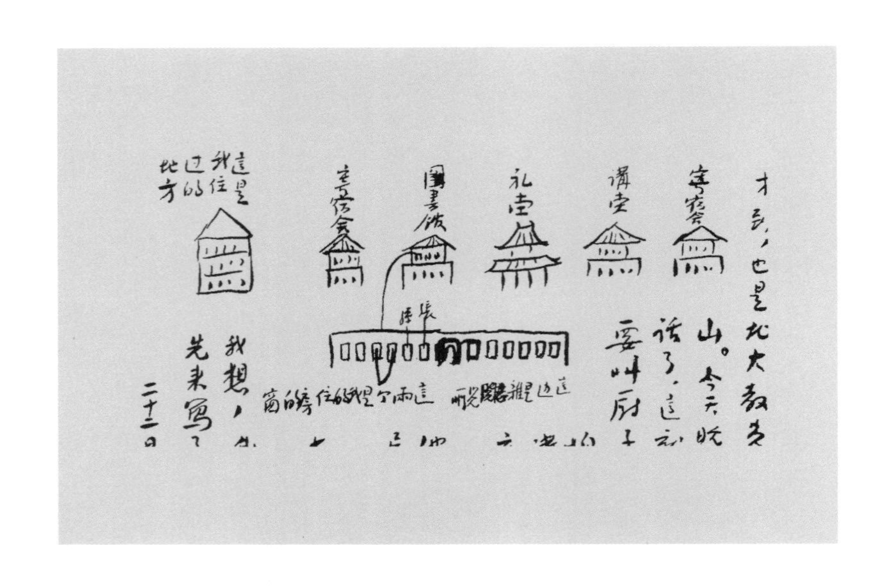

에 두고 있소. (역시 북경대학 교수로 오늘 막 도착했소.) 그곳은 원래 책을 장정하던 공간인데, 지금은 아무도 살고 있지 않소. 내 방에는 문 두 개가 있어 산을 볼 수 있소. 지금 묵고 있는 방은 장점이 하나 더 있는데, 다름이 아니라 평지로 내려가기 위해 지금은 스물두 계단만 걸으면 되기 때문에 전보다 일흔두 계단을 덜 걸어도 된다는 것이오. 하지만 "이로운 점이 있으면 폐단도 있기 마련이오." 그 폐단이란 바다를 볼 수 없고, 그저 지나가는 여객선 굴뚝만 볼 수 있다는 것이오.

— 『양지서』 46

해설 이 그림은 1926년 9월 25일 허광평에게 보낸 편지에 그린 것이다. 노신은 1926년 8월 18일 임어당의 초청으로 하문대학 교수로 부임하면서 허

광평과 함께 북경을 떠나게 되었다. 허광평이 광주(廣州)에서 교편을 잡게 된 것이다. 두 사람은 2년 동안 각자 열심히 일하다가 어느 정도 돈이 모이면 다시 함께 사는 문제를 상의하기로 약속했다.

노신이 하문에 도착했을 때는 하문대학이 창립된 지 갓 1년이 지난 시기였다. 이 학교는 하문의 남보타(南普陀) 해변에 자리 잡고 있어, 보는 이들에게 '모래 위에 세워진 학교'라는 인상을 주었다. 노신은 하문에 도착하자마자 허광평에게 하문대학을 배경으로 한 그림엽서 한 장을 보냈는데, 비교적 단순한 그림이었다. 허광평은 노신의 생활 환경이 어떤지 몹시 궁금해 했고, 이에 노신은 허광평에게 보내는 편지에 이 그림을 그려준 것이다. 노신이 하문대학에 막 도착했을 때는 국학원(國學院) 3층에 있는 숙소를 사용했는데, 비교적 높은 곳에 있다 보니 강의를 하러 가려면 무려 아흔여섯 계단을 걸어야 했다. 그래서 노신은 숙소를 새로 옮기면서 "전보다 일흔 두 계단을 덜 걸어도 된다"고 이야기했던 것이다.

18 하문대학 숙소 평면도

魯迅自述

확대한 숙소 그림을 보니 내 방보다 더 큰 것 같소. 내 방에는 그림에서 보는 것처럼(문, 복도, 창문, 버들가지 상자, 화주등火酒燈, 책장, 옷장, 탁자, 나무 의자, 침대, 눕는 의자, 네모 탁자) 다양한 집기들이 갖추어져 있소. 모두가

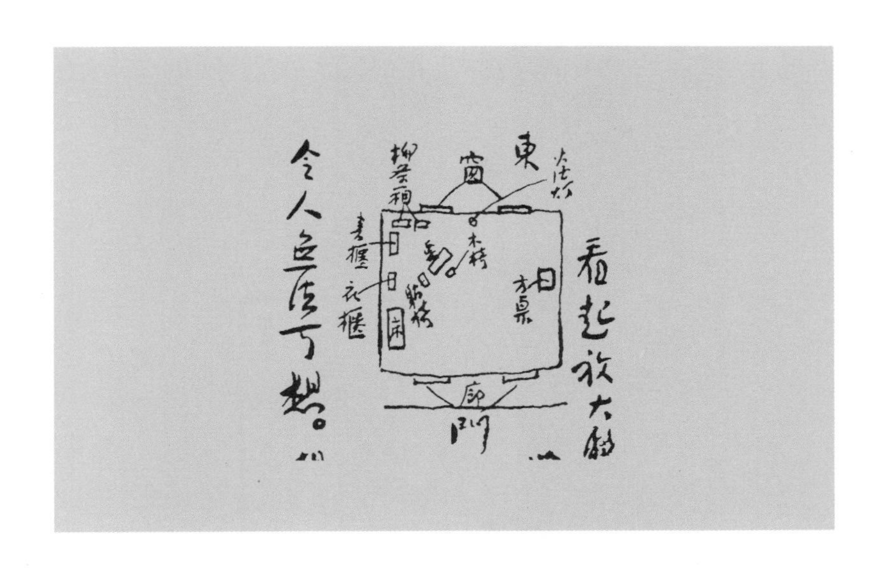

분투득래(奮鬪得來 : 분투하여 얻었다)한 것이라, 공간이 반박에 남아 있지 않소.

해설 이 그림은 1926년 10월 4일, 노신이 허광평에게 보내는 편지에 그린 것이다. 이에 앞서 허광평이 9월 28일에 보내온 편지에서 광주에 있는 자신의 숙소에 대해 설명을 하면서 평면도 두 장을 그려 보낸 적이 있었다. 그래서 노신의 편지에 '확대한 숙소 그림을 보니 내 방보다 더 큰 것 같소'라는 구절이 나오게 된 것이다. 이른바 '분투득래'란 말은 노신이 하문대학에 막 부임했을 때 생활에 필요한 여러 가지 집기들이 턱없이 부족해, 학교 당국과 여러 차례 교섭을 통해 상술한 집기들을 어렵사리 갖추게 된 것을 희화화하여 표현한 것이다. 이 그림 역시 일종의 설명도로 구도가 간단하고 필치가 자유로운 편이다.

19 사유분과 활무상

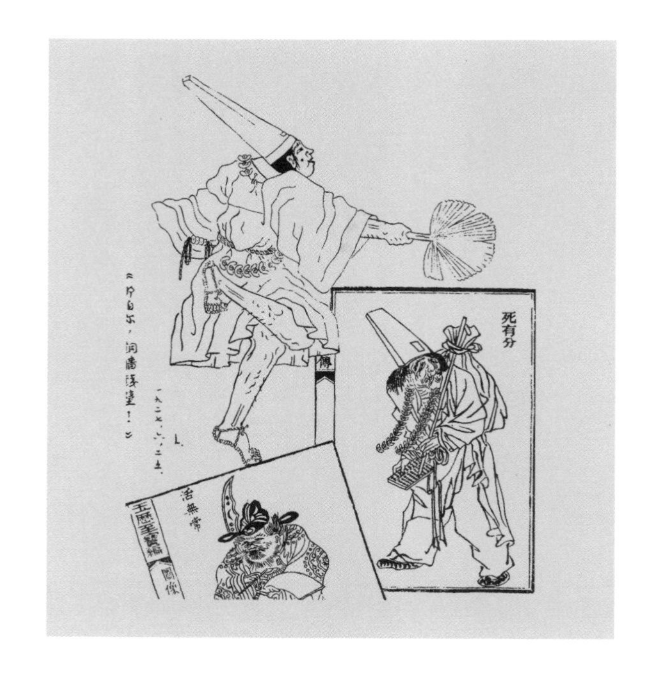

魯迅自述

영신새회(迎神賽會 : 신상神像을 사당 밖으로 들고 나와 이곳저곳을 다니며 복을 구하는 제의를 치르는 것)가 있는 이 날 신들이 이곳저곳을 돌아다니며 노니는데 …… 또 다른 무리의 특별한 배역들이 등장한다. 귀졸(鬼卒), 귀왕(鬼王), 활무상(活无常)이 그들이다. 특히 활무상은 매우 활발하면서도 해학적인 존재로, 혼자서 온몸을 하얗게 치장하고 있어 붉은색과 초록빛으로 화려하게 치장한 다른 배역들 가운데 단연 학립계군(鶴立鷄群 : 군계일학)의 모습을 자랑한다. 멀리서 흰 종이로 만든 고깔모자와 손에 들고 있는 찢어진 파초선(芭蕉扇) 그림자만 보아도 모두들 조금씩 긴장을 하면서도 즐거움을 감추지 못하게 된다.

이런 모습을 좀 더 자세히 보고 싶다면 『옥력초전(玉歷鈔傳)』*에 실려 있는 그림을 보면 된다. …… 몸에는 흉복(凶服)인 참최(斬衰)를 입고 있고, 허리춤에는 풀을 꼬아 만든 줄을 매고 있으며, 발에는 짚신을 신고 있고, 목에는 지정(紙錠 : 지전紙錢)을 잔뜩 걸고 있다. 손에는 찢어진 파초선과 철색(鐵索 : 쇠줄), 산반(算盤 : 주판) 등을 들고 있고, 어깨는 잔뜩 솟아 있는데다 머리는 헝클어져 있다. 눈은 바깥쪽으로 처져 '팔(八)' 자를 이룬다. 머리에는 길고 네모난 고깔모자를 쓰고 있는데, 밑은 넓고 꼭대기는 좁아 비율로 따지자면 높이가 2척 정도 된다. 정면은 노인이나 어린아이들이 과피모(瓜皮帽)를 얹는 곳으로 구슬이나 보석을 박은 곳이 있고, '일견유희(一見有喜 : 보기만 해도 즐겁다라는 의미)'라는 네 글자가 세로로 쓰여 있다.

악인의 몰락을 기대하는 수많은 사람들의 눈길 속에서 그가 등장한다. 복식은 그림에서 보는 것보다 더 간단하고 철색이나 산반도 들지 않았다. 그저 온통 눈처럼 하얀 덜렁이로서 하얗게 칠한 얼굴에 입술은 빨갛고, 눈썹은 칠흑같이 검은 데다 눈살을 잔뜩 찌푸리고 있는데, 웃고 있는 건지 울고 있는 건지 구분이 되질 않는다. 그러나 그는 일단 등장하면 반드시 108번의 재채기를 하고, 108번의 방귀를 뀌어야 한다. 그러고 나서야 비로소 자신의 이력을 털어놓기 시작한다. — 『아침 꽃 저녁에 줍다』 후기

나는 '무상(无常 : 저승사자)' 그림이 있는 책들을 수집했다. …… 그러나 나

* 고대의 불교, 도교, 민간 신앙을 연구하기에 좋은 경세류(警世類) 문집으로 삽화가 들어 있음.

는 모든 무상 그림을 조사해 보고 나서 몹시 놀랍고 황당한 느낌을 받았다. 책 속의 '활무상'들은 무늬 있는 두루마기에 사모(紗帽)를 쓰고 있고, 등에는 칼을 메고 있었기 때문이다. 그리고 산반을 들고 고깔모자를 쓴 것이 '사유분(死有分)'이었던 것이다! …… 하는 수 없이 남경본(南京本)의 사유분과 광주본(廣州本)의 활무상 표본을 하나씩 고른 다음, 직접 붓을 들어 내가 기억하는 목련희(目連戲 : 명나라 시대 강서江西 익양강弋陽腔과 고순高淳 지방의 민간 음악이 결합된 전통극)나 영신새회에서의 '활무상'을 그려 세 번째 위쪽에 있는 것처럼 끼워넣어야 했다. 다행히 나는 화가가 아니라서 그림이 그다지 훌륭하지 않더라도 질책을 면할 수 있을 것 같다. 나중의 일이란 참으로 예측하기 어렵다. 일찍이 오우여(吳友如 : ? ~1897, 삽화가) 선생에게 몇 마디 따진 적이 있었는데, 이제는 내가 그런 꼴을 당하고 말았으니 말이다. —『아침 꽃 저녁에 줍다』 후기

관련 기록 주작인 : 노신의 그림은 더 발전하지 못했다. 하지만 『아침 꽃 저녁에 줍다』 후기에 그가 직접 그린 활무상 그림 한 점이 있는데, 이로 미루어 그의 그림 실력을 충분히 가늠할 수 있다. —『노신의 청년 시대』「노신의 국학과 서학」

주작인 : …… 후기에 첨부한 그림에는 저자가 직접 그린 것이 있는데, 책의 내용과는 다르지만 그가 보았던 특별한 인상을 묘사하고 있다. 그는 어려서부터 수많은 수상(繡像 : 명청 시대 일부 통속 소설의 앞에 작중 인물의 형상을 그려 독자들의 흥미를 배가시켰는데, 이때 사용된 그림)과 「시중화(詩中畵)」 같은 각종 화본을 모사하곤 했는데, 자신이 직접 그린 것은 이것 한 점뿐이다. 그래서 아주 소중히 여겨왔지만 이 그림이 표현하고 있는 것은 상대가 아무리 강해도 대적하겠다

는 일시적인 기개에 지나지 않는다. 반면에 (활무상이) 양미간을 찡그리고 찢어진 파초선을 손에 든 채 얼굴을 땅으로 향하고 물에 뜬 오리처럼 춤을 추는, 그 특이한 장면은 그려내지 못했다. — 『노신 소설 속의 인물』「34. 무상(無常)」

해설 이 그림은 1927년 7월에 그린 것으로, 당시 노신은 광주에 있었고 이미 중산대학(中山大學)에서 교직을 사직하고 백운로(白雲路)에 있는 백운루(白雲樓)에 거주하고 있었다. 그는 『아침 꽃 저녁에 줍다』의 편집 작업을 끝내고 「후기」를 쓰면서 이 그림을 그려 「후기」를 인쇄할 때 함께 인쇄한 다음, 1927년 8월에 반월간지인 「망원(莽原)」 제2권 제15기에 발표했다. 그림의 윗부분에 있는 것은 노신이 기억을 더듬어 그린 소흥 영신새회의 활무상 형상이다. 아래 오른쪽 그림은 노신이 남경 이광명(李光明) 장각본(庄刻本) 『옥력초전』을 보고 그린 '사유분'이고, 왼쪽 그림은 노신이 광주 보경각본(寶經閣本) 『옥력』을 보고 그린 활무상이다. 노신은 자신이 '화가가 아니라서' '너무 형편없다'고 이야기하면서 일찍이 이름난 화가인 오우여의 그림에 대해 이런저런 비평을 했는데, 정작 자신이 그릴 차례가 되자 오우여보다 훨씬 수준이 낮아 결국 자신을 욕되게 하는 처지가 되었다며 자조적으로 이야기하고 있다. 그러나 노신이 창조해낸 활무상의 형상은 매우 생동감이 넘치고, 다른 두 권에 있는 그림보다 훨씬 훌륭하다. 그의 백묘(白描 : 하나의 작품을 먹선만으로 그리는 단색화) 실력은 상당한 수준에 이르렀는데, 활무상을 '귀신이면서도 사람 같고, 이치에 맞으면서도 감정이 풍부하며, 귀엽기도 하고 무섭기도 한' 형상으로 빚어내고 있다. '웃는 건지 우는 건지 알 수 없는 얼굴과 입에 담은 독설과 해학'은 형체와 정신이 잘 조화된 빼어난 묘사라 하기에 부족함이 없다.

20 조아투강도

魯迅自述 …… 태평무사하고 한가한 사람이 아주 많았다. 물론 그중에는 더러 '살신성인 사생취의(殺身成仁 死生取義)'한 사람도 있었으나 아마 본인도 너무 바빠 이를 제대로 살필 겨를이 없었던 같다. 살아 있는 방관자들이 이에 대해 면밀하게 연구해야 할 일이다. 조아(曹娥)가 아비를 찾으려 강물에 몸을 던졌다가 물에 잠긴 아비의 시신을 껴안고 함께 떠올랐다(淹死後抱父尸出)는 이야기는 정사에도 기록되어 많은 사람들이 알고 있다. 그런데 이 '포(抱 : 안다, 품다)' 자를 둘러싸고 문제가 생긴 적이 있다.

내가 어렸을 때 고향에서 노인들이 이런 이야기를 하는 걸 들은 적이 있다.

"…… 죽은 조아는 처음에는 아비의 시신과 서로 얼굴을 마주하고 껴안은 채 떠올랐다. 그런데 지나가던 사람들이 이 모습을 보고 모두들 웃으며 말하길, '허허! 이렇게 어린처자가 어떻게 이런 노인네를 껴안을 수 있단 말인가!' 그러자 두 시신은 다시 물속으로 가라앉았다가 잠시 후 다시 떠올랐는데, 이번에는 서로 등을 진 상태였다."

그래, 예의지국에서는 아주 어려서 — 아하, 조아는 당시 열네 살밖에 안 되었다 — 죽은 효녀가 아비와 함께 물 위로 떠오르는 것조차 용납될 수 없는 일이로구나! 내가 「백효도(百孝圖)」와 「이백책효도(二百冊孝圖)」를 조사해 보니, 화가들은 아주 영리하게도 조아가 강물에 뛰어들지 않고 강가에서 울고 있는 모습만을 그렸다. 하지만 오우여가 그린 「여이십사효도(女二十四孝圖)」(1892년)에는 두 사람이 함께 물 위로 떠오른 장면을 묘사하고 있는데, 위에 보이는 그림처럼 두 사람이 서로 등을 지고 있다. 내 생각에 오우여도 내가 들었던 이야기를 알고 있었던 것 같다. 또한 「후이십사효도설(後二十四孝圖說)」 역시 오우여의 작품인데, 아래 그림처럼 조아가 강물에 막 뛰어드는 장면을 묘사하고 있다. — 『아침 꽃 저녁에 줍다』 후기

관련 기록 『효녀조아전(孝女曹娥傳)』: 효녀 조아는 회계(會稽) 상우(上虞) 사람이다. 부친 우(盱)는 악기를 타고 노래를 할 줄 알아 무축(巫祝)으로 일했다. 한안(漢安) 2년 5월 5일 현강(縣江)에서 덩실덩실 춤을 추며 영신(迎神)하다가 물에 빠져 죽었는데, 끝내 시신을 찾지 못했다. 그래서 열네 살 난 딸 조아가 강가에서 통곡을 했는데, 열흘하고도 이레 동안이나 밤낮으로 그 소리가 그칠 줄 모르더니, 마침내 강물에 몸을 던져 죽고 말았다. — 『후한서(後漢書)』

조아 : 후한의 효녀로 상우 사람이다. 부친이 강물에 빠져 죽었으나 시신을 찾지 못했다. 열네 살인 조아가 강가에서 통곡을 하는 소리가 밤낮으로 그칠 줄 몰랐다. 이렇게 열흘하고도 이레가 지나더니 마침내 조아가 강물에 뛰어들고 말았다. 현장(懸長) 도상(度尙)이 한단순(邯鄲淳)에게 명하여 조문을 짓고, 비를 세우게 했다. 채옹(蔡邕)은 밤중에 비석에 새겨진 글을 베끼고, 찬(贊)을 써 '황견유부 외손제구(黃絹幼婦 外孫齏臼)*'라는 여덟 자 제사(題辭)를 달았는데, 절묘호사(絶妙好辭 : 절묘하게 좋은 말)의 은어(隱語)이다. 지금 전해지는 조아의 비문은 왕희지(王羲之)가 쓴 것으로, 원래의 비석에 있는 글이 아니다.

— 『중국인명대사전(中國人名大辭典)』

해설 노신은 '이십사효(二十四孝)'의 이야기와 이에 관한 그림에 대해 잘 알고 있었다. 또한 그림으로 표현된 것들이 인정머리 사납고 거의 자학적인 교정(矯情 : 일부러 자신을 고상하게 꾸미는 것) 행위에 가까운 이야기들이기 때문에 이에 대해 느끼는 바가 많아 항상 글을 써내곤 했다. 「백효도(百孝圖)」의 원작은 『백미신영(百美新咏)』의 영향을 받았다. 노신은 사람들이 '모든 행동은 효를 우선으로 한다(百行孝爲先)'는 주제로 이야기를 나누면서도 뜻밖에 '남녀'의 시각에서 자유롭지 못하다는 사실에 놀라움을 금치 못했다. 이를 바탕으로 상상의 나래를 펼친 결과 그는 「백효도」에서도 남녀의 구별을 엄격히 하여, 심지어 열네 살 소녀가 죽어서도 죽은 아비와 얼굴을 마주할 수 없다는 사실을 빌어 봉건적 예교(禮敎)의 지나친 굴레를 비판하며 질책하고 있다.

* 황견은 채색 비단, 즉 '색사(色絲)'를 의미하며 이를 합치면 '절(絶)'이 된다. 유부는 '소녀(少女)'를 말하는데, 이 두 글자를 합치면 '묘(妙)'가 된다. 외손은 딸의 아이들이니 '여자(女子)'가 되고, 이를 합치면 '호(好)'가 된다. 제구는 야채를 빻는 기구로 '수신(受辛)'이니 합치면 '사(辭)'가 된다. 결국 이 여덟 자는 '절묘호사'라는 의미이다.

21 노래자가 부모를 즐겁게 하다

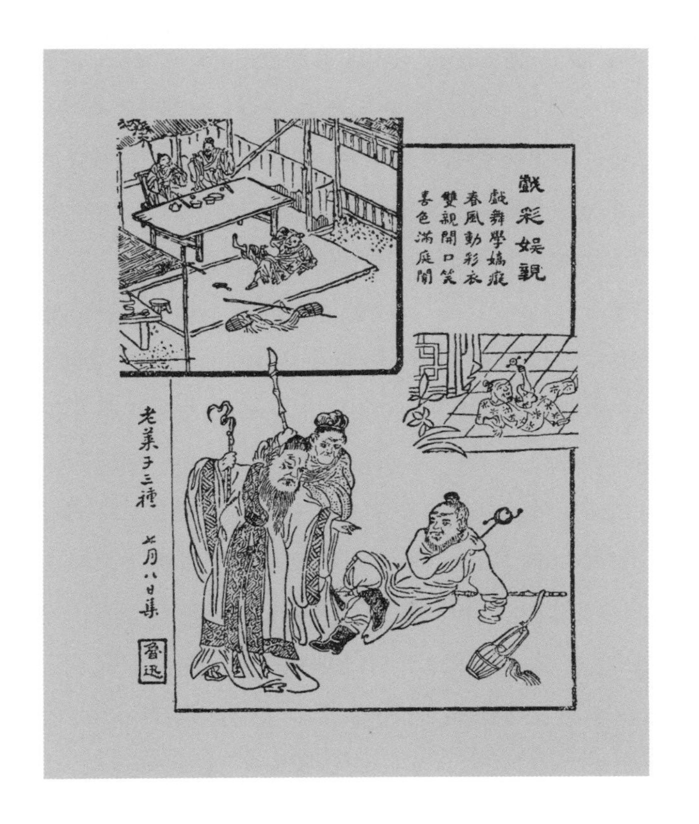

魯迅自述

가장 이해하기 어렵고, 심지어 반감까지 드는 것은 '노래오친(老萊娛親 : 노래자가 부모를 즐겁게 하다)'과 '곽거매아(郭巨埋兒 : 곽거가 아이를 매장하다)'라는 두 가지 이야기이다. 나는 지금도 부모 앞에 누워 있는 늙은이와 모친의 손에 안겨 있는 어린아이가 어떻게 내게 상이한 감정을 불러일으켰는지 생생하게 기억하고 있다. 이들은 모두 손에 요고동(搖咕咚 : 딸랑이 같은 장난감)을 들고 있다. …… 하지만 요고동은 노래자(老萊子 : 춘추시대 초楚나라의 학자)의 손에 들려 있어선 안 되는 물건이다. 노래자의 손에는 마땅히 지팡이가 들려 있어야 한다. 하지만 현재의 이런 모습은 한마디로 말해 꾸민 것으로 아이를 모욕하는 것이나 다름없다. 나는 제2회를 읽지 않고 이 페이지에 이르러 재빨리 책장을 넘겨버렸다.

그 시절의 「이십사효도(二十四孝圖)」는 어디로 갔는지 흔적을 찾을 수 없고, 지금 있는 것이라곤 전부 일본인 오다 가이센(小田海僊)이 그린 책뿐이다. 이 책에서는 노래자와 관련하여, "나이 일흔인데도 늙었다 하지 않고, 항상 오색 반란지의(斑爛之衣 : 아롱아롱 빛나는 옷)를 입고 다니며 어린아이처럼 부모 곁에서 어리광을 피웠다. 또한 물을 들고 당(堂 : 안채)에 오르다 거짓으로 넘어지고는 땅에 누워 짐짓 어린아이처럼 우는 시늉을 해 부모를 즐겁게 했다"라고 서술하고 있다. 대체적으로 구본(舊本)과 다를 바 없지만, 내게 반감을 불러일으키는 것은 '거짓으로 넘어지는(詐跌)' 척하는 대목이다……

하지만 좀 더 오래된 책을 조사해 보니 이처럼 허위적이지는 않았다. 사각수(師覺授 : 남조南朝 시대 송宋나라의 이름난 효자)의 『효자전(孝子傳)』에는 "노래자는 …… 항상 반란지의를 입었고, 부모님께 마실 것을 가져다 드리기 위해 당에 오르다가 발을 헛디뎌 넘어지면, 부모님 마음 아프게 할까 걱정되어 드러누운 채 아이처럼 울곤 했다"라고 기술하고 있다. 이는 오늘날의 서술에 비해 다소 실제에 가까운 것이라 할 수 있다. …… '닭살 돋는 일을 재미로 여기고', 인지상정에 부합하지 않는 것을 윤리로 여기는 것은 옛사람들을 욕되게 하고, 후세 사람들을 잘못 가르치는 것이다. 노래자가 바로 그 일례로, 도학(道學) 선생들은 그를 흠 하나 없는 백옥으로 여기지만, 그의 형상은 이미 아이들의 마음속에서 죽은 것이나 다름없다.

— 『아침 꽃 저녁에 줍다』 「이십사효도」

효자의 자취도 비교적 그리기 어렵다. …… 노래자가 '오색 비단옷 입고 부모를 즐겁게 하다(戱彩娛親)'라고 쓴 시에서는 '즐거움이 뜰에 가득 차다(喜色滿庭帷)'라고 되어 있지만, 그림에서는 즐거운 가정의 분위기가 느껴지지 않는다.

나는 서로 다른 세 가지의 표본을 골라 두 번째 그림으로 합성했다. 위에 있는 그림은 「백효도」의 일부분으로 '진촌(陳村) 하운제(何雲梯 : 1851~1908, 화가)'가 그린 것인데, '물을 들고 안채에 오르다가 거짓으로 넘어지는 척하며 땅에 엎드려 어린아이처럼 우는' 장면을 묘사하고 있다. '양친이 입을 벌리고 웃는' 모습도 보인다. 중간에 있는 작은 그림은 '직북(直北) 이석동(李錫彤)'이 그린 「이십사효도시합간(二十四孝圖詩合刊)」을 내가 모사한 것으로 '오색 반란지의를 입고 어린아이처럼 부모 곁에서 놀고 있는' 장면을 표현하고 있다. 손에는 요고동을 쥐고 있는데, 이것은 '영아희(嬰兒戱)'라는 세 글자에서 유래한 것이다. 하지만 이 선생은 몸집이 큰 늙은이가 이런 유희를 한다는 것이 별로 어울리지 않는다고 생각했는지, 노래자의 몸집을 최대한 축소

하다 보니 마치 수염이 난 어린아이를 그린 것 같은 꼴이 되고 말았다. 그럼에도 불구하고 여전히 재미가 없다. 선(線)이 일치하지 않고 부족한 것은 작가의 잘못도 아니고, 또한 나를 탓할 일도 아니다. 단지 이 그림을 새긴 조각공을 나무라야 할 것이다. 이 조각공이 누구인지 조사해보니, 청나라 초기인 동치(同治) 12년(1873년)에 '산동성 포정사가 남수로 서쪽 홍문당 각자처(山東省布政司街南首路西鴻文堂刻字處)'라고 되어 있다. 아래쪽에 있는 그림은 '민국 임술(民國壬戌 : 1922)' 신독산방(愼獨山房) 각본(刻本)으로 화가의 이름은 명기되어 있지 않다. 하지만 이는 쌍료(雙料) 화법으로, 한쪽에는 '거짓으로 땅에 넘어지는 장면'을 그리고, 다른 한쪽에는 '어린아이처럼 노는 장면'을 그림으로써 두 가지 사건을 결합하여 '반란지의'를 망각하게 한다. 오우여가 그린 그림도 두 사건을 하나로 합쳐 아롱아롱 빛나는 옷을 잊게 만든다. 단지 노래자를 비교적 뚱뚱하게 그리고, 어린아이처럼 양쪽 머리를 뾰족하게 묶었다. — 하지만 여전히 재미는 없다. — 『아침 꽃 저녁에 줍다』 후기

해설 노신은 어린 시절부터 줄곧 '이십사효'의 이야기를 접해 왔기 때문에 그 속에 담겨 있는 교정(矯情)과 허위에 대해 줄곧 혐오감과 반감을 갖고 있었고, 평생 이를 배척해 왔다. 이 책에 있는 그림들은 노신이 학생들을 통해 북경과 항주 등지에서 수집한 일부 구각본(舊刻本)인데, 자신이 어려서부터 좋아하는 '선묘(線描)' 방식으로 세 가지 판본에서 모사하여 조합한 것이다. 노신이 자술에서 언급한 '두 번째 그림'은 앞에 나오는 「조아투강도」(첫 번째 그림)를 말한다.

22 옥력초전

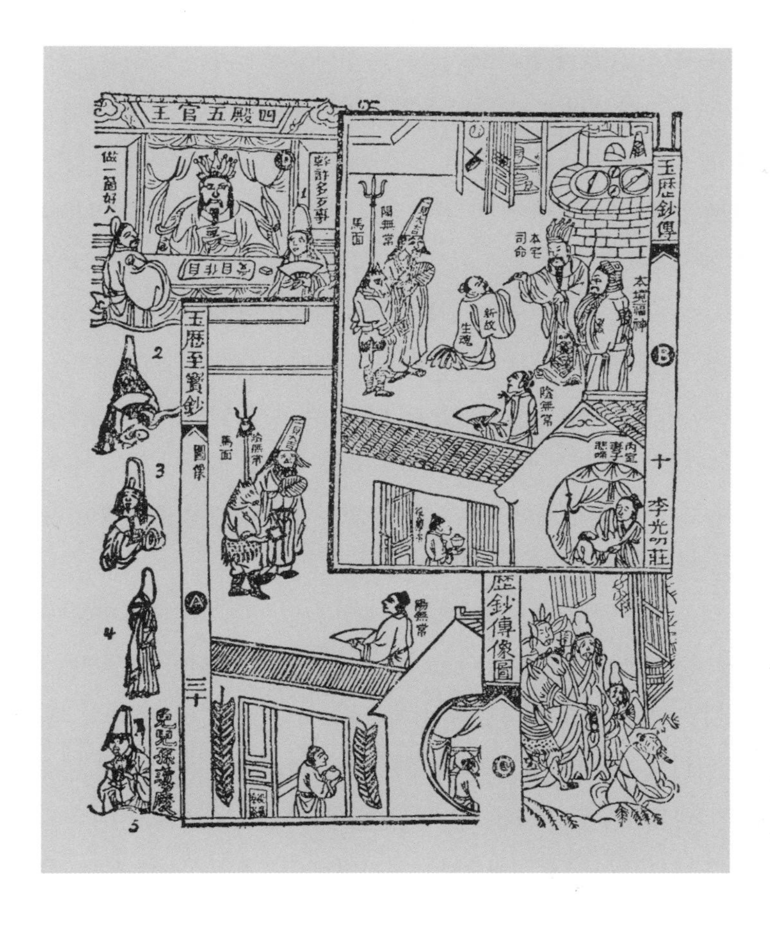

魯迅自述

내가 보기에 『옥력(玉歷)』을 선전하는 사람들도 사실은 저승의 사정에 대해 그리 잘 알지 못하는 것 같다. 예컨대 사람이 죽을 때의 모습을 그린 그림에는 두 가지 유형이 있다. 우선 한 유형은 구혼사자(句魂使

者 : 혼을 빼가는 사자)'라 불리는 귀졸(鬼卒) 하나가 손에 삼지창을 들고 나타나는 장면을 그린 것이고, 또 다른 유형은 마면(馬面 : 말의 이마나 얼굴에 씌우던 꾸미개)을 그린 것이다. 이 두 가지 무상(无常 : 저승사자), 즉 양무상과 음무상은 절대로 활무상과 사유분이 아니다. 만일 이들이 활무상과 사유분이라고 한다면 각각을 따로 그린 것과 일치하지 않는다. 예를 들면 네 번째 그림의 A에서 양무상은 어째서 무늬가 있는 두루마기를 입고 사모(紗帽)를 쓰고 있는 것인가? 단지 음무상만이 사유분만 따로 그린 그림과 비슷한 모습을 하고 있다. 하지만 사유분 역시 산반을 내려놓고 대신 부채를 들고 있다. 이는 어쩌면 때가 여름이었기 때문인지도 모르겠다. 하지만 그렇다 해도 어째서 턱수염을 그렇게 길게 늘어뜨리고 있는 것인가? 설마 여름에 역병이 많아서 수염을 깎을 시간조차 없었던 것일까? ……

B는 남경의 이광명 장각본에서 발췌한 그림으로, A와 같은 것이지만 제자(題字)는 정반대이다. 천진본(天津本)에는 음무상으로 되어 있는 것이 이 그림에서는 양무상으로 되어 있다. 하지만 이는 내 생각과 일치한다. 그렇다면 소복 차림에 고깔모자를 쓴 것이 있다면 수염이 있는지의 여부에 상관없이 북경 사람들이나 천진 사람, 광주 사람들이 그것을 음무상 혹은 사유분이라 부른다 해도 나는 남경 사람들과 마찬가지로 이를 활무상이라 부를 것이다. 이는 부르는 사람 마음대로 하면 된다……

그런데 나는 또 그림 C를 첨부하고자 한다. 이것은 소흥의 허광기(許廣記) 각본(刻本)의 일부로, 제자도 없기 때문에 선전하는 사람들의 의견이 어떤지 알 수가 없다. …… 단지 그의 주변에 또 하나의 작은 고깔모자가 있는 것을 볼 수 있는데, 이것은 다른 책에서는 볼 수 없는 것이다. 이것이 바로 내가 말한 새회(賽會) 때 나타나는 아령(阿領)이다……

사람의 혼을 잡아가는 것 외에 십전(十殿)의 염라왕 가운데 네 번째 전(殿)에 있는 오관왕(五官王)의 탁자 옆에도 고깔모자를 쓴 배역이 하나 서 있다. 그림 D에서 1은 천진의 사과재본(思過齋本)에서 모사한 것으로, 모양이 제법 멋지다. 2는 남경본으로, 혀끝을 내밀고 있는데 무슨 이유에서인지는 알 수가 없다. 3은 광주의 보경각본(寶經閣本)으로, 부채가 찢어져 있다. 4는 북경의 용광재본(龍光齋本)으로, 부채는 들고 있지 않고 턱 밑에 검은 줄이 한 가닥 있는데, 수염인지 혀인지 분명하지가 않다. 5는 천진 석인국본(石印局本)으로, 역시 멋지긴 하지만 일곱 번째 전의 태산왕(泰山王)의 탁자 옆에 서 있는 것이 특이하다.

— 『아침 꽃 저녁에 줍다』 후기

해설 노신은 '활무상' 화상의 수집을 활무상과 사유분의 화상을 수록한 『옥력초전(玉歷鈔傳)』으로 확대했다. 여기서 그는 뜻밖에도 활무상과 사유분에 대한 묘사에 있어 상당히 차이를 보이고 있는 사실을 발견한다. 이는 사람들의 이해에 커다란 차이를 초래할 수 있다고 판단한 그는 감개 어린 표정으로 "『옥력』식의 사상(思想)은 거칠고 천박하기 그지없다. 활무상과 사유분을 합치면 인생의 상징이 된다. 사람이 죽을 때는 원래 사유분만 오면 되는 것이다. 사유분이 오기만 하면 이때 활무상도 볼 수 있기 때문이다"라고 말했다. 이 그림들은 민간 전설에 나오는 음산하고 무서운 '구혼사자'를 생동감 있고 재미있게 묘사하고 있을 뿐만 아니라 노신의 선묘 실력을 확실하게 보여주고 있다. 또한 '활무상'과 '사유분' 그림이 세상에 널리 퍼지면서 변하게 된 상황을 이해하는 데도 큰 가치를 갖는다고 할 수 있다.

23 타안

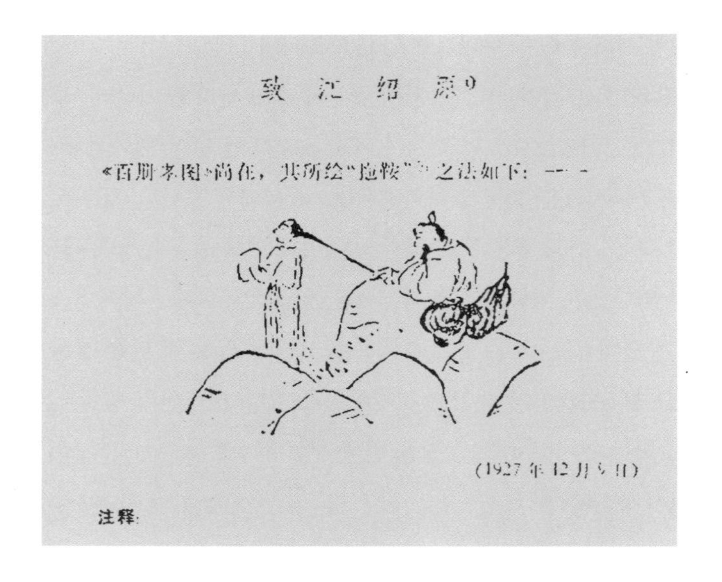

致 江 绍 原[1]

《百册孝图》尚在，其所绘"拖鞍"[2]之法如下：——

(1927年12月9日)

注释:

魯迅自述 「백책효도(百冊孝圖)」는 아직 남아 있는데, 여기에 묘사된 '타안(拖鞍 : 말안장을 끌다라는 뜻)'의 방법은 다음과 같다.

관련 기록 이른바 '타안'이라는 것은 『명사(明史)』에 나오는 효녀 이야기다. 『명사』「열녀전」의 기록에 따르면 하북(河北) 무읍(武邑)에 성이 고(高)씨인 사람이 타향에서 객사했는데, 나중에 그의 딸이 아비의 유해를 찾으러 갔으나 하남(河南) 우성(虞城) 북쪽에 묻혔으며, 무덤에 대추나무로 만든 작은 수레바퀴 테를 함께 묻어 표지로 삼았다는 사실만 알게 되었다고 한다. 딸이 아버지를 매장한 곳에 도착해보니 무덤이 무수히 많아 식별할 방법이 없었다. 그래서 고씨의 딸은 머리카락을 말안장에 매어 이를 끌면서 이리저리 걸어 다니기 시작했다. 이렇게 꼬박 하루를 걸은 저녁 무렵, 그녀가 어느 작은 무덤가에 이르렀을 때 갑자기 말안장이 무거워지면서 더 이상 끌 수 없게 되었다. 이리하여 그곳의 작은 무덤을 파보니 과연 표시로 묻어둔 작은 수레바퀴 테가 출토되어 아버지의 무덤임이 판명되었다. 이 이야기는 후대에 '타안'이라 불리게 되었다.

— 『명사』 권301 「열녀전」 '고씨' 참조

해설 이 그림은 원래 「이백책효도(二百册孝圖)」에 묘사된 효녀 이야기 가운데 하나를 담고 있다. 딸의 효심이 아비의 영혼을 깨어나게 했다는 의미이다. 그림에서 여러 무덤 사이에 앉아 있는 노인은 아버지 고씨의 영혼이고, 그 밑에 보이는 물건이 바로 말안장이다. 안장이 무거워 더 이상 끌 수 없었다는 말은, 혼령이 딸을 잡아당겨 자신의 유해를 발견하게 한 것을 의미한다.

노신의 이 그림은 민속학자인 강소원(江紹原)의 편지에 답장을 하면서 그린 것이다. 편지의 내용은 매우 간단한데, 위에 글귀가 있고 아래에 이 그림이 있는 것이 전부이다. 강소원(1898~1983)은 안휘(安徽) 정덕(旌德) 사람으로, 1924년에 북경대학 교수로 재직하는 동안 노신을 포함한 16명의 작가들과 함께 '어사사(語絲社)'라는 문학 단체를 조직해 운영한 적이 있으며, 1927년 4월에 노신을 광주 중산대학 교수로 추천하기도 했다. 1927년에 그는 민속학을 연구하던 노신에게 편지를 써서 「이백책효도」에 나오는 '타안'의 구체적 방법을 설명해 달라고 부탁했고, 노신은 답장으로 「이백책효도」에 묘사된 상황을 자세히 설명하면서 이 그림을 그려주었던 것이다.

24 정자간

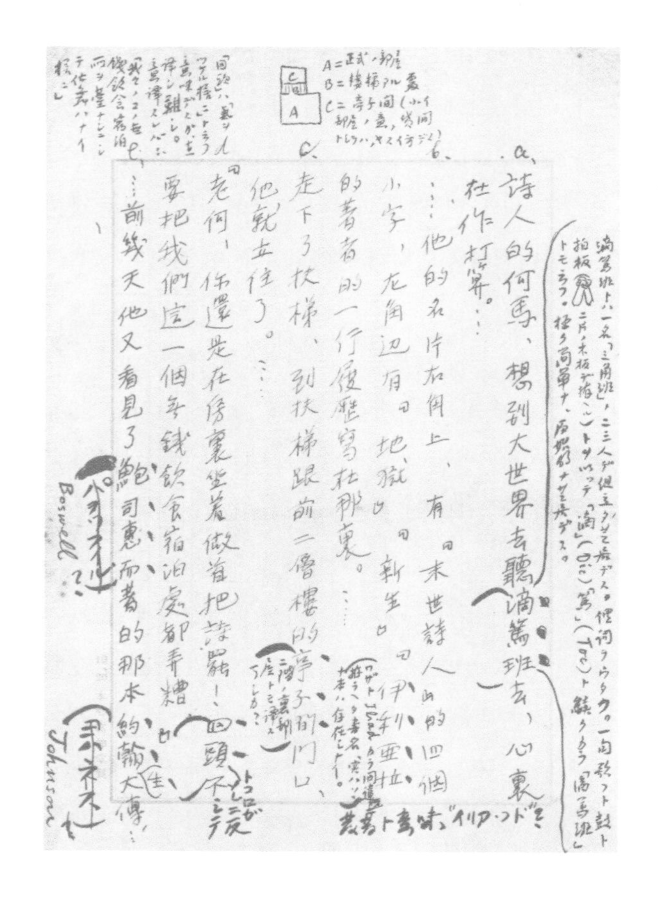
詩人的何馬，想到大世界去聽滴篤班去，心裏在作打算。……
……他的名片右角上，有末世詩人的四個小字，左角边有地獄新生伊利亚的著者的一行簡歷寫在那裏。……
走下了扶梯，到扶梯跟前二層樓的亭子間門口，他就立住了。……
老何，你還是在房裏坐着做首把詩罷！要把我們這一個月的飲食宿泊處都弄糟……
……前幾天他又看見了鮑司惠而著的那本約翰生大傳……

관련 기록 욱달부(郁達夫)의 「두 시인(二詩人)」: 시인 하마(何馬)*는 …… 아주 듣기 좋은 리듬을 사용하여 가볍게 노래하며 읊조린다. 그는 한편으로 고개

* 고대 그리스 시인 호머의 중국어 이름이기도 하다. 이 작품은 호머를 패러디한 것으로 추정됨.

A＝正式ノ部屋
B＝楼梯アル処
C＝亭子間（小イ
部屋ノ意、貸間
トシテハ、ヤスイ方デス）

를 갸웃거리며, 또 한편으로 난간을 어루만진다. 계단을 걸어 내려가 2층 건물의 정자간(亭子間) 입구에 이르러 걸음을 멈춘다.

역시 아주 완만한 리듬을 읊조리며 저쪽 정자간의 닫혀 있는 문으로 다가가 똑똑 문을 두드린다. —『욱달부 소설집』

해설 마쓰다 쇼(增田涉)는 욱달부 소설에 나오는 문구를 인용하여 노신에게 '정자간'이 무엇인지 물었다. 노신은 이 그림을 그려 설명했는데, 그림이 비교적 단순하다. 정자간은 '석고문(石庫門 : 한 건물 안에 여러 가구가 모여 사는 상해 특유의 주거 형태)'으로 대표되는 근대의 상해 민간 주거 건축의 한 부분으로, 한 건물의 부엌방과 꼭대기에 있는 테라스 사이에 있는 작은 방을 가리킨다. 통상적으로 면적은 두세 평 정도이다. 크기가 작은데다 형태가 정자 같아 '정자간'이라 불린다. 또한 그 문은 2층으로 통하는 계단 모퉁이와 이어져 있어 상대적으로 독립된 건물이라 세를 놓기에 좋다. 1930년대에 전국 각지에서 상해로 모여든 문인들이 주로 '정자간'에 세를 들어 살았기 때문에 '정자간 문인'이라는 말도 생겨났다.

25 양진

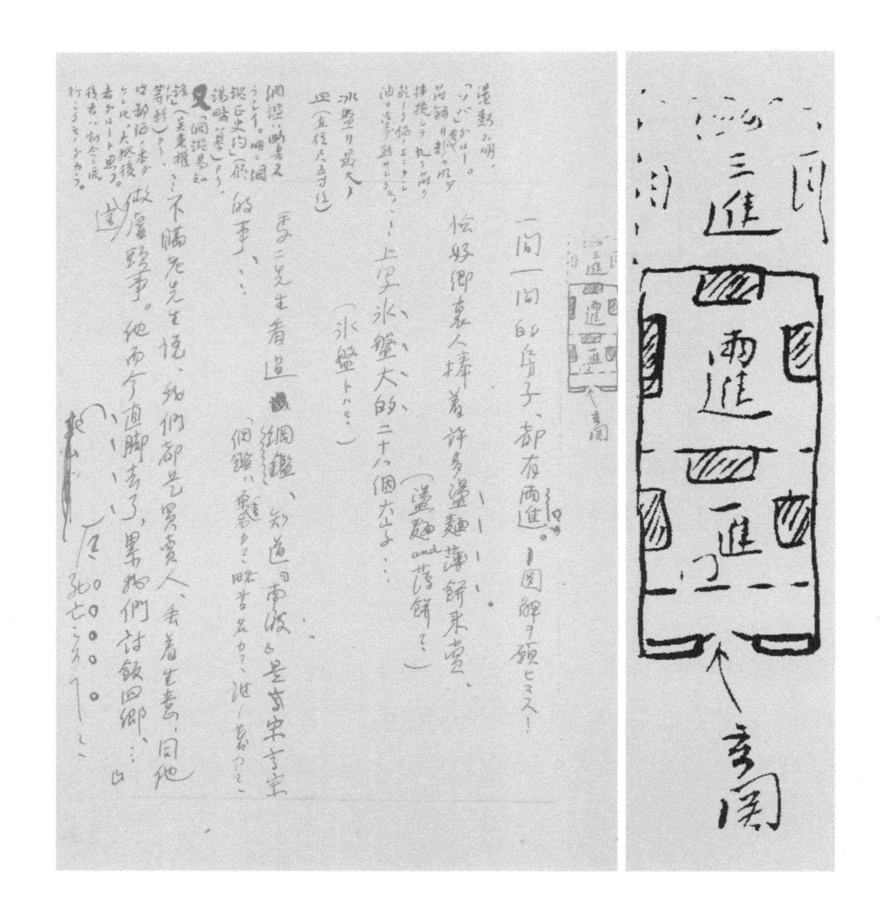
一間一間的房子、都有兩進。圖解ヲ頒ヒマス！

恰好鄉裏人捧着許多盪麵薄餅來賣、……

（盪麵 and 薄餅？）

……上了冰盤大的二十八個大字……

（冰盤トハ？）

季二先生看過綱鑑、知道「南渡」是宋高宗的事、……

……老先生說、我們都是男貴人、丢着生意、同他做這些事。他而今直腳去了，累我們討飯回鄉……

관련 기록 「거공손은 책방에서 좋은 벗을 배웅하고, 마수재는 산속 동굴에서 신선을 만나다(蘧公孫書坊送良友馬秀才山洞遇神仙)」: 마이(馬二) 선생은 …… 눈에 보이는 것이 평탄한 대로밖에 없었다. 왼쪽으로는 산이 이어져 있고, 묘

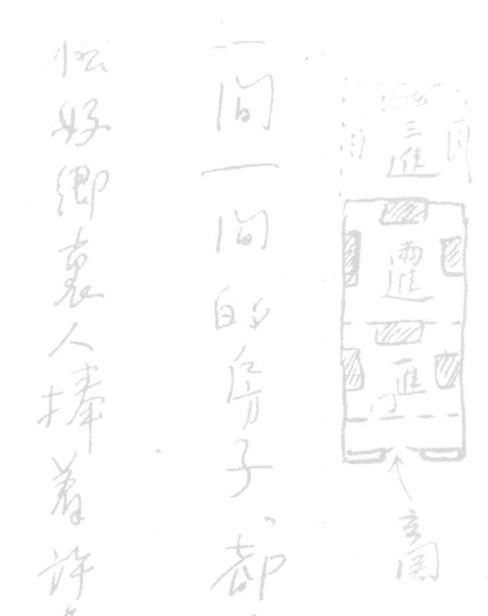

당 몇 개가 길을 따라 늘어서 있었다. 오른쪽은 집들이 들어선 큰 길인데 하나같이 양진(兩進)이었다. 집 뒤쪽으로 들어가면 창문이 활짝 열려 있는데, 아주 넓게 탁 트여 멀리 전당강(錢塘江)이 한눈에 들어왔다.

—『유림외사(儒林外史)』 제14회

해설 가옥에서 '진(進)'의 개념은 중국의 전통 정원식 건축 구조이다. 마쓰다 쇼는『유림외사』에 나오는 "집들이 하나같이 양진이었다"라는 구절을 이해하지 못하자, '양진' 두 글자를 적어 노신에게 물었다. 노신은 그림을 그려줘야만 이 문제를 설명할 수 있겠다는 생각에 평면도를 그려 '현관(玄關)', '일진(一進)', '양진'을 표시하고, 점선으로 '삼진(三進)'을 그려 삼진도 있을 수 있음을 알려주었다.

26 압패보

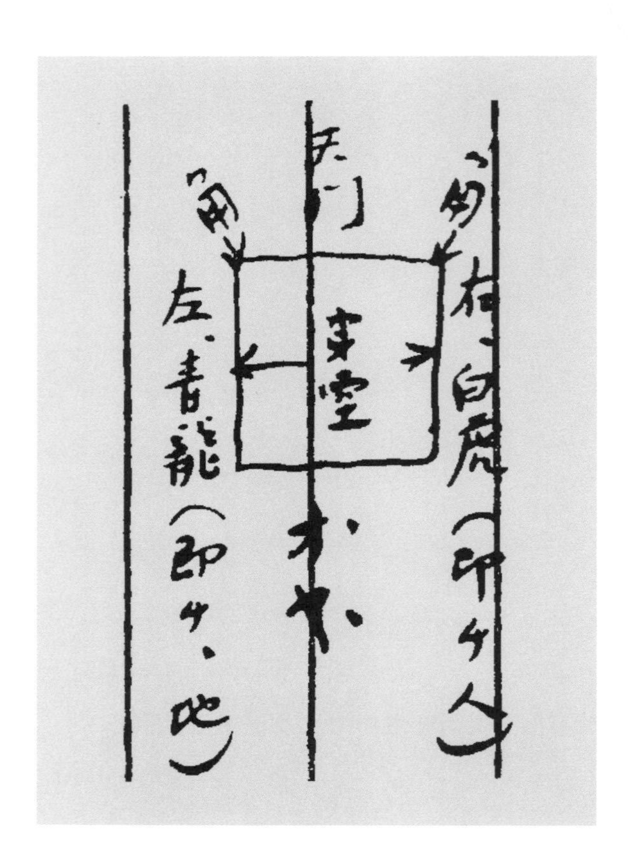

魯迅自述

아Q는 …… 돈이 생겼다 하면 압패보(押牌寶) 노름을 하러 갔다. 한 무리의 사람들이 땅바닥에 쪼그리고 앉아 있고, 아Q도 얼굴 가득 땀을 흘리면서 그 가운데 끼어 있었다. 목소리도 그가 가장 컸다.

"청룡에 사백!"

"자, …… 가봐 …… 어서!"

물주는 상자 뚜껑을 열었다. 그리고 얼굴 가득 땀을 흘리며 노래하듯 말했다.

"천문(天門)이네 …… 각(角)이 돌아섰네 …… ! 인(人)하고 천당(穿堂)은 비었다! 아Q의 동전은 이리 가져오라고!"

"천당에 배액~, 백오십!"

아Q의 돈은 이처럼 노랫소리 속에서 점점 얼굴 가득 땀을 흘리는 사람의 옆구리 사이로 사라져 버렸다. ―『아Q정전』 제2장 우승기략(優勝紀略)

각과 천당에 돈을 건 사람들은 양측의 승부가 같네. 양측의 승부가 1승 1패라면 각과 천당은 무승부인 셈이지.

―「야마가미 마사요시에게」(1931년 3월 3일)

관련 기록 주작인 : 당시에 따르면 패보(牌寶)는 골패에서 천(天), 지(地), 인(人), 화(和) 네 장을 의미한다. 매번 상자 안에 한 장을 넣고, 사람들에게 알아맞히게 한다. 장(庄)을 맡은 사람을 물주라 하고, 보(寶)를 맡은 사람을 보관(寶官)이라 한다. 보를 맡는 것은 그리 쉬운 일이 아니다.

전해지는 얘기에 따르면, 옛날에 어느 부부가 노름판을 열고 남편이 장을 맡고 아내가 보를 맡았다고 한다. 상자를 매번 창문가에 놓아두었다가 그녀가 보를 다한 다음에 다시 제자리로 가져와 상자를 열었다. 한번은 연달아 몇 번 상자를 열게 되었는데, 계속 똑같은 패가 나왔다. 노름꾼들은 이를 의아하게 생각했지만, 물주는 큰돈을 벌게 되었다. 그러나 물주가 방으로 돌아와 보니 아내는 이미 목을 매 숨져 있었다. 알고 보니 그녀는 남편이 돈을 많이 잃고 있다는 얘기를 듣고는 걱정이 되고 조급한 나머지 순간적으로 비관하여 목을 맨 것이었다. 밖에서는 이런 사실을 모르고 계속 상자를 창가로 가져왔다가 도로 가져가곤 했기 때문에 매번 같은 패가 나온 것이다. 이리하여 나중에는 '관재두보(棺材頭寶)'라는 말이 생겨나게 되었다. …… 일찍이 어떤 사람은 본문에서 물주가 노래하듯 말을 한다는 대목이 적당치 않다고 지적한 바 있는데, 이 역시 그렇게 볼 수 있다. 왜냐하면 작가는 직접 노름판을 구경할 기회가 없었고, 단지 사희(社戲 : 옛날 농촌에서 지신제 때 하던 연극)를 보거나 무대 밑을 지나면서 사람들이 큰 소리로 떠들어대는 소리를 귀동냥했을 뿐이기 때문이다.

— 『노신 소설 속의 인물』「46. 패보」

해설 이 설명 그림의 의의는 그림 그 자체에 있는 것이 아니라 사회학적 또는 민속학적이라고 할 수 있다. 주작인의 설명에 따르면 노신은 압패보라는 노름을 현장에서 직접 관찰할 기회가 없었다고 한다. 그는 그저 지나는 길에 우연히 사람들이 떠드는 소리를 들었을 뿐이라는 것이다.

27 골패도

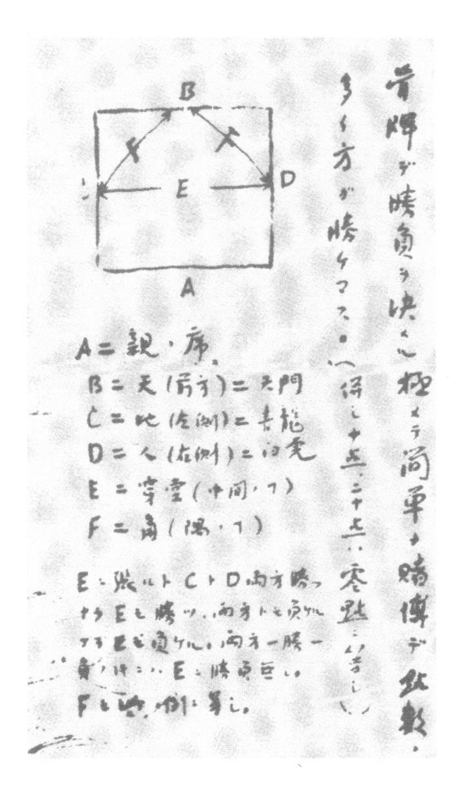
骨牌デ勝負ヲ決スル極メテ簡單ナリ賭博デ點數
多イ方ガ勝ツノデス。（但シ十點、二十點ハ零點ニ等シ）

B
D
E
A

A＝親・席
B＝天（前方）＝天門
C＝地（左側）＝青龍
D＝人（右側）＝白虎
E＝穿堂（中間ノ）
F＝角（隅ノ）

Eニ張ルトC卜D両方勝ツナラEモ勝ツ。両方トモ負ケルナラEモ負ケル。両方一勝一負ケナラEハ勝負無シ。
Fモ此ノ例ニ等シ。

鲁迅自述

골패(骨牌)에서 승부를 결정하는 것은 아주 간단하다. 점수가 많은 사람이 이기는 것이다(그러나 10점이나 20점은 0과 마찬가지다).

A = 장가(庄家 : 물주. 도박이나 카드놀이의 선)

B = 천 (앞) = 천문(天門)

C = 지 (왼쪽) = 청룡

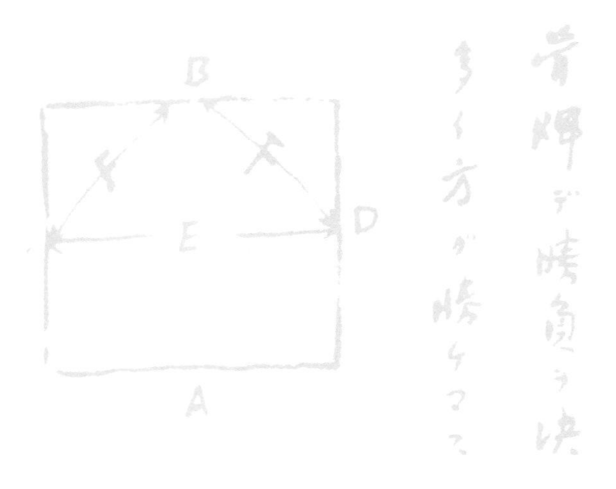

D = 인 (오른쪽) = 백호

E = 천당 (중간)

F = 각 (모퉁이)

E에 걸었을 때 C와 D가 이기면 E도 이긴다. 쌍방이 둘 다 졌을 때는 E도 역시 진다. 쌍방 가운데 하나는 이기고 하나는 졌을 경우, E는 무승부가 된다. F도 이와 마찬가지다.

해설 이 그림은 노신이 일본의 이노우에 고바이(井上紅梅)가 제기한 문제에 답하기 위해 그린 그림이다. 당시 고바이는 『아Q정전』을 번역하고 있었는데, 이 소설에 나오는 골패 노름에 대해 잘 알지 못했기 때문에 노신에게 물었던 것이다. 이 그림은 나중에 고바이가 번역하여 1932년 일본 도쿄의 가이조사(改造社)에서 출판된 『노신 전집』에 수록되었다.

28
벽사

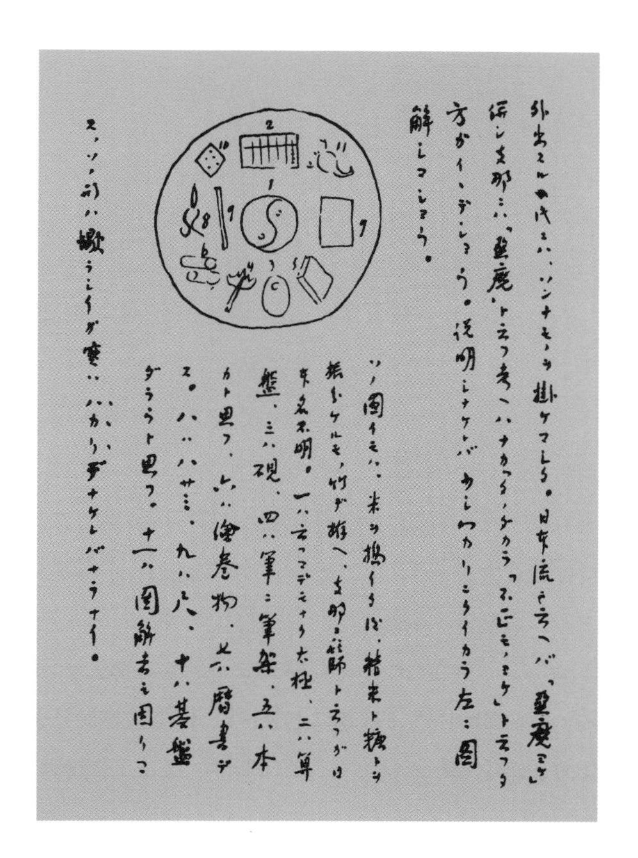
外出スル毎ニハ、コンナモノヲ掛ケマシタ。日本流ニ云ヘバ「悪魔ヨケ」ト云フタ
併シ支那ニハ「悪魔」ト云フ考ヘハナカッタノデスカラ「不正ノモノヨケ」ト云フタ
方ガイイデショウ。説明シナケレバ分リニクイカラ左ニ図
解シマショウ。

コノ図イフハ、米ヲ搗イタ後、精米ト糠トヲ
振分ケルモノ、竹デ作ヘ、支那ノ牧師ト云フガ日
本名不明。一ハ云フマデモナク太極、二ハ算
盤、三ハ硯、四ハ筆ニ筆架、五ハ本
カト思フ、六ハ絵巻物、七ハ暦書デ
ス。八ハハサミ、九ハ尺、十ハ碁盤
ダラウト思フ。十一ハ図解者モ困リマ
ス、ソノ前ハ蠍ラシイガ寒ハ、ハカリデナケレバナラナイ。

나는 54년 전에 세상에 나온 뒤로 집을 나설 때마다 이런 물건을 몸에 지니고 다녔네. 일본인들의 관점에서 보면 이것은 '사악한 악마를 피하기' 위한 것이네. 하지만 중국에는 '악마'라는 개념이 없기 때문에 그저 '벽사(辟邪)'라고 조금 부드럽게 표현하는 걸일세. 설명이 없으면 이해하기 힘들 것 같아 특별히 왼쪽에 그림을 그려봤네.

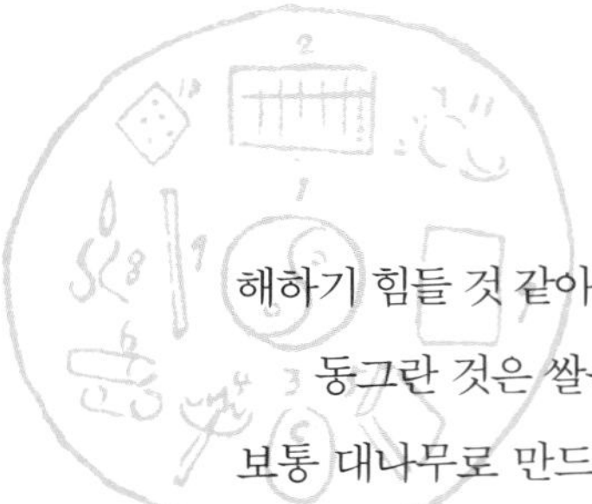

동그란 것은 쌀을 찧은 다음에 쌀과 겨를 걸러내는 데 사용하는 도구로 보통 대나무로 만드는데, 중국에서는 이를 체(篩)라고 부르네. 일본어 명칭은 무엇인지 잘 모르겠네. 1은 두말할 것도 없이 태극이고, 2는 산반, 3은 벼루, 4는 붓과 붓걸이일세. 5는 아마도 책인 것 같고, 6은 두루마리 그림, 7은 역서(曆書), 8은 가위, 9는 자, 10은 장기판일세. 11은 그리는 나도 잘 모르겠는데, 전갈처럼 생겼지만 아마 저울일 걸세.

요컨대 이 물건들은 모두 사물을 분명하게 밝혀주는 것들일세. 중국의 사악한 귀신들은 명확한 것을 몹시 두려워하고, 뒤섞이고 흐릿한 것을 좋아한다네.

—「마쓰다 쇼에게」(1934년 2월 27일)

해설 이 그림은 1934년 2월 27일 일본인 친구 마쓰다 쇼에게 보낸 편지에 그렸던 것이다. 마쓰다 쇼는 노신의 『중국소설사략』을 번역하기 위해 노신과 줄곧 긴밀한 관계를 유지하고 있었다. 노신은 마쓰다 쇼의 아들에게 은사(銀篩)를 선물하면서 이 그림을 그려 설명했다.

은사는 중국 강남 지방에서 어린아이들에게 평안을 보장해주는 일종의 벽사물인데, 각 지역에 따라 형태와 내용물, 그리고 크기가 다르지만 대체로 유사하다. 이 그림의 의의는 주로 사회학적이지만 이를 통해 민속 문물에 대한 노신의 남다른 관심과 이해를 엿볼 수 있다.

29
미려

拝啓。十一月一日ノ御手紙ハトウニ落掌シマシタガ、俗事紛繁ノ
為メニツイニ返事ヲ今マデ引延シマシタ。誠ニスマナイコトデス。
御説ノ御質問ノ二ツ三ツ ―
支那ノ所謂五数在六十二ノ上ノ日矢筆ニスレバ「両字」トカケバ一番
解リヨイダロウト思ヒマス。矢張リ無数ノコトデス。
「尾閭」ノコトハ頗ル曖昧。解剖学上ニハ尾骶骨トユフ骨ガアル、
ダカラ「尾閭」トハ コノ辺デス。
ソレカラ三月日前ニ十四日ノ手紙及ビ金十二円ツキマシタ。早速
「中国新文学大系」ヲ注文シタガ書店部ノ話デ七元七角、日本
金十円デス。マダ二円私ノ処ニ残サレテ居マス、デ外ノモノ御入用
ナラ電デ上マス、何時デモ。ソノ本ハ今マデ六冊出版シマシタガ、モウ
届ケルカ知ラン。実ハ僕ハヨク本ト思ヒマセン。

선묘

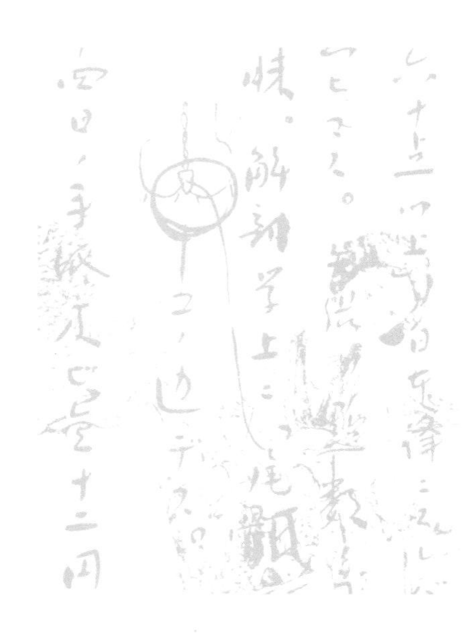

'미려(尾閭)'는 좀 애매하네. 해부학에 '미저골(尾骶骨 : 꽁무니뼈)'이라는 뼈가 있는데, '미려'는 아마도 이것을 말하는 것 같네.

—「마쓰다 쇼에게」(1935년 10월 25일)

해설 이 그림은 노신이 1935년 10월 25일에 마쓰다 쇼의 질문에 답하기 위해 그린 것이다. 마쓰다 쇼는 편지에서 두 가지 의문을 제기했는데, 하나는 「후지노 선생」이라는 제목의 글에서 '점수가 60점 이상이었다'라고 한 대목에 관한 것이고, 다른 하나는 '미려'가 무엇인가 하는 것이었다.

30 갓끈

魯迅自述 '국충봉리영반수(國忠奉氂纓盤水) ……' 라는 대목의 원문에는 오류가 있는데, 진홍(陳鴻)의 원문이 잘못된 것인지, 아니면 후대 사람들이 잘못 베낀 것인지는 알 수가 없네. 이것은 마땅히 '국충리영봉반수가검(國忠氂纓奉盤水加劍)'이라고 고쳐야 할 것 같네. 전하는 바에 따르면 대신들이 죄를 지으면 쇠털(牛毛)로 갓끈(纓)을 대신하고, 쟁반에 물을 담아 그 위에 검을 올려놓은 다음, 이를 두 손에 받쳐 들고 황제의 면전으로 다가가 "저를

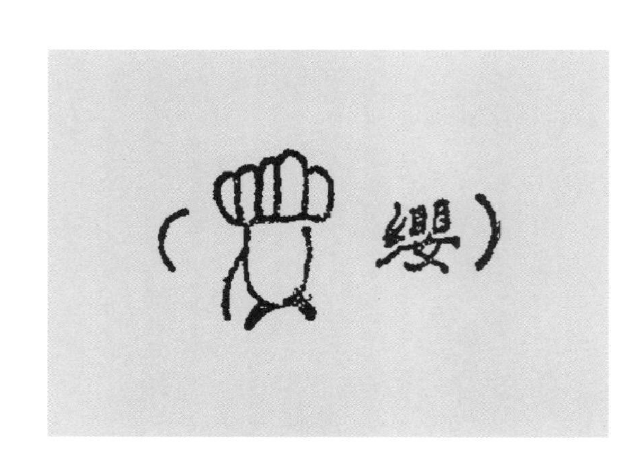

처벌해주십시오"라고 아뢰었다고 하네. 검은 자신을 베게 될 것이고, 쟁반에 담긴 물은 황제가 신하를 처형한 후에 손을 씻기 위한 것이니 대단히 주도면밀한 예의라 할 수 있겠지. 이는 한나라 때의 예제(禮制)이긴 하지만 정말로 실행된 적은 없는 것 같네. 『한서(漢書)』「조조전(晁錯傳)」에 있는 얘기일세.

—「마쓰다 쇼에게」(1933년 6월 25일)

관련 기록 진홍 : 천보(天寶) 말년에 오라버니 국충(國忠)이 스스로 승상의 자리에 올라 정권을 남용하자, 안록산(安祿山)이 양(楊)씨 일가를 토벌한다는 명분으로 군사를 이끌고 궁궐로 쳐들어갔다. 동관(潼關 : 낙양洛陽에서 장안長安으로 들어가는 요지)이 함락되자 현종(玄宗) 일행은 남쪽으로 행궁(行宮)하여 함양(咸陽)을 벗어나 마외정(馬嵬亭)에 이르렀다. 육군(六軍)이 동요하여 창을 든 채 감히 앞으로 나아가지 못했다. 시종관과 관리들이 현종의 말 앞에 엎드려,

한나라 때 조조(晁錯)를 죽여 천하의 인심을 달랬던 것처럼 양국충을 죽일 것을 청했다. 양국충은 갓끈을 쇠 꼬리털로 대신하고 쟁반에 물을 담아 바치는 의식을 치른 후에 길가에서 처형되었다. 그래도 좌우에 있는 무리들이 만족하지 않자 황제가 그 까닭을 물었다. 이때 누군가 나서 양귀비를 죽여 천하의 원한을 막아야 한다고 아뢰었다. 황제는 이미 돌이킬 수 없다는 사실을 깨달았지만 차마 그녀의 죽음을 볼 수가 없었다. 그저 소맷자락으로 얼굴을 가리고서 그녀를 끌고 가게 하는 수밖에 없었다. 양귀비는 당황하여 어쩔 줄 몰라 하다가 결국 한 자 남짓한 비단 끈에 목이 졸려 죽고 말았다.

— 『문원영화(文苑英華)』본 「장한가전(長恨歌傳)」, 노신 『중국소설사략』 인용

해설 이 부분부터 시작하여 제45절까지는 노신이 『중국소설사략』에 관해 마쓰다 쇼에게 대답한 내용이다.

노신은 『중국소설사략』에서 당나라 때 진홍이 쓴 「장한가전」(『문원영화』와 『여정집(麗情集)』 두 가지 판본이 있음)에 나오는 양국충과 양귀비 남매의 처형 장면을 인용하면서 '국충이 쇠 꼬리털로 갓끈을 대신하고, 쟁반에 물을 담아 바치는(國忠奉氂纓盤水)' 장면을 묘사하고 있다. 마쓰다 쇼는 『중국소설사략』을 번역하는 과정에서 이해되지 않는 부분이 있을 때마다 노신에게 자문을 구했고, 그럴 때마다 노신은 그림을 그려 보내며 자세히 설명해 주었다. 그림은 아주 간단하지만 제법 그럴 듯한 분위기를 연출하고 있다.

31 어린 대추

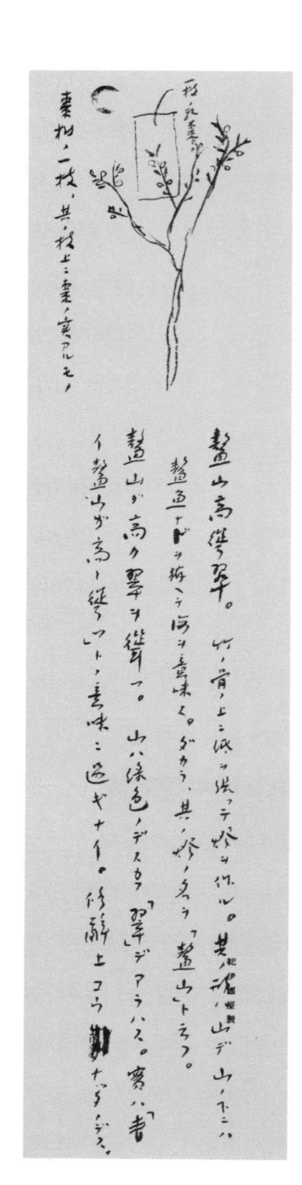

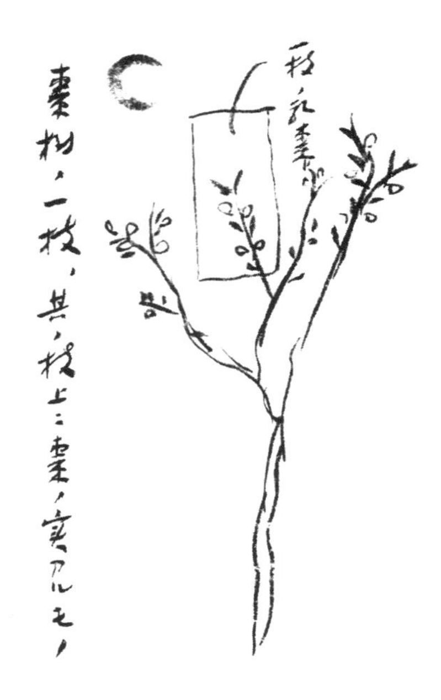

魯迅自述

마쓰다 쇼가 물었다. "『취경기(取經記)』에 보면 '아이가 일지유조(一枝乳棗)로 변했다'는 대목이 나오는데, 이때 유조는 '유조 한 개의 가지'를 말하는 건가요, 아니면 유조의 나뭇가지인가요?"

노신이 대답했다. "유조를 '단지(只)', 즉 조(棗 : 대추)라고 하네."

— 『노신과 마쓰다 쇼의 사제문답집』

관련 기록 나그네가 …… 다시 문을 여러 번 두드리자 한 아이가 나왔다. 나그네는 물었다. "넌 올해 나이가 몇이나 되었느냐?" 아이가 대답했다. "칠천 살입니다." 나그네는 금환장(金鐶杖)을 내려놓고 아이를 불러 손바닥에 올려놓고는 스님에게 아이를 먹겠느냐고 물었다. 스님은 이 말을 듣고 놀라서 가버렸다. 나그네가 손바닥 위에 있는 아이의 몸을 몇 바퀴 돌리자 아이는 일지유조 변해버렸다. 나그네는 그 자리에서 그것을 삼켜버렸다. 그러고는 나중에 동쪽 나라 당(唐) 나라로 돌아가는 길에 서천(西川)에 이르러 그것을 다시 토해냈다. 지금 이 지방에서 나는 인삼이 바로 그 것이다.

—『대당삼장취경기(大唐三藏取經記)』

해설 마쓰다 쇼는『중국소설사략』을 번역하면서 노신이 인용한『대당삼장취경기』의 '일지유조' 등의 표현을 보고서 이해하기가 어렵자, 노신에게 물었다. 노신은 유조(乳棗)가 바로 조(棗)라고 답하면서 '유(乳)'나 '유(幼)'는 초생(初生)을 의미한다고 설명해 주었다. 그러므로 '유조'는 초생의 눈조(嫩棗 : 어린 대추)라는 것이다. 노신은 사물에 대한 설명과 함께 특별히 이 그림을 그려 보내면서, 그림에 있는 것은 "대추나무 한 가지이고, 그 가지에 대추가 열리는 것이다"라고 주석을 달았다. 또한 그림에 있는 가지 하나에 '조수적 일지(棗樹的一枝 : 나무의 어린 대추 한 가지)'라고 명기했는데, 실제로 그 가지에 대추 열매가 달려 있다. 하지만 '그 자리에서 그것을 삼켜버렸다'라는 대목의 대추는 초생 대추가 아니라 보통 대추일 것이다. 비교적 정확히 소묘한 이 그림은 가지와 잎의 형상에 생동감이 넘친다.

32 화창

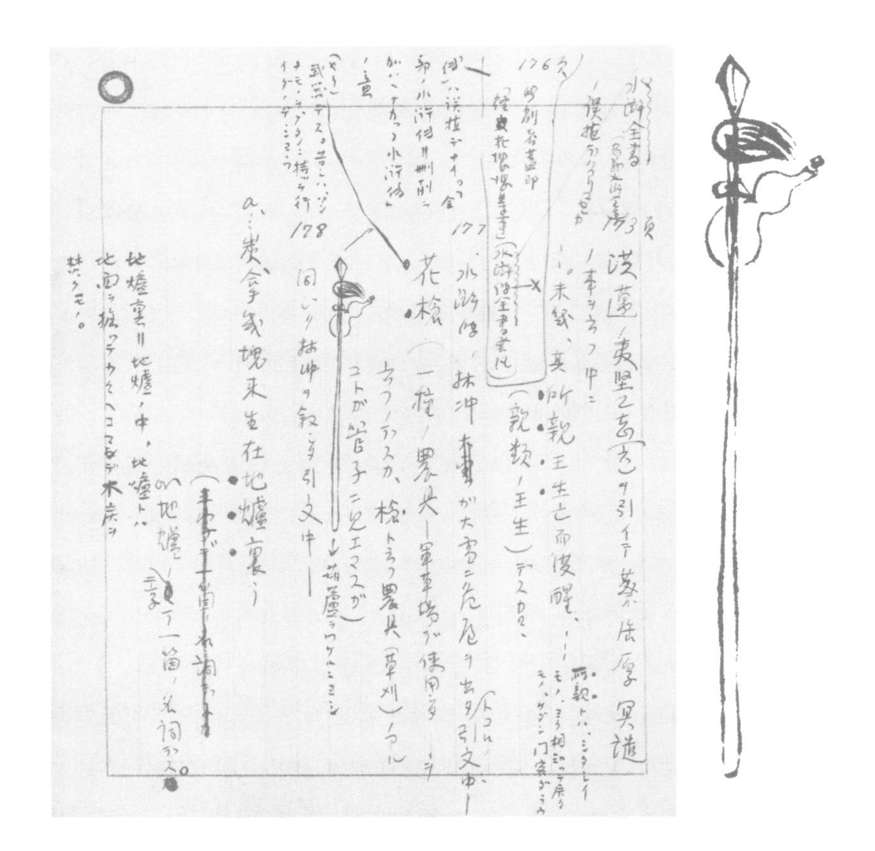

魯迅自述

마쓰다 쇼가 물었다. "『수호전(水滸傳)』에 보면 임충(林冲)이 폭설 속에서 집을 수리하는 대목이 나오는데, 여기서 화창(花槍)이란 것은 마구간에서 사용하는 농기구의 일종인가요? 그리고 창(槍)이란 것은 막대가 달린 풀 베는 농기구를 말하는 건가요?"

노신이 대답했다. "화창이란 일종의 무기로 긴 창을 말하네. 옛날에 무사들이 손에 들고 다녔는데, 호리병을 매달 수도 있네."

— 『노신과 마쓰다 쇼의 사제문답집』

관련 기록 각설하고 임충은 짐 보따리를 풀어놓고 사방이 모두 허물어진 것을 보고서 혼자 생각했다. '이 집에서 어떻게 겨울을 날 수 있단 말인가? 눈 멎고 날이 개면 미장이를 불러다 수리를 해야 겠군.' 그러고는 흙구덩이 옆에서 불을 쪼였으나 여전히 몸이 으슬으슬했다. 좀체 추위가 가시지 않자 그는 속으로, '고참이 말한 대로 5리 밖에 있다는 저잣거리에 가서 술이나 좀 받아다 마셔야겠다'고 생각했다. 그러고는 곧바로 화창에 술 호리병을 걸어 매고 발길을 동쪽으로 옮겼다. — 『중국소설사략』 인용 『수호전』 제9회

해설 설명의 편의를 위해 노신은 회신에 이 그림을 그림으로써 아주 상세한 해석을 제공했다.

33 금고봉

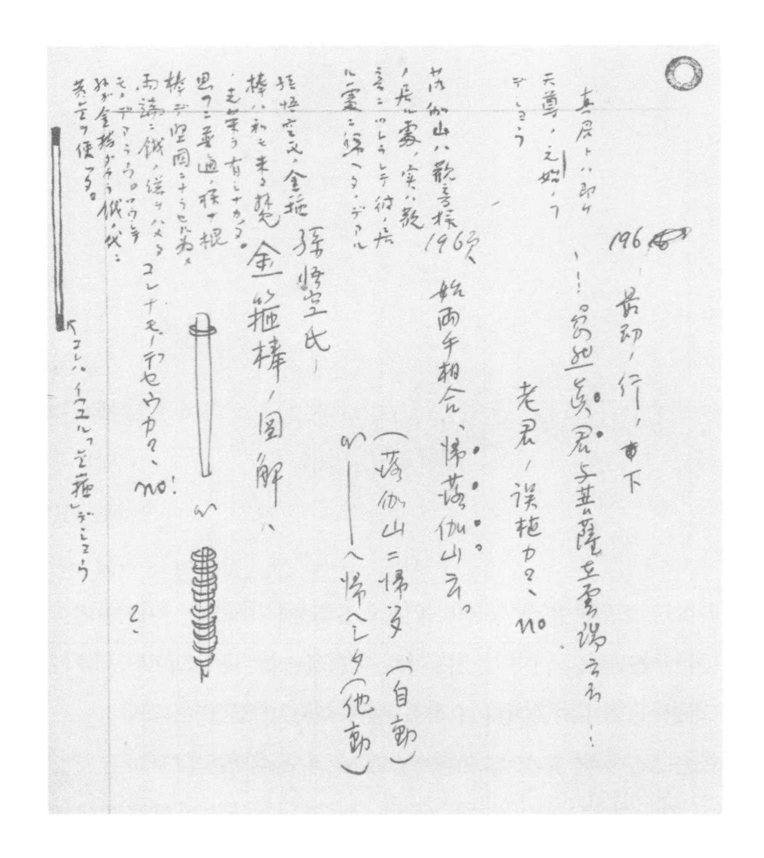

魯迅自述 마쓰다 쇼가 물었다. "손오공의 금고봉(金箍棒)이 그림 (1) 혹은 그림 (2)와 같습니까?" 노신이 대답했다. "No! 손오공의 금고봉은 나도 직접 볼 수 있는 영광을 갖지 못했네. 아마 보통 지팡이와 비슷할 걸세. 지팡이를 더욱 튼튼하게 하기 위해 종종 양 끝에 철환(鐵環)을 두르곤 하지.

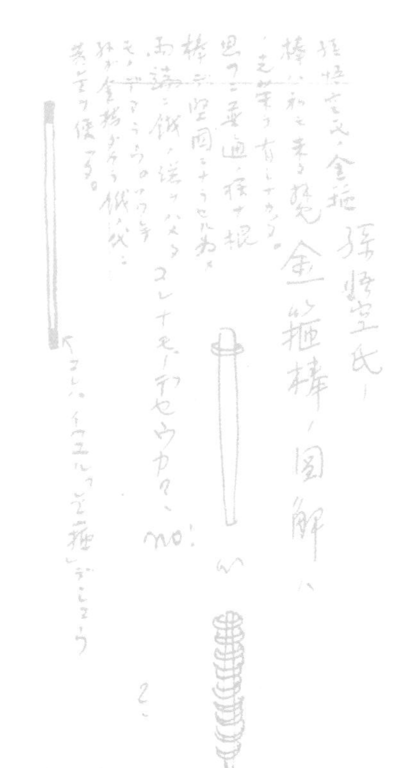

하지만 손오공은 돈이 아주 많기 때문에 지팡이 양 끝에 철 대신 황금을 둘렀을 걸세."

—『노신과 마쓰다 쇼의 사제문답집』

해설 마쓰다 쇼는 중국 전통 회화에 나오는 손오공과 그의 금고봉을 본 적이 없기 때문에 도무지 상상이 되지 않았다. 이에 대해 노신은 유머러스하게 대답하는 동시에 이 그림을 그려 자세히 설명해 주었다. 아울러 금고봉 한쪽 끝에 "이것이 바로 '금고(金箍)'라네"라는 설명을 덧붙였다.

34 두문

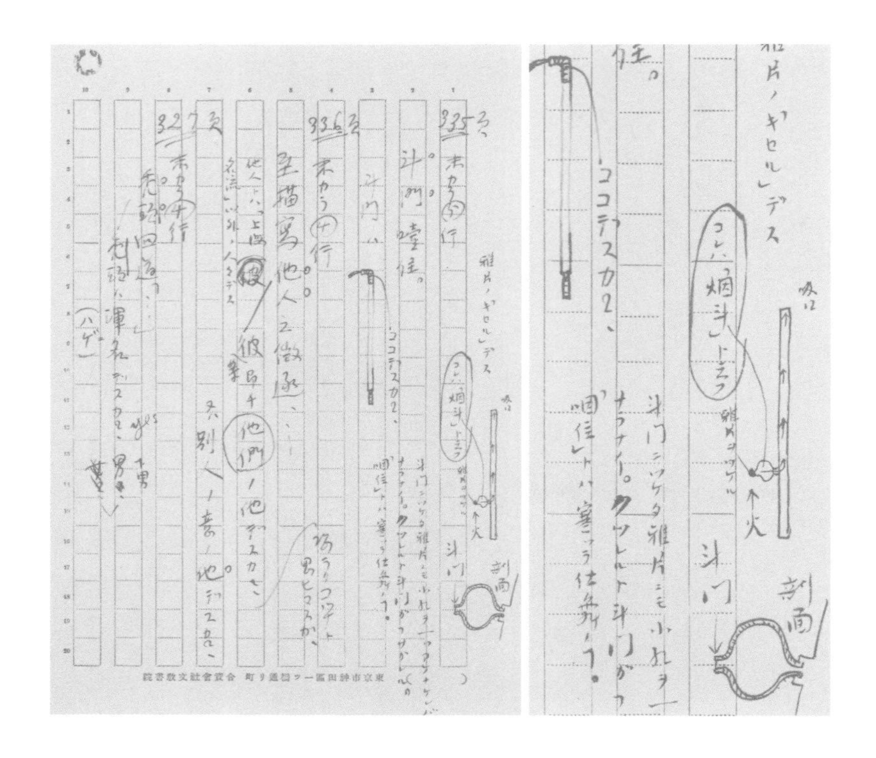

魯迅自述 (노신은 「해상화열전海上花列傳」에서 '두문斗門이 막혀버렸다'는 대목을 언급했다). 마쓰다 쇼는 그림을 그려 구부러진 부분을 가리키며 노신에게 물었다. "이 부분이 두문인가요?" 노신은 다시 그림을 그려 설명해 주었다. "이것이 바로 아편을 피울 때 사용하는 담뱃대일세. 두문에다 아편을 넣고 작은 구멍을 뚫어야 하네. 그렇지 않으면 담뱃대가 막히기 십상이거든."

—『노신과 마쓰다 쇼의 사제문답집』

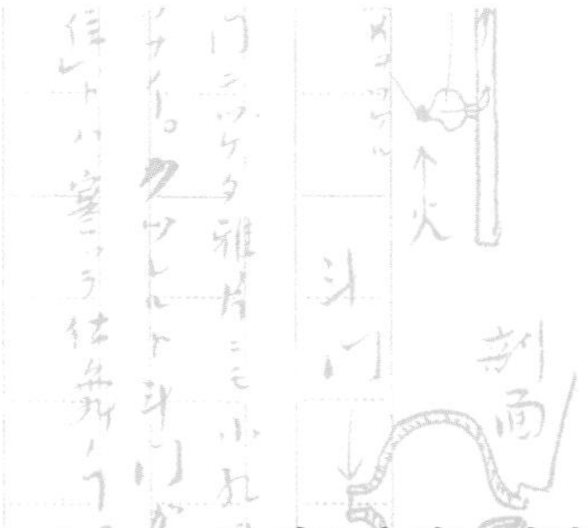

관련 기록 『해상화열전』 제2회 : 조박재(趙朴齋)는 …… 곧 저쪽에 있는 아편을 피우는 평상으로 가서 누웠다. 그러고는 왕아이(王阿二)가 한 모금 가량의 아편에 불을 붙여 곰방대에 담아 소촌(小村)에게 건네주는 모습을 바라보고 있었다. 소촌은 아편을 끝까지 들이마셨다. …… 세 모금쯤 빨고 나서 소촌이 말했다. "그만 마실래." 왕아이는 담뱃대를 도로 빼앗아 조박재에게 건넸다. 아편을 피울 줄 모르는 조박재가 반 모금쯤 피우자 담뱃대 두문이 막혀 버렸다. …… 왕아이가 꼬챙이로 담뱃대를 뚫은 다음 그에게 불을 붙여 주었다.

— 『중국소설사략』 제26편 인용

해설 그림이 대단히 근사한 것으로 미루어 마쓰다 쇼도 아편용 담뱃대를 본 적이 있는 것 같다. 물론 노신 자신은 아편을 피우지 않았지만 그의 아버지는 영락했을 때 아편을 지독하게 피웠었다. 그래서 노신은 아편 담뱃대의 구조를 잘 알고 있었다. 그가 그린 아편 담뱃대 그림에는 입면도(立面圖) 외에 부분을 확대하여 그린 그림도 있어, 연두(烟斗), 두문, 흡입구 등의 부분을 선명하게 보여준다. 또한 아편에 불을 붙이는 부분과 아편 연기를 빨아들이는 방법이 자세히 묘사되어 있다.

35 격선

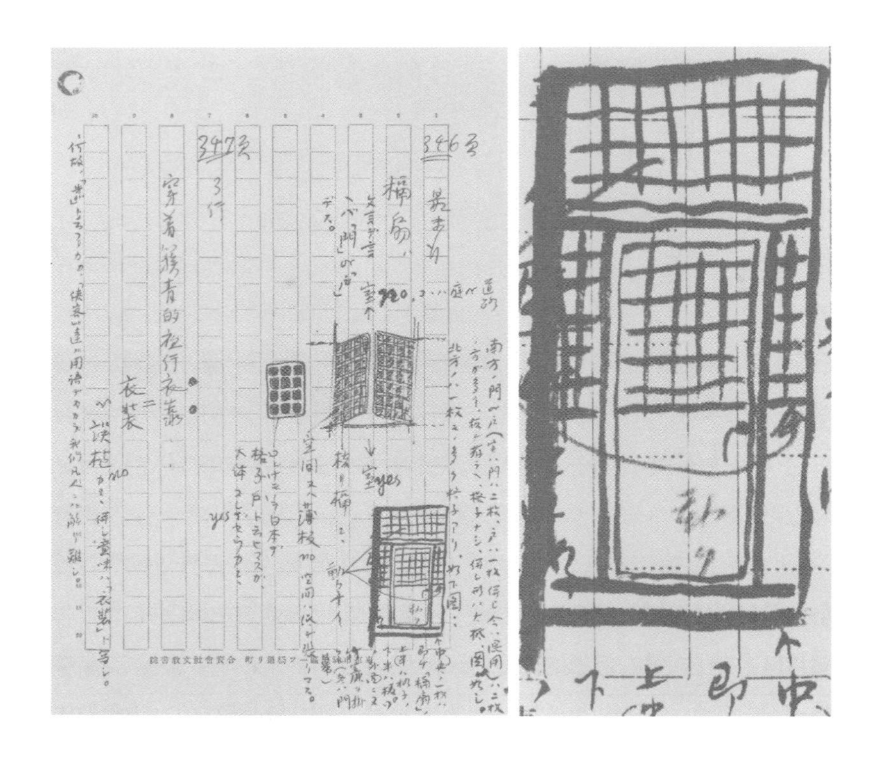

鲁迅自述

마쓰다 쇼가 물었다. "격선(隔扇)이란 것이 어떤 건가요?"

노신이 대답했다. "글 속 엇귀으로 말하면 '문(門)' 또는 '호(戶)'를 말하네. 남방의 '문'이나 '호'(사실 문은 문짝이 둘이고 호는 문짝이 하나인 것을 말하는데, 지금은 두 가지가 혼용되고 있네)는 문짝이 대부분 두 개이고, 판목으로 이루어져 있으나 격자(格子)가 없네. 형태는 자네가 그린 그림과 유사하네. 한편 북방의 문짝은 대부분 한 개이고 격자가 있네. 아래 그림처럼 중간

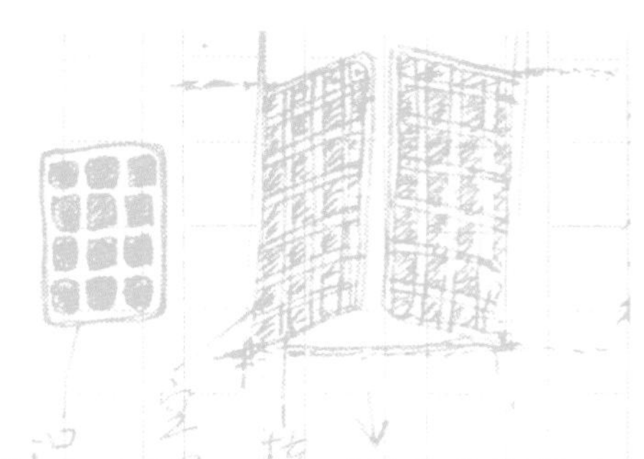

에 문짝이 하나인 것이 바로 '격선(장지, 미닫이와 비슷한 문)'인데, 상반부는 모두 격자이고 하반부는 목판이네. 밖에 별도로 죽렴(竹簾)을 걸 수도 있네(겨울에는 문막門幕을 설치하기도 하네).

—『노신과 마쓰다 쇼의 사제문답집』

관련 기록 『삼협오의(三俠五義)』 제39회 : 단지 전야(展爺)만이 이미 자리를 벗어나 격선을 닫고 몸을 돌려 입으로 등잔불을 불어서 껐다. 그러고는 곧 외투를 벗었다. 안에는 이미 모든 준비가 되어 있었다. 살그머니 손에 보검을 들고 문을 한 번 여는 척했더니, '퍽' 하는 소리가 나면서 격선에 무엇인가가 부딪쳤다. 전야는 그제야 문을 열어젖히고 힘껏 몸을 구부려 밖으로 뛰어나갔다.

—『중국소설사략』 제27편

해설 『삼협오의』에서 묘사한 지역은 하남(河南) 일대인데, 그 문이 북방 양식이다. 사실 '격선'은 북방 가옥 방문의 한 형태이다. 노신은 이에 관해 글로 설명하는 동시에 이 그림을 그려 '격선'은 움직일 수 있지만 나머지 부위는 움직일 수 없다고 설명하고 있다. 그림 자체는 매우 간단하기 때문에 예술적인 가치보다는 그렸다는 데서 의미를 찾아야 할 것이다.

36 추엽식 동문

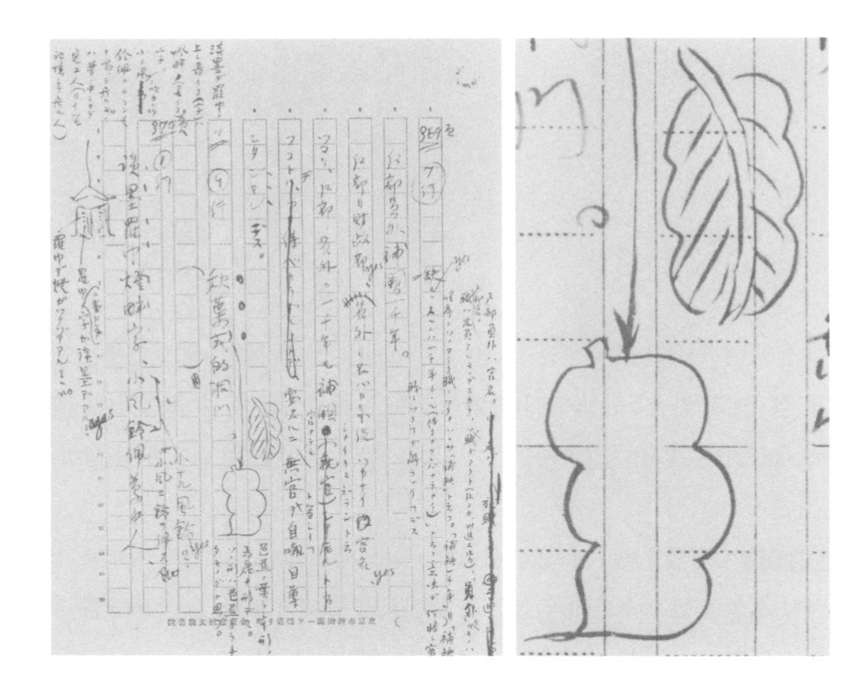

魯迅自述

마쓰다 쇼가 물었다. "추엽식 동문(秋葉式 洞門)이란 것이 뭔가요?"

노신이 대답했다. "모양이 마치 파초 잎처럼 생긴 동문(洞門 : 정원의 벽에 설치한 문으로 테두리만 있고 문짝은 없는 것이 특징)을 말한다네. 아주 단조로운 형상이지. 아마도 파초의 형상에서 따온 것 같네."

— 『노신과 마쓰다 쇼의 사제문답집』

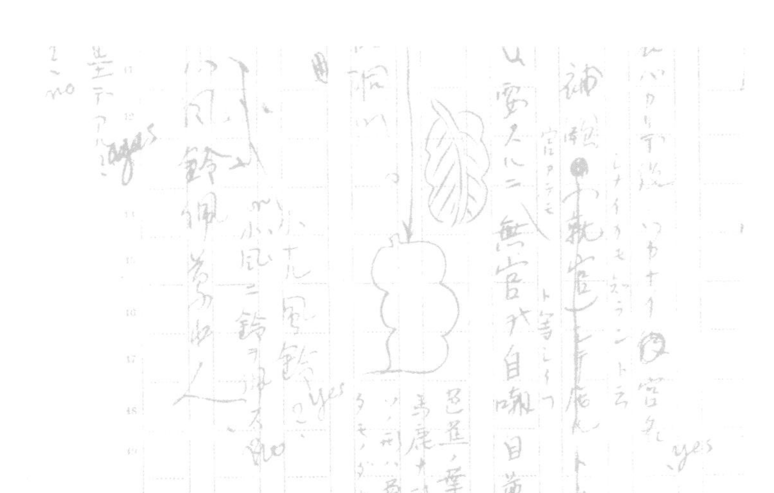

관련 기록 『얼해화(孼海花)』 제19회 : 문 안으로 들어서니 영벽(影壁 : 뜨락이 훤히 들여다보이지 않도록 막아 세운 가림벽)이 하나 있었다. 영벽을 돌아서 동쪽으로 가자, 북쪽을 향한 마루 세 칸이 있었다. 마루 끝 낭하를 따라 곧장 들어가니 추엽식 동문 하나가 나왔다. 동문 안쪽으로는 네모진 작은 마당이 펼쳐졌다.

— 『중국소설사략』 제28편

해설 노신은 '추엽식 동문'에 대한 질문에 대답하면서 특별히 두 가지 그림을 그려주었다. 하나는 파초 잎이고 다른 하나는 추엽식 동문의 형태로, 양자가 서로 비슷하다. 실제로 중국 원림(園林)의 동문은 자연에서 그 형태를 취하는 경우가 많다. 예컨대 바가지 모양도 있고 달 모양도 있는데, 중요한 것은 지나다니기에 편해야 한다는 것이다. 노신이 추엽식 동문을 너무 단조로운 형태라고 언급한 점은 흥미롭다. 그럼에도 불구하고 그가 그린 그림은 간결하면서도 우아한 풍취를 자아낸다.

37 적독판

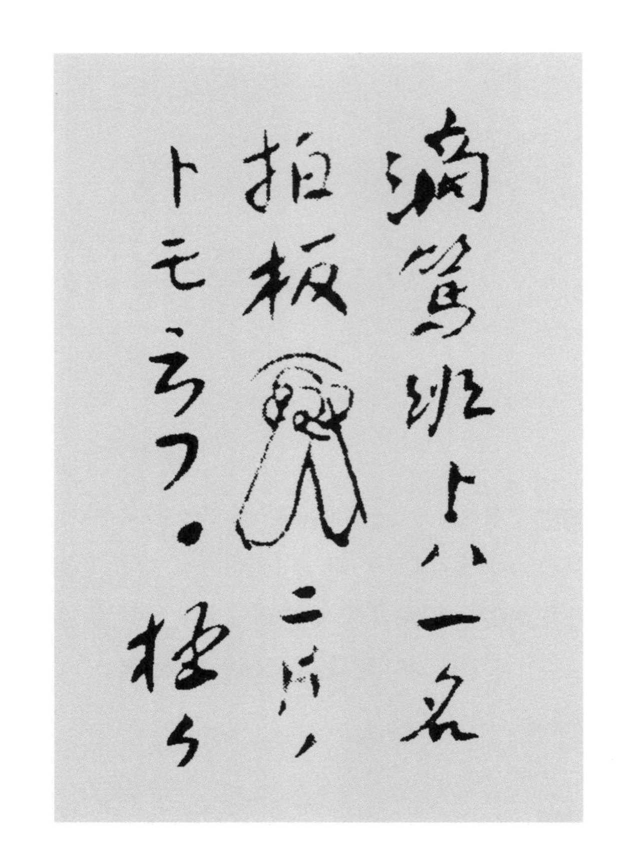

魯迅自述

'적독반(滴篤班)'은 일명 '삼각반(三角班)'이라고도 하는데, 두세 사람이 한 조를 이루어 하는 연극이네. 속어로 설창(說唱)을 하며, 한 구절을 노래할 때마다 북이나 박판(拍板 : 두 개의 나무판으로 된 악기로 박자를 맞추기 위해 사용

함)으로 연속적으로 똑딱 소리를 내지. 그래서 이름이 '적독판(滴篤板 : '적독'은 두드릴 때 나는 소리를 형용한 의성어)'인 것일세. 매우 간단하면서도 원시적인 연극이지.
—『노신과 마쓰다 쇼의 사제문답집』

관련 기록 욱달부의 「두 시인(二詩人)」: 시인 하마(河馬)는 적독반을 들으러 상해 '대세계(大世界)'* 에 가면서 마음속으로 생각한다. —『욱달부 소설집』

해설 욱달부는 자신의 소설에서 '하마'라는 이름의 한 가난한 시인을 그리면서, 서두부터 그가 상해의 유명한 위락 공간인 '대세계'로 가서 입장료가 저렴한 민간의 설창 예술인 '적독반'을 들으려는 모습을 묘사하고 있다. 마쓰다 쇼는 이 소설을 번역하면서 적독반이 뭔지 몰라 노신에게 편지로 물었다. 노신은 답신에서 '적독반'의 가장 간단한 악기인 '박판'을 그려주었다. 박판은 민간에서 '적독판'이라 불리기도 하는데, 그 명칭은 노신이 말한 것처럼 두드릴 때 나는 소리에서 유래하였다.

* 1917년에 처음으로 세워진 상해에서 가장 큰 공연장으로, 서장로(西藏路)와 연안로(延安路)가 교차하는 곳에 위치함.

38 훈툰 튀김

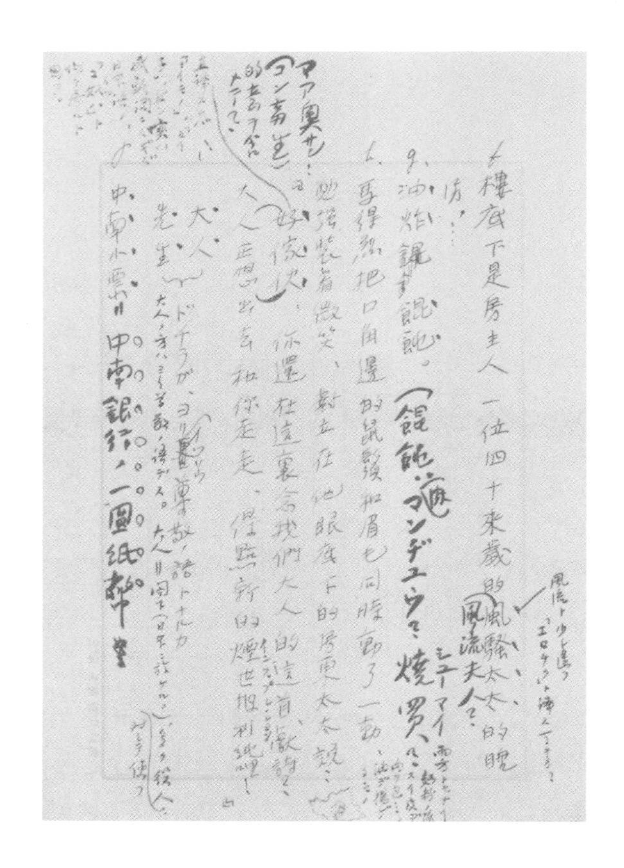

魯迅自述 아주 얇은 만두피로 고기소를 싼 다음 기름에 튀긴 것을 '훈툰 튀김(油炸餛飩)'이라고 하네. —『노신과 마쓰다 쇼의 사제문답집』

관련 기록 욱달부의 「두 시인」: 건물 아래층은 마흔 살 전후의 가볍고 천박

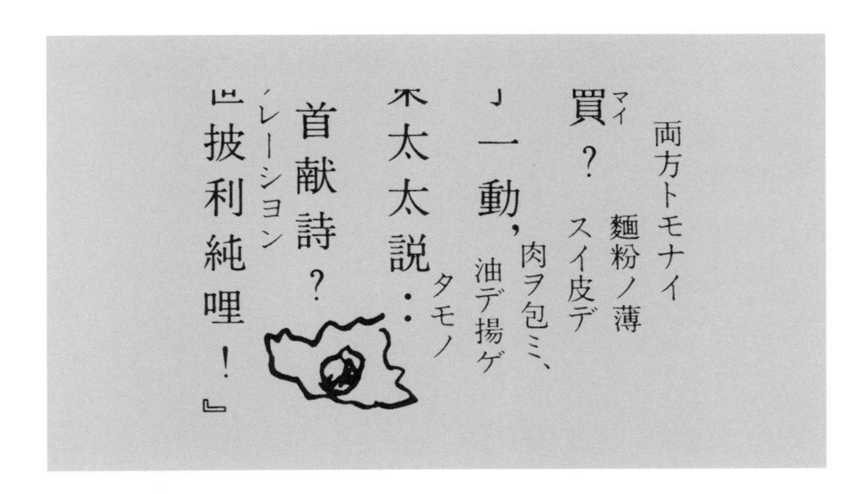

한 부인이 침실로 쓰고 있었다. 그녀의 남편은 한구(漢口)에서 차 장사를 하면서 약간의 돈을 모은 상태였다. 마득렬(馬得烈)이 그녀에게로 다가가자 그녀는 그제야 침상에서 몸을 일으켰다. 손에는 시인 하마가 그녀에게 준 시집 「일리아라(伊利亞拉)」가 들려 있었지만, 그녀의 몸에 깔려 마치 훈툰 튀김처럼 형편없이 구겨진 상태였다.

—『욱달부 소설집』

해설 마쓰다 쇼는 욱달부의 소설 「두 시인」에 나오는 '유작혼돈(油炸餛飩)'에 대해 이해가 되지 않자, 편지를 써서 노신에게 훈툰이 고기만두인지 아니면 샤오마이(燒賣 : 돼지고기·양파·소금·후추 따위를 혼합하여 얇은 피에 넣고 찐 만두의 일종)인지를 물었다. 노신은 그림을 그려 가면서 둘 다 아니라고 설명해 주었다. 하지만 노신이 그린 것은 실제 훈툰과 많이 다르다. 일반적으로 훈툰피는 정사각형이거나 직사각형이고, 테두리도 말끔하기 때문이다.

39 정향 귀고리

魯迅自述 정향 귀고리(丁香耳环)는 정(丁) 자 모양의 귀고리이다(대부분 은으로 만든다). 정향 귀고리는 가장 간단한 형태의 귀고리로 대개 한 쌍을 단다.

관련 기록 「교태수가 멋대로 원앙보를 찍다(喬太守亂點鴛鴦譜)」: 길한 시기가

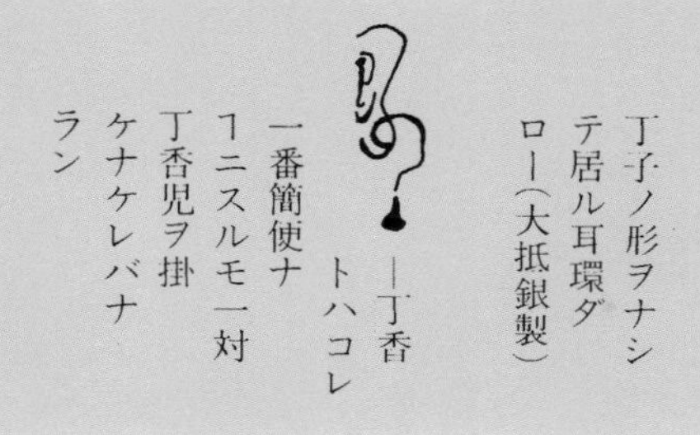
丁子ノ形ヲナシ
テ居ル耳環ダ
ロー(大抵銀製)
―丁香
トハコレ
一番簡便ナ
フニスルモ一対
丁香児ヲ掛
ケナケレバナ
ラン

되자 손(孫) 과부는 아들 옥랑(玉郞)을 여자로 분장시켰다. 과연 여자 아이와 너무 똑같아 자신도 진짜 여자인지 아닌지를 구분할 수 없을 정도였다. 게다가 아들에게 여인의 예절을 가르치고 온갖 아름다운 장식을 다 갖춰주었다. 다만 숨기기 어려워 드러날 수밖에 없는 것 두 가지가 있었다. 그 두 가지는 무엇일까? 첫째는 발이 여인과 다르다는 것이었다. …… 둘째는 귀에 단 귀고리였다. 귀고리는 여자들이 평소에 흔히 하는 장식물로 아주 가볍고 귀여운 것을 좋아했고, 대개의 경우 한 쌍을 달았다. 집안이 가난한 사람들은 금이나 은으로 만든 것을 달 수가 없어 구리나 주석으로 만든 것을 사서 하되 역시 한 쌍을 달았다.

— 『금고기관(今古奇觀)』 제28권

해설 마쓰다 쇼는 이 소설을 번역하면서 끊임없이 노신에게 질문을 해댔다. "귀족들의 귀고리가 정향의 열매인가요? 정향으로 귀고리를 만드나요? 정향은 보통 금은으로 만든 귀고리의 부속 장식물인가요, 아니면 그냥 귀고리가 큰 것을 나타내는 말인가요?" 노신은 간단하게 정향 귀고리를 그려 설명해 주었다. 그림에서 윗부분은 귀이고, 아래로 늘어진 것이 정향 귀고리이다.

40 인중

중국인들은 사람이 혼절을 했을 때 손가락으로 인중(人中)을 눌러 주면 죽지 않는다고 믿었네. — 『노신과 마쓰다 쇼의 사제문답집』

관련 기록 「고태수가 멋대로 원앙보를 찍다」: 악사들이 음악을 연주하면서

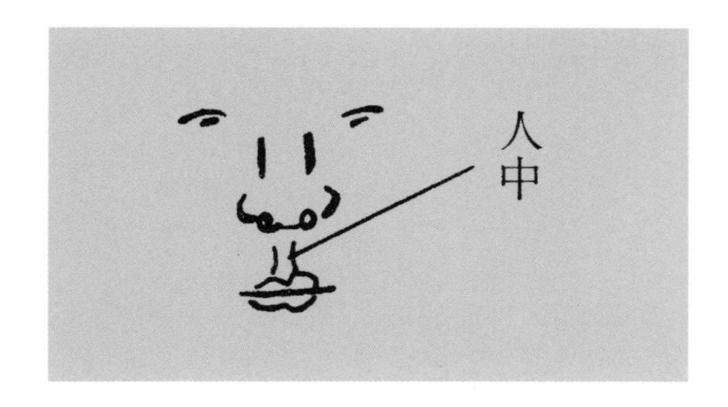

신랑을 이끌어 방으로 들인다. 침상 가까이 이르자 유(劉)씨 부인이 휘장을 걷으며 큰 소리로 소리친다. "내 아들아, 오늘 며느리를 들임으로써 집안에 기쁨이 가득하게 될 것이니, 정신을 똑바로 차려야 한다." 서너 차례 큰 소리로 이야기했지만 대답하는 소리가 들리지 않았다. 유공(劉公)이 등불을 들어 비춰보니, 아들이 머리를 옆으로 한 채 혼절해 있는 것이다. 알고 보니 병으로 허약해진 유박(劉璞)이 악사들의 북소리에 놀라 그만 혼절하고 말았던 것이다. 노부부는 발을 동동 구르며 황급히 인중을 누르고, 뜨거운 국물을 가져오라 분부하여 몇 입 떠 넣어주었다. 그러자 유박의 몸에서 식은땀이 나면서 정신이 돌아왔다.

— 『금고기관』 제28권

해설 마쓰다 쇼는 「교태수가 멋대로 원앙보를 찍다」 부분을 번역하면서 본문에 나오는 '인중'의 뜻을 이해하지 못해 노신에게 편지로 물었다. "인중을 누른다는 것이 사람을 억지로 붙잡아 두는 것을 의미하나요?" 노신은 질문에 답하기 위해 이 그림을 그리고, '인중'의 부위까지 친절하게 표시해 주었다.

41 판자

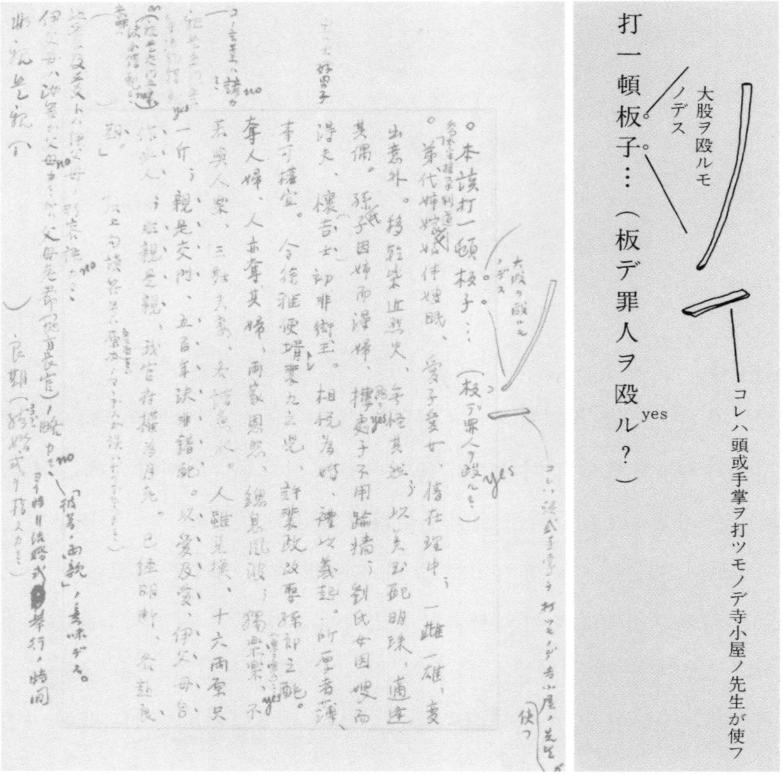

打一頓板子…（板デ罪人ヲ殴ル？）yes

大股ヲ殴ルモノデス

コレハ頭或手掌ヲ打ツモノデ寺小屋ノ先生が使フ

(긴 판자는) 엉덩이를 때리는 데 쓰고, (짧은 판자는) 머리나 손바닥을 때리는 데 사용하네. ─『노신과 마쓰다 쇼의 사제문답집』

관련 기록 「교태수가 멋대로 원앙보를 찍다」: 교태수가 말하길, "법도를 따

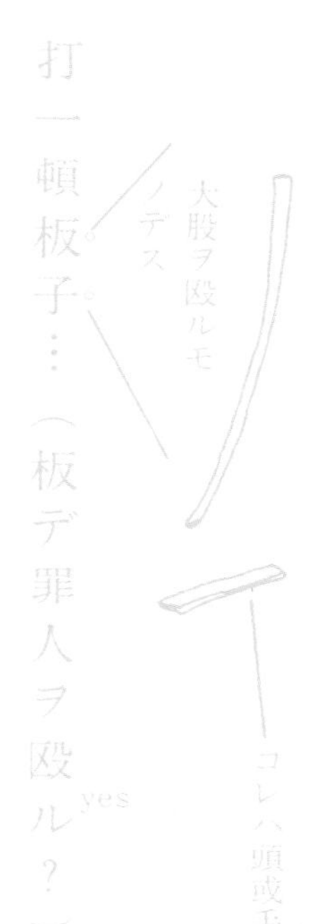

지자면 마땅히 판자(板子)로 한 차례 매를 때려야 옳지만, 네가 아직 어리고 양가 부모들이 초래한 일이니 점잖게 타이르는 것으로 용서하기로 한다”라고 했다.

— 『금고기관』 제28권

해설 마쓰다 쇼는 「교태수가 멋대로 원앙보를 찍다」 부분을 번역하면서 ‘판자’라는 단어에 대해 의구심이 들자 곧장 노신에게 편지를 써서 자문을 구했고, 노신은 이 그림을 그려 설명해 주었다. 아주 간단한 그림이지만, 중국인들이 알고 있는 옛날 판자에 대한 내용을 설명하기에는 충분하다.

42 보균지

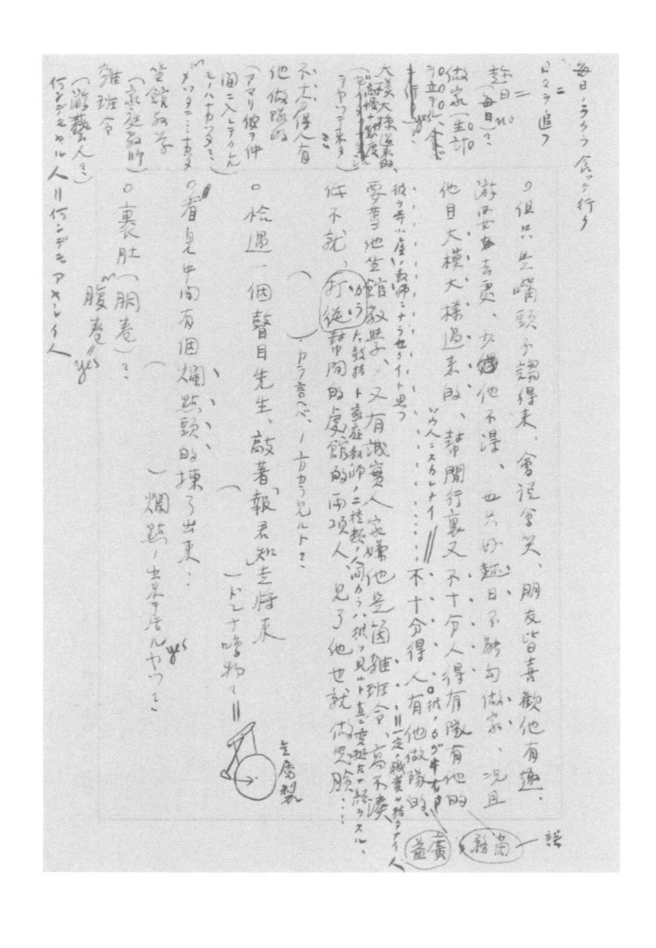

관련 기록 「전운한이 우연히 동정홍을 만나다(轉運漢巧遇洞庭紅)」: 문약허(文若虛)가 …… 우연히 '고목선생(瞽目先生)'을 만났다. '고목선생'은 '보균지(報君知)'를 두드리며 다가왔다. 문약허는 손을 뻗어 주머니에서 잡히는 대

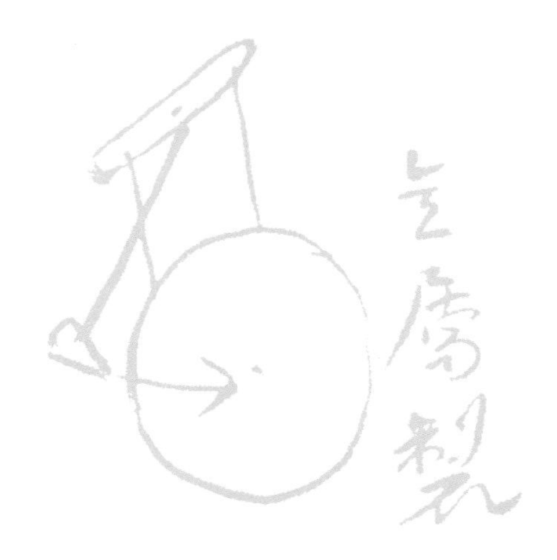

로 약간의 돈을 꺼내 그에게 내밀며 자신의 재운이 어떤지 점괘를 봐달라고 졸랐다.

—『금고기관』 제9권

해설 '고목선생'은 장님 점쟁이를 말한다. '보군지'는 일종의 동라(銅鑼 : 징과 같은 악기)로, 이것을 두드리며 여러 사람들에게 알리게 되므로 '보군지'라는 이름을 갖게 되었다. 맹인 점쟁이가 동라를 두드리며 거리를 오가는 것은 일종의 광고 행위로, 자신의 존재를 사람들에게 보지(報知 : 기별하여 알림)하려는 것이다. 마쓰다 쇼는 이 소설을 번역하면서 '보군지'가 구체적으로 어떤 것인지 모르고, 단지 두드리는 물건이라는 것만 알고서 노신에게 물었다. "보군지는 도대체 어떤 유형의 명기(鳴器)인가요?" 노신은 동라에 대해 설명하면서 친절하게 그림까지 그려주었다.

43 장궐니리

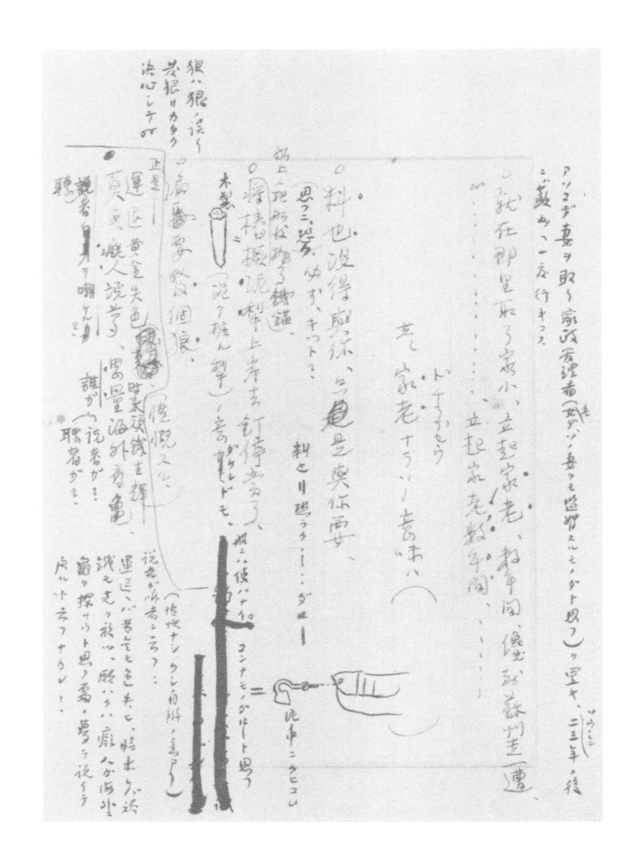

魯迅自述 니리(泥犁)를 쓸 수는 있지만 배 위에서 사용하는 것은 아니네. (그 머리를) 진흙 속으로 꽂아 넣는 것으로, 이렇게 생긴 물건일세(그림을 볼 것).

— 『노신과 마쓰다 쇼의 사제문답집』

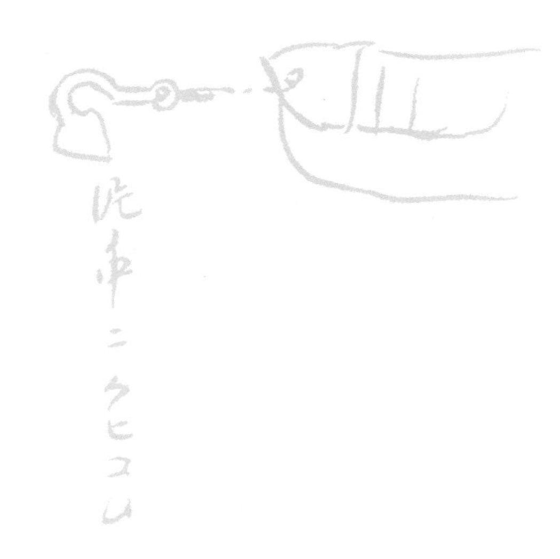

관련기록 「전운한이 우연히 동정홍을 만나다」: 배 위에 있던 사람이 배 뒤로 쇠로 된 닻을 던지고 장궐니리(樁橛泥犁)를 뭍으로 던져 배를 세우면서 선실을 향해 말했다. "걱정하지 말고 잠시만 앉아 계세요. 곧 바람이 잦아들 겁니다."

— 『금고기관』 제9권

해설 '장궐니리'는 옛날에 닻을 내리고 배를 해안에 정박시키는 데 사용하던 도구이다. 니리는 진흙을 뚫어 장궐정(樁橛釘)을 진흙 속에 박고 다른 한쪽을 배 위에 연결하여 배를 고정시키는 데 사용되었다. 물론 그 자체로 배를 진흙 속에 단단히 고정시키는 역할을 하기도 한다. 마쓰다 쇼는 이러한 도구의 쓰임을 잘 몰라 노신에게 자문을 구했다. 그러자 노신은 그림을 그려 설명해 주었다.

44 팔단 의복

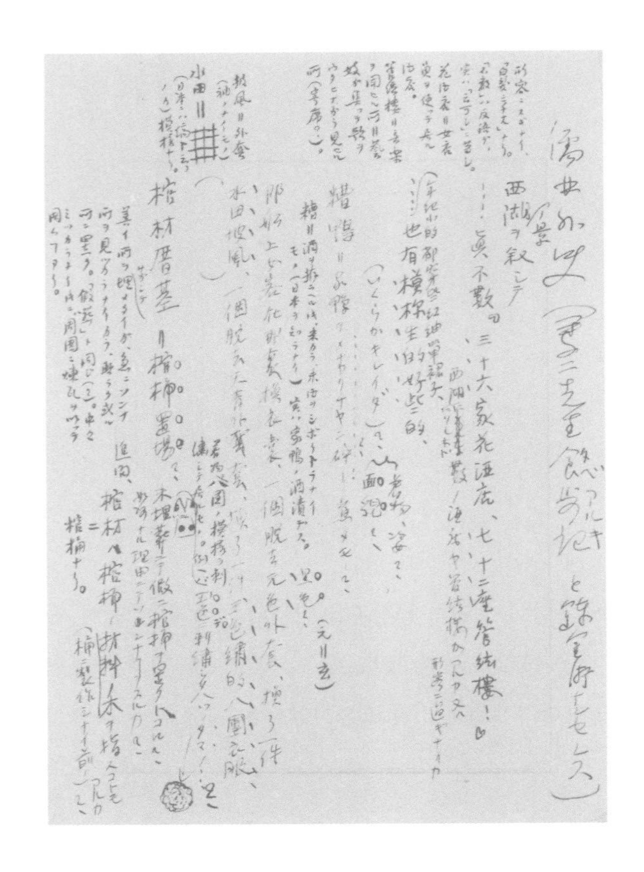

(팔단八團 의복이란) 여덟 개의 꽃무늬가 수놓인 옷을 말하네.

— 『노신과 마쓰다 쇼의 사제문답집』

관련 기록 「거공손은 책방에서 좋은 벗을 배웅하고 마수재는 산속 동굴에서 신선을 만나다」: 마이 선생은 돈 몇 푼을 가지고 홀로 전당문(錢塘門: 절강성 항주 서쪽에 있는 성문)을 빠져 나왔다. …… 서호(西湖) 호숫가에 늘어선 버드나무 그늘 아래로 두 척의 배가 맞닿아 있는 것이 보였다. 배 위에 있던 여자 손님들이 그 자리에서 옷을 갈아입고 있었다. 한 여인은 원색(元色: 검은 색)의 겉옷을 벗고 수전피풍(水田披風)*으로 갈아입었고, 한 여인은 하늘색 겉옷을 벗고 수가 놓인 옥빛 팔단 의복으로 갈아입었다. 한 중년 여인은 남색 비단 적삼을 벗고 하늘색 비단에 두 가지 색깔의 수가 놓인 적삼으로 갈아입었다. — 『유림외사』 제14회

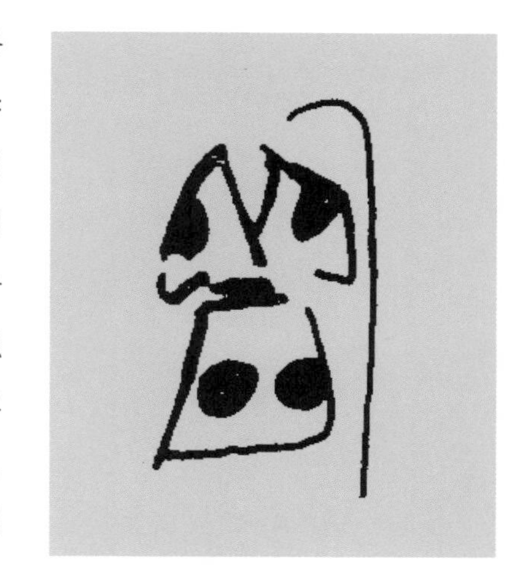

해설 중국의 고서에는 각종 의복에 대한 묘사가 눈이 부실 정도로 화려하다. 이 가운데는 마쓰다 쇼와 같은 외국인은 두말할 것도 없고 중국 독자들도 제대로 이해하지 못하는 것들이 많다. 마쓰다 쇼는 중국 고서를 번역하는 과정에서 이런 어려운 문제를 만날 때마다 노신에게 묻곤 했다. 노신은 그에게 팔단 의복이 무엇인지 상세히 설명해 주면서 간단한 그림을 그려 이해를 도왔다. 지극히 간단하지만 뜻을 전달하기에는 충분한 그림이다.

* 명나라 말기에 유행한 망토형 외투로, 유사한 여러 색깔의 짜투리 천을 이어서 기워 화려했으며, 마치 수전을 한데 모아놓은 것 같다 하여 지은 명칭.

45 청선

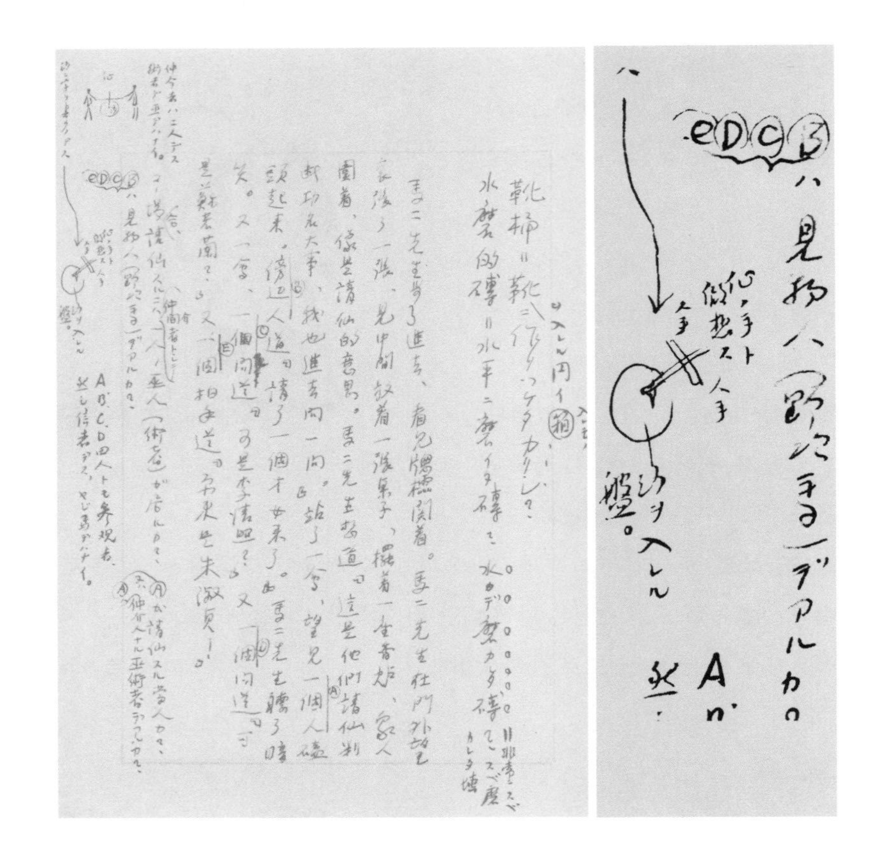

신선을 부를 때에는 매개자 두 사람이 필요한데, 이들은 무사(巫士)가 아니라 술사(術士)들이다.

관련 기록 「거공손은 책방에서 좋은 벗을 배웅하고, 마수재는 산속 동굴에서 신선을 만나다」: 마이 선생은 안으로 걸어 들어가 격자창이 닫혀 있는 것을 발견하고는 문 밖에서 잠시 안을 들여다보았다. 방 한가운데에는 탁자가 하나 있고, 그 위에 향로가 하나 놓여 있었는데 사람들이 그 둘레에 모여 있는 것이 보였다. 마치 신선을 불러들이고 있는 것 같았다. 마이 선생은 속으로 생각했다. '저들은 신선을 불러들여 공명대사(功名大事)를 알아보려는 게 틀림없어. 들어가서 한번 물어봐야겠군.' 잠시 그렇게 서 있다가 다시 보니 한 사람이 땅바닥에 엎드려 절을 하는 것이 보였다. 옆에 있던 사람이 말했다. "재녀(才女) 한 분을 모셔왔군." 마이 선생은 이 말에 살그머니 미소를 지었다. 잠시 후 한 사람이 물었다. "그 재녀가 이청조(李清照)요?" 다른 사람이 물었다. "아니면 소약란(蘇若蘭)이오?" 또 다른 사람이 알았다는 듯 손뼉을 치며 말했다. "아, 주숙정(朱淑貞)이로군!"

— 『유림외사』 제14회

해설 앞에서 언급한 '청선(請仙 : 신선을 불러들이는 행위)'에 대한 묘사에서 마쓰다 쇼는 이해하지 못하는 부분 몇 군데가 있었다. 그는 이 단락을 적어서 노신에게 물었다. 그 질문을 살펴보면 이렇다. "신선을 부를 때 매개자 가운데 한 사람은 무인(巫人)인가요? 이 글에서는 여러 사람이 언급되고 있는데, 첫 번째 (고두叩斗하는) 사람은 청선의 당사자인가요, 아니면 청선을 매개하는 무술사(巫術士)인가요? 그리고 나머지 사람들은 모두 구경꾼들인가요?" 노신은 이에 대해 그림 두 점을 그려 그에게 설명해 주었다. "고두하는 사람을 포함해 이 사람들은 모두 청선을 참관하러 온 신도들이지, 구경꾼이 아니네."

46
빙당호로

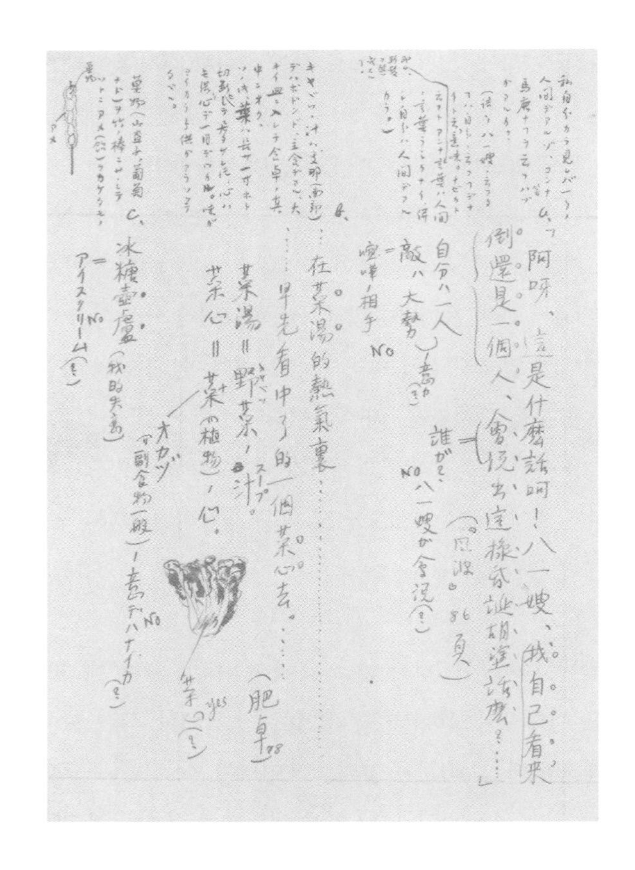

阿呀、這是什麽話啊！八一嫂、我自己看来倒還是一個人、會說出這樣糊塗話麽？……
(風波 86頁)

自分ハ一人 敵ハ大勢 (意カ)(?)
= 喧嘩ノ相手 NO

6、在菜湯的熱氣裏……早先看中了的一個菜心去。……(肥皂 78)
菜湯 = 野菜ノ汁。スープ
菜心 = 菜(植物)ノ心。
オカヅ (副食物一般)ノ意デハナイカ(?) NO
菜ノ(?) yes

C、冰糖壺盧 (我的失恋)
= アイスクリーム(?) NO

빙당호로(冰糖壺盧)는 과일(산사 열매, 포도 등)을 대나무꽂이에 꽂은 다음, 그 위에 당의(糖衣)를 입힌 음식이네.

—『노신과 마쓰다 쇼의 사제문답집』

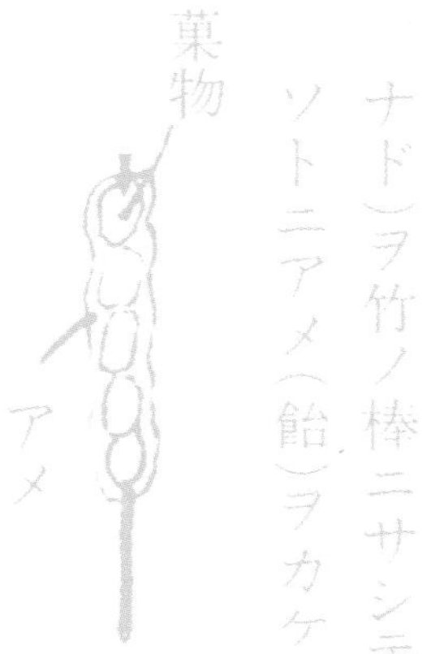

菓物
ナド)ヲ竹ノ棒ニサシテ
ソトニアメ(飴)ヲカケタモノ
(
アメ

관련 기록 내 사랑하는 이 번잡한 저잣거리에 있어

찾아가고 싶지만 사람들 너무 많고,

고개 들어 눈물로 귀만 적시네.

사랑하는 이 내게 제비 한 쌍 그려진 그림을 주었으나

나 그녀에게 줄 것 없어 빙당호로 주었네.

그때부터 그녀 나 거들떠보지도 않으니

나 왜 그토록 멍청했는지 알 수가 없네.

— 노신 『들풀(野草)』 「나의 실연」

해설 ‘빙당호로’는 ‘冰糖葫蘆’라고 표기하기도 하는데, 북경 일대에서 간식으로 흔히 먹는 음식이다. 일반적으로 가을과 겨울에 시장에 나온다. 마쓰다 쇼는 ‘빙당호로’가 아이스크림과 유사한 냉음료라고 생각하여 노신에게 보낸 편지에서 이것이 아이스크림이냐고 물었다. 이에 대해 노신은 이 그림을 그려 보내면서 자세히 설명해 주었다.

47 독일 책에서 발췌한 도안

SCHÄFERFESTE

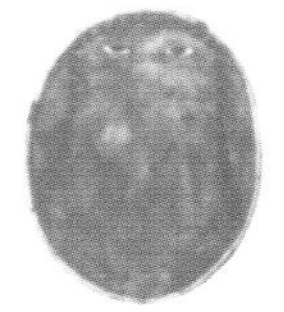
WEISHEIT

LIEBE

TRAURIGE LANDSCHAFTEN

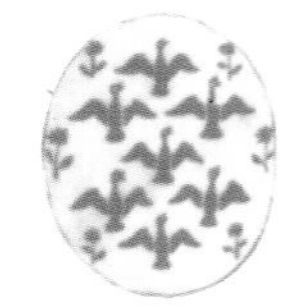
DAS SCHLICHTE LIED

UNLÄNGST UND EINST

DIE FREUNDINNEN

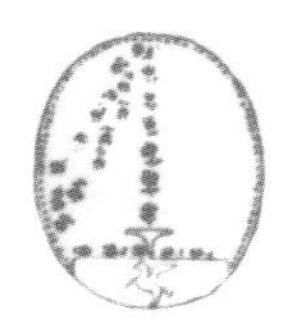
CAPRICCIOS

LIEDER FÜR SIE

ROMANZEN OHNE WORTE

PARALLELEN

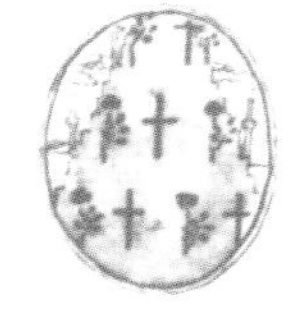
VERSCHIEDENES

INTIME LITURGIEN

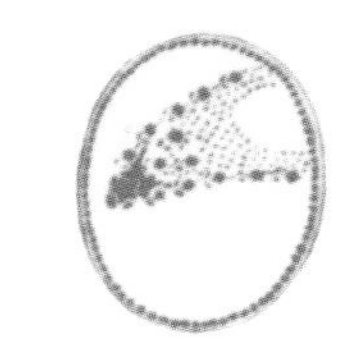
VERGESSENE SÄNGE

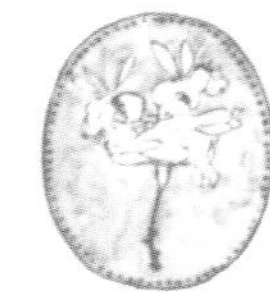
VERSCHIEDENES

DARISER NOTTURNO

BELGISCHE LANDSCHAFTEN

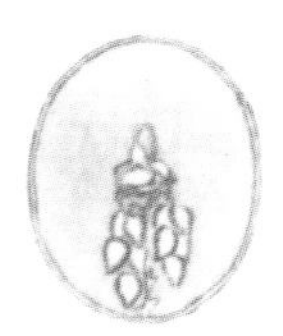
POSTHUMES

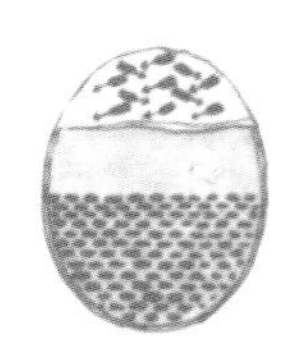
VARIA

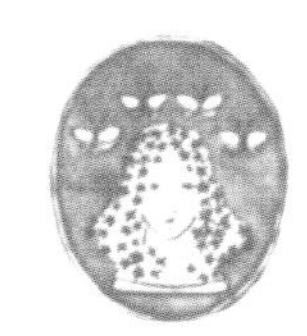
AQUARELLE

해설 이 도안들은 노신이 독일어 책에 있는 것들을 모사하여 그린 것들인데, 주로 책의 장정에 사용하려고 했던 것으로 추정된다. 노신은 이 도안들을 모사한 이유에 대해 구체적으로 설명한 바 없다. 하지만 그의 소장품

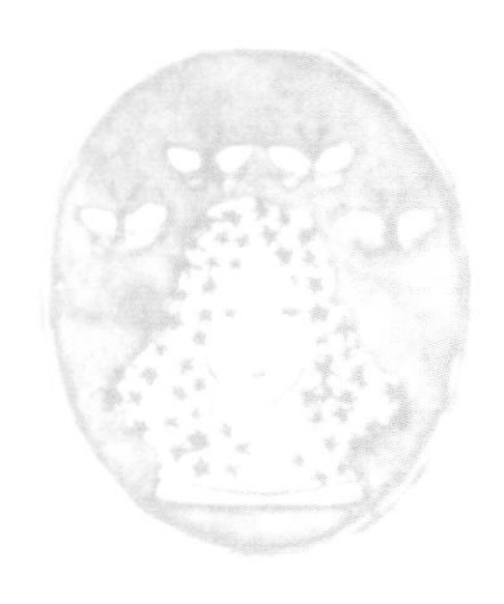

중에서 작은 종이에 "노신은 독일 책에서 여러 가지 도안을 모사했는데, 아마도 장정에 사용하려 했던 것 같다"라고 적힌 메모가 발견되었다. 필적을 보아서는 노신이 아니라 그의 아내 허광평의 것으로 추정된다.

노신은 이 도안들을 모사할 때 먼저 반투명 종이를 도안 위에 올려놓고 형태를 그대로 옮기는 방법으로 윤곽을 모사한 다음 세밀한 부분을 보완하고, 다시 수채로 그 위에 색을 입혔다. 도안은 화변류(花邊類)와 표기류(標記類)로 나눌 수 있다. 화변류 도안은 외국어 서적에 사용된 장식성이 강한 무늬가 있는 테두리를 말한다. 그 중에 어떤 것들은 책 장정을 위한 것임을 명확히 알 수 있지만, 어떤 것은 테두리의 일부만 남은 것도 있다. 그러나 하나같이 선이 정교하고 아름답다. 표기류 도안은 대부분 타원형인데, 일부 책의 장식에 사용할 의도로 수집한 것으로 보인다. 역시 구도가 정교하고 아름답다는 특징을 지닌다.

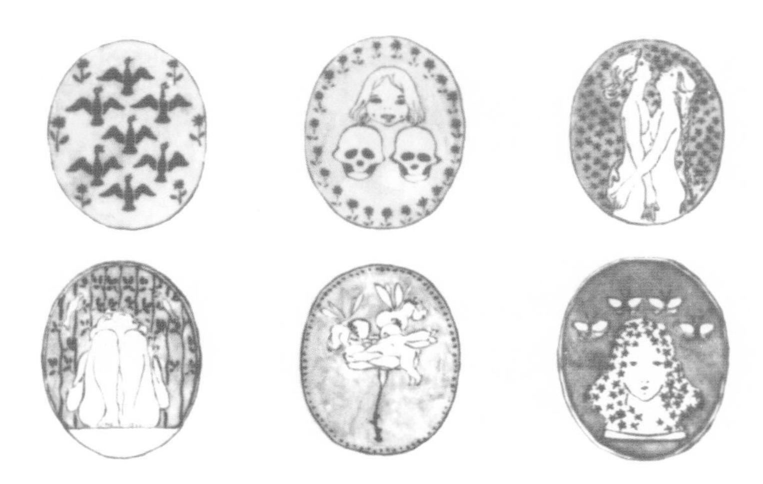

文藝研究

5

책과 잡지 디자인

48 『역외소설집』 표지

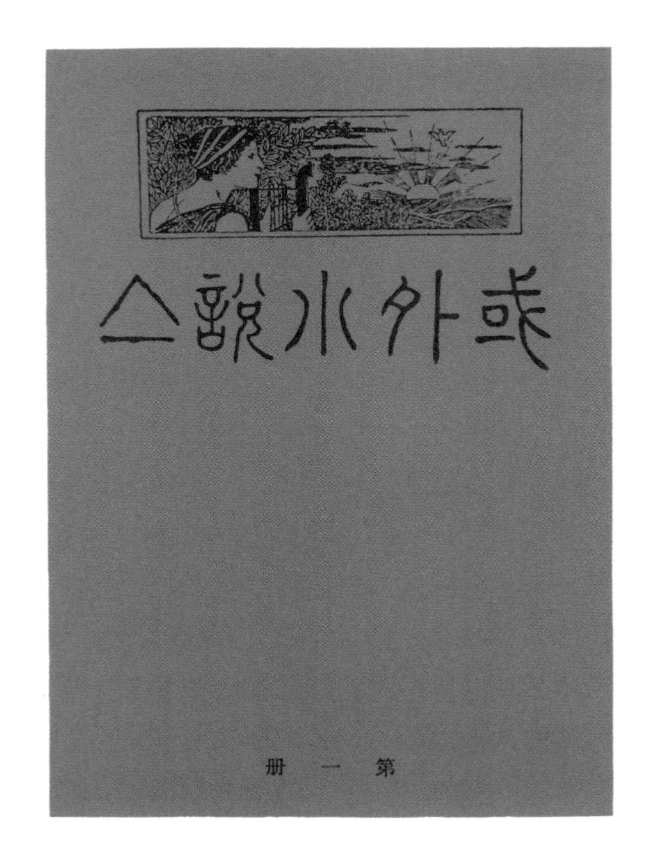

魯迅自述 우리는 일본에서 유학하면서 문학과 예술이 사람들의 성품을 변화시키고 사회를 개조할 수 있다는 한 가지 막연한 희망을 갖게 되었네. 이런 생각 때문에 외국의 신문학을 중국에 소개하는 일을 자연스럽게 계획하게 되었지. 하지만 이런 일을 하려면 첫째 학문이 필요하고, 둘째 동지

가 필요하며, 셋째 시간이 필요하고, 넷째 자금이 필요하며, 다섯째 독자가 필요하다고 생각했네. 독자는 얼마든지 얻을 수 있겠지만 나머지 네 가지 요소는 거의 전무한 상태였네. 그래서 자연스럽게 적은 자본을 운용하여 출판을 해보는 수밖에 없었네. 그 결과물이 바로 『역외소설집(域外小說集)』이었네.

맨 처음 계획은 두 권을 인쇄할 수 있는 자본을 마련한 다음에 그 책을 판 돈으로 세 번째, 네 번째, 그리고 X번째 책을 제작하는 것이었네. 이렇게 계속하다 보면 적은 것이 모여 큰 것이 되듯이 세계 각국의 여러 작가들의 작품을 소개할 수 있을 것이라는 생각이었지. 이렇게 준비한 끝에 1909년 2월 마침내 첫 권을 인쇄하게 되었고, 6월이 되면서 두 번째 책을 인쇄할 수 있었네. 책을 보내 판매한 지역은 주로 상해와 도쿄였네……

장정은 모두 새로운 방법을 사용하되 재단하여 엮지 않고 세 면 모두 제 모습을 유지하게 했네. 덕분에 여러 번 책장을 넘겨도 표지가 더러워지는 일이 없었지. 전편과 후편의 앞뒤를 서로 연결하지 않아, 언젠가는 각 나라와 고금을 구별하여 분류별로 책을 만들 생각이네. 또한 종이의 네 귀퉁이 공간이 아주 넓어 장정을 할 때 좁아지는 폐해가 발생하지 않았네……

책 표지의 전서체(篆書體) 제자(題字)는 사실 장태염(章太炎) 선생의 작품이 아니라 진사증(陳師曾)이 쓴 것일세. 그는 다른 이름이 형각(衡恪)으로 의녕(義寧) 출신이며, 진삼립(陳三立) 선생의 아들이네. 나중에는 그림으로 이름을 날렸지……

—「전행촌(錢杏邨)에게」

관련 기록 주작인 : 『역외소설집』 제1집이 을유년(1909년) 2월에 출판된 데 이어 곧장 제2집이 편집 작업에 들어가서 6월에 출간되었다. 이때 노신 선생은

이미 항주의 양급사범학당(兩級師範學堂)에서 교편을 잡기 위해 귀국을 준비하고 있었다.

『역외소설집』은 당시로서는 대단히 공을 들여 제작된 책으로, 남색 나사지(羅沙紙)로 표지를 만들었다. 중국에서는 '니지(呢紙)'라고 번역된 이 종이는 모직물처럼 두꺼운데, 그 위에는 독일의 도안화가 인쇄되어 있다. 제자는 허계불(許季茀)이 『설문해자(說文解字)』를 보고 쓴 전서체 다섯 글자로 이루어져 있다. 책의 본문도 비교적 좋은 종이를 사용했고, 장정에 있어서는 아랫부분을 깨끗하게 재단하고 옆면은 재단을 하지 않은 상태로 남겨두었다. 가격은 '소은원(小銀圓) 2각(角)', 즉 소양(小洋 : 청말민초에 발행·유통된 액면가가

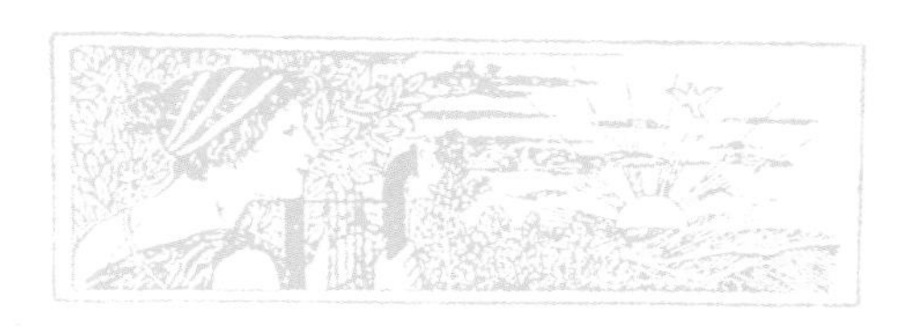

낮은 은화) 2각으로 표기되어 있다. 이는 비교적 싼 가격이다.

— 『지당회상록(知堂回想錄)』「86. 약소민족문학」

해설 노신과 주작인 형제가 공동으로 번역한 이 책은 두 권으로 되어 있으며, 1909년 3월과 7월에 노신이 자비로 일본 도쿄에서 인쇄하여 출판했다. 표지는 노신이 직접 디자인했고, 제자는 도쿄에서 함께 유학하고 있던 진사증의 작품이다. 표지에는 '회계 주씨 형제 찬역(會稽周氏兄弟纂譯)'이라고 되어 있다. 발행인은 주수인으로 되어 있으나 발행 기관은 '상해광창륭주장기수(上海廣昌隆綢莊寄售)'라고 되어 있다. 표지는 청회색 자청지(磁青紙)*를 사용했다. 표지 윗부분에는 가로로 도안화가 인쇄되어 있다. 이 그림은 그리스 신화에 나오는 문학과 예술의 여신 뮤즈가 이른 새벽에 하프를 연주하는 모습으로, 이국적 분위기가 넘친다. 이 책은 과감하게 외국의 모변장(毛邊裝 : 제본 과정 중 철만 하고 도련하지 않은 책) 방식을 채택해, 넉넉하면서도 고전적인 아취를 느낄 수 있다.

* 명나라 시대 선덕(宣德) 연간에 처음 만들어졌으며, 남색 염료로 염색. 그 색이 당시에 유행하던 청화자(青花瓷)와 비슷하다고 하여 자청지라 함.

49 「국학 계간」 표지

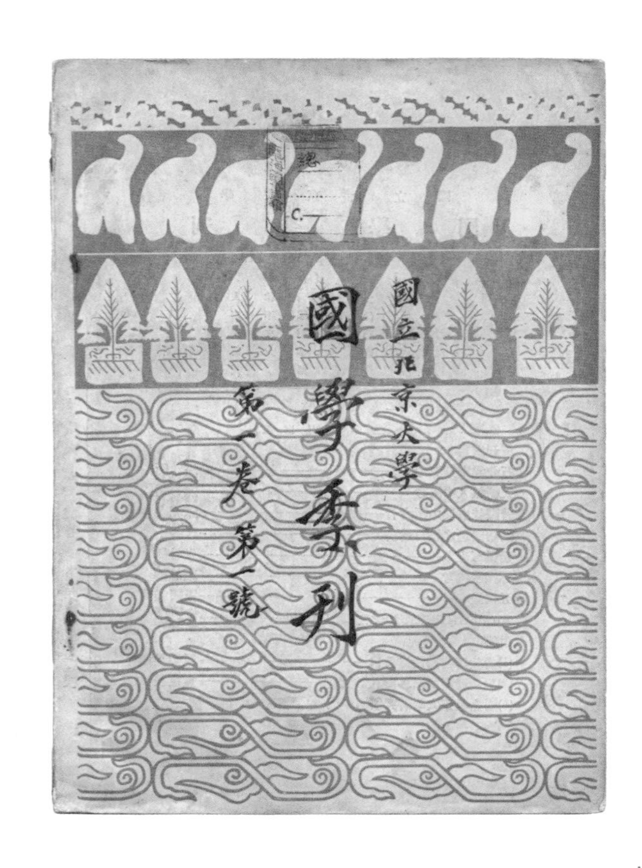

魯迅自述

고힐강(顧頡剛)에게 편지를 보내면서 「국학 계간(國學季刊)」의 표지 도안 한 장을 동봉했다.

— 『노신 일기』 (1924년 12월 5일)

해설 「국학 계간」은 북경대학에서 출판된 학술 간행물로, 북경대학 국학연구원이 출판했다. 노신은 당시의 편집장인 고힐강의 요청으로 이 표지를 디자인하게 되었다. 표지에는 몇 가지 상이한 도안을 사용하여 고아하면서도 구태의연하지 않은 분위기를 연출하고 있다. 제첨(題簽 : 표지에 직접 쓰지 않고 다른 종이 쪽지에 써서 앞표지에 붙인 외제外題)은 채원배의 작품이며, 제1권과 제2권까지 사용되었다.

50 『복숭아빛 구름』 표지

桃色的雲

愛羅先珂 作 魯迅 譯

魯迅自述 예로센코(V. Eroshenko, 1890~1952)의 창작집 제2권의 제목은 『마지막 탄식(最後的歎息)』이며, 지난해 12월 초에 일본 도쿄의 총문각(叢文閣)에서 출판했다. 책에는 『복숭아빛 구름(桃色的雲)』이라는 제목의 아동극 한 편과 단편 동화 두 편이 수록되어 있다. …… 하지만 저자의 바람은 내가

하루빨리 『복숭아빛 구름』을 번역하는 것이었다. 저자 자신은 이 작품이 이전의 다른 두 작품에 비해 월등하다고 생각했기 때문에 서둘러 중국의 청년들에게 선물하고 싶었던 것이다. —『복숭아빛 구름』 서문

관련 기록 아키타 우자쿠(秋田雨雀) : 자네가 말하는 '복숭아빛 구름'은 우리의 세계를 완전히 벗어난 공상의 세계가 아닐세. 자네의 모든 '관찰의 불길(觀察之火)'은 이 동화극 안에서도 타오르고 있네. 자네도 읽어봐서 알겠지만, 지금 일본에는 청년 작가들이 수없이 많지만 하나같이 잿빛 구름 속에서 안일한 꿈만 꾸고 있네. 바로 자네의 이 동화극에 나오는 청년처럼 말일세.

—「예로센코에게」

해설 3막으로 구성된 동화극인 『복숭아빛 구름』은 러시아의 맹인 시인 예로센코가 1921년에 일본어로 쓴 작품이다. 노신은 1922년 4월에서 5월 사이에 이 작품을 번역하여 「신보부전(晨報副鐫)」에 발표했다. 1923년 7월에는 북경대학 신조사(新潮社)에서 출판해 '문예총서'의 하나가 되었다. 1926년에는 다시 북신서국(北新書局)에서, 1934년에는 생활서점(生活書店 : 1932년 7월 상해에 세워진 혁명적인 출판 기구)에서 출판했다. 노신이 이 책의 표지를 직접 디자인하였다. 여러 해 동안 많은 고대 비문과 석각을 초록한 경험이 있었던 그는 한나라 시대 석각의 구름 문양 도안을 이용하여 이 책을 장식할 수 있었다. 이런 장식성 도안은 책 제목인 '복숭아빛 구름'과 잘 어울린다. 특히 표지 윗부분의 구름 문양이 차분하면서도 생동감이 넘쳐 풍부한 상상력을 자아낸다.

51 『답답한 외침』 표지

魯迅自述 이제 나는 무언가 말하지 않으면 안 될 절박한 심정을 느끼는 그런 사람은 아니라고 생각했다. 하지만 어쩌면 과거에 내가 느꼈던 '적막'의 슬픔을 아직도 잊지 못한 탓이리라. 때로는 '적막' 속에서도 앞을 향해 내달리는 용사들에게 잠시나마 위로를 주기 위해, 그리고 선두에 선 그

들이 두려워하지 않도록 하기 위해 몇 마디 '답답한 외침'을 하는 수 없이 내지르고 만 것이다.

— 『답답한 외침(吶喊)』 자서(自序)

관련 기록 전군도 : 이어서 도원경(陶元慶)이 말했다. "그(노신)의 이 소설은 나중에 『답답한 외침』이라는 소설집에 수록되었다. 이 소설집의 표지는 그가 직접 디자인했다. 그는 과거에 책을 내면서 유명 인사들을 찾아가 표지에 쓸 제자(題字)를 부탁하거나 납 활자를 배열하여 인쇄하는 방식을 사용하곤 했는데, 이는 모두 구태의연한 태도라 생각되어 앞으로는 자신이 직접 디자인하기로 했다고 한다. 노신에게는 소설을 쓰는 능력만 있는 것이 아니라 표지를 디자인하는 능력도 있었다. 우리는 미술을 배우는 만큼 이 분야에서 더욱 열심히 공부하고 훈련하여, 앞으로 새로운 문학예술 서적의 디자인 문제를 해결할 수 있어야 한다." 그의 이 한마디를 통해 나는 노신이 디자인도 할 줄 안다는 사실을 알게 되었다.

얼마 후 나는 『답답한 외침』 한 권을 손에 넣게 되었다. 도안 서체의 '납함(吶喊)'이라는 두 글자를 가로로 오른쪽에서 왼쪽으로 배치하여 직사각형 안에 넣고, 검정 바탕에 바탕색 글자를 사용하여 제목을 돋보이게 했으며, 글자 주위에는 역시 바탕색 선으로 테두리를 두른 디자인을 했다. 전체가 암홍색인 표지 윗부분에 책 제목이 있어 깔끔하면서도 대담한 느낌을 준다. 지금까지도 나는 이 책을 보물처럼 소중히 간직하고 있다.

— 『노신의 미술 활동을 기억함』 속편 「노신에 대한 나의 기억」

해설 노신은 1918년부터 일련의 소설들을 발표하기 시작해 대단한 명

성을 과시했다. 애당초 그는 소설집을 낼 생각이 없었으나 진독수(陳獨秀)의 적극적인 권유로 출판을 결정하게 되었다. 이것이 바로 『답답한 외침』이다. 이 책에는 원래 소설 15편이 수록되어 있었으나 나중에 한 편을 빼 14편이 수록되었다. 초판은 1923년 8월에 출간되었고, 표지는 노신이 직접 디자인했다. 처음에는 '납함' 두 글자를 납 활자로 인쇄했으나 1926년 5월에 4쇄를 인쇄할 때는 노신이 손수 쓴 예술 서체로 대체되었다. 이것이 바로 전군도 선생이 말하는 그 판본이다. 이 책은 노신이 세상을 떠나기 전에 이미 22쇄가 인쇄되었고, 표지도 바뀌지 않았다.

이 책의 붉은색 표지는 1930년대에 이르러 위험의 상징이 되었다. 당시 붉은색은 홍군(紅軍)을 암시했기 때문에 국민당의 '백색 테러' 하에서 사람들은 '홍색(紅色)'이 변하여 '적색(赤色)'이 되면 곧 죽음을 의미하게 된다고 이야기했던 것이다. 이 때문에 결국 붉은 표지의 『답답한 외침』도 액운을 맞게 되어, 여러 차례 금서가 되고 압수당하는 등의 탄압을 받았다.

52 『열풍』 표지

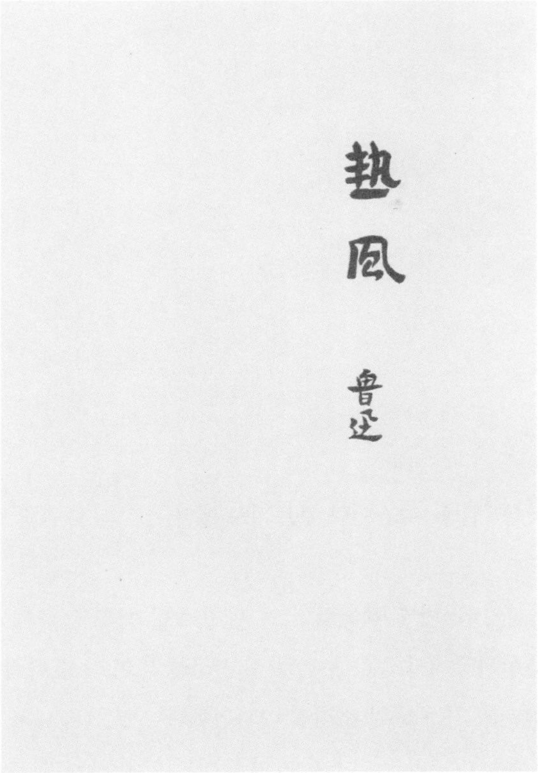

魯迅自述 무정한 냉소와 정이 있는 풍자는 본래 종이 한 장 차이밖에 나지 않는다. 또한 주위에 대한 감정과 반응은 '물고기가 물을 마시면 저절로 차가움과 따뜻함을 알게 되는' 것과 마찬가지였다. 하지만 나는 주위의 공기가 너무나 차갑게만 느껴졌다. 나는 내 말을 하면 될 것이다. 그래

서 반대로 이를 『열풍(熱風)』이라 부르기로 했다. — 『열풍』 제기(題記)

해설 노신의 첫 번째 잡문집인 이 책은 잡문 41편을 수록해 1925년 11월에 북경 북신서국에서 출판했다. 몇몇 친구들의 이 책을 편집하는 데에는 도움이 있었다. 표지는 노신이 직접 디자인했다. '열풍(熱風)'과 '노신(魯迅)'이라는 글자에는 디자인적 요소가 거의 들어가 있지 않지만, 장인의 마음이 담겨 있다고 할 수 있다. 서체가 아주 웅장하고 힘차며, 무게가 있으면서도 차분하다. 또한 전통적인 첨제(籤題 : 책의 겉에 쓰는 그 책의 제목)의 방식으로 책 제목을 배열했고, 그 위치도 매우 적절해 표지 전체가 간결하면서도 열정적이고 깨어있는 듯한 느낌을 줄 뿐만 아니라 시각적인 효과 또한 매우 강렬하다.

53 『중국소설사략』 속표지

中國小說史略 魯迅

魯迅自述 중국 소설은 자고이래로 그 역사를 기록한 저작물이 없었다. …… 이 원고는 비록 전문적인 소설사이긴 하지만 역시 대략적인 수준을 벗어나지 못한다. 필자는 3년 전 우연히 소설사를 강의할 때, 말주변이 없는 나로 인해 사람들 가운데 혹여 제대로 이해하지 못하는 이가 있지나 않

을까 염려되어 그 개요를 간단히 적은 다음, 이를 베껴서 사람들에게 나누어 주었다. 또한 이 원고를 필사하는 사람들의 노고를 생각해 전체를 다시 문언문으로 축약하고, 그 예문도 간략하게 줄여 지금까지 사용하고 있다.

— 『중국소설사략』 서문

관련 기록 호적(胡適) : 노신은 장점이 많은 사람이네. 가령 그의 초기 문학 작품은 물론이고, 소설사 연구는 대단히 수준 높은 작업이네.

— 「소설림(蘇雪林)에게 답하는 글」 (1936년 12월 14일)

해설 이 책은 중국의 소설사를 연구한 획기적인 저작이다. 원래는 노신이 북경대학에서 '중국소설사'라는 주제로 강의를 하면서 사용했던 강의안인데, 학생들로부터 큰 호응을 얻게 되자 책으로 편찬하기로 결정하여 1923년 12월에 북경대학 신조사에서 상권을 출판하고, 이듬해 6월에 하권을 출판했다. 이 책의 출판 기획자는 노신의 학생인 손복원이다.

지금 우리가 이 책의 표지에서 볼 수 있는 것은 흰색이라는 것과 '중국소설사략 노신'이라는 노신이 손수 쓴 책 제목뿐이다. 그러나 이 책 초판의 표지는 이것과 사뭇 다른데, 황토색 바탕을 사용했고 책 제목과 저자명은 납활자를 사용했다. 우리는 노신과 손복원이 출판에 관한 논의를 주고받은 편지를 통해 그 디자인 과정을 자세히 엿볼 수가 있다. 표지의 색상을 선택하는 과정에서 손복원은 노신을 위해 몇 가지 견본을 준비했는데, 그 가운데는 황실에서만 사용할 수 있는 황색도 포함되어 있었다. 이에 노신이 농담조로 말했다. "난 겸손할 필요가 없다고 생각하네. 황제가 사용했던 황색을 쓰는

게 좋겠네." 아울러 그는 한마디 덧붙였다. "표지에 사용할 서체도 내가 따로 정해둔 것이 있네. 조만간 봉상(奉上)하도록 하겠네. 뜻이 있으니 조급해 할 필요가 없지." 이로 미루어 표지의 종이와 서체도 노신 자신이 직접 결정했음을 알 수 있다.

1925년 9월 북경의 북신서국은 상하 두 권이던 것을 한 권으로 합본하여 출판했다. '북신(北新)'이란 '북경대학 신조사(北京大學 新潮社)'를 줄인 명칭이다. 이때 노신은 정말로 표지와 제자를 새롭게 디자인했다.

54 「가요기념증간」 표지

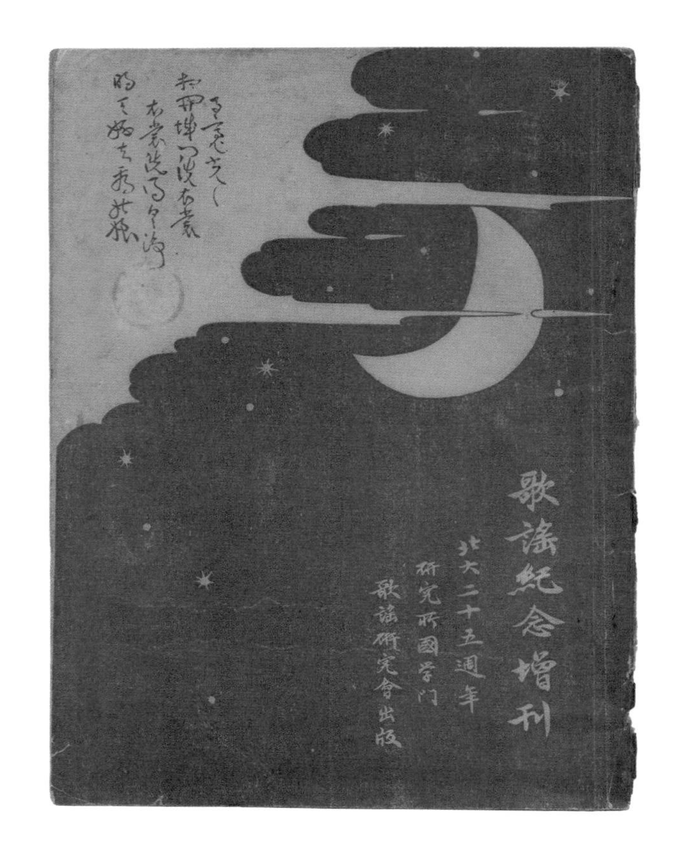

관련 기록 상혜(常惠) : 1923년 북경대학 개교 25주년을 기념하기 위해 「북대가요주간(北大歌謠周刊)」은 기념 증간호를 출간할 예정이었다. …… 이때 노신 선생님께 표지의 디자인을 부탁하려고 했다. 그래서 내가 직접 선생님을 찾아가 "증간호의 서두 부분에 수록될 노래는 전부 달에 관한 것입니다"라고 말씀드렸다. 며칠이 지나자 선생님은 내게 표지 그림 한 장을 건네주셨다. 글자는 하나도 없고 달과 구름, 별이 있는 그림이었다. 내가 선생님께 제자를 부탁하자 선생님께선 이렇게 말씀하셨다. "윤묵(尹默)이 제자를 써줄 걸세. 그의 글씨는 네모반듯해서 새겨놓고 보면 아주 좋지." 내가 또 선생님께 물었다. "표지 그림은 무슨 색으로 할까요?" 선생님께서는 빙긋이 웃으시며, "비 그치고 날이 갠 하늘에 구름 흩어진 곳, 이런 색깔이 곧 미래의 색깔이지(雨過天晴雲破處, 這般顔色做將來)"라고 말씀하셨다. 나는 곧바로 선생님께서 하신 말씀이 하늘처럼 파란색을 의미한다는 것을 알 수 있었다. 이 두 구절에는 전고가 있기 때문이다. 전하는 바에 따르면 후주(後周) 시기(951~959년) 한 도공이 가마에서 자기를 구우면서 세종(世宗) 시영(柴榮) 황제에게 유약의 색깔을 봐달라고 하자, 세종은 "비가 그치고 날이 개어 구름 한 점 없이 맑은 하늘과 같은 색을 쓰도록 하라(雨過天靑雲破處, 者般顔色做將來)"고 말했다고 한다. 하늘처럼 파란색을 쓰라는 뜻이셨다. 선생님께서 하신 이 말씀은 아주 풍격 있는 한마디였다. 직접 색깔을 말씀하시지 않고, 후주 세종이 했던 이 두 구절을 인용하신 것이다.

「가요주간」은 북경대학 인쇄과에서 인쇄되었다. 북경대학 인쇄과에는 동판이 없어 목판을 사용할 수밖에 없었다. 표지 디자인의 밑그림을 목판 위에 붙여 칼로 파내야 했기 때문에 노신 선생님의 표지 디자인 원본을 보존할 수가 없었다. 목각공이 칼로 새긴 그림에는 노신 선생님의 밑그림에 담겨 있던 정신이 그대로 드러나진 않았지만, 원래의 원고와 큰 차이가 없었다.

—『노신 선생을 기억하며』

위건공(魏建功) : 「가요(歌謠)」는 주간 주년 기념으로 「빛나는 달빛(月亮光光)」이라는 제목의 동요집을 출간했는데, 노신 선생님이 표지를 직접 디자인하셨다.

—『「가요」 40년』

해설 「가요기념증간(歌謠紀念增刊)」은 북경대학 연구소 국학문(國學門) 가요연구회가 편집하여 1923년 12월에 출판한 것이다. 내용은 두 부분으로 나뉘는데, 하나는 각 지역의 달에 관한 동요 58곡을 수록한 「월가집록(月歌集錄)」 부분이고, 다른 하나는 저자 17명이 가요에 관해 쓴 논문 17편을 수록한 논문 부문이다.

이 표지는 바탕으로 짙은 남색을 사용해 달밤을 표현하고 있다. 몇 점의 담담한 구름이 떠가는 가운데 달이 비스듬히 떠 있다. 왼쪽 윗부분에는 심윤묵(沈尹默)이 쓴 동요 「빛나는 달빛(月亮光光)」의 친필 원고가 있는데, 그 내용은 이렇다. "달빛 밝으니, 성문 활짝 열고 빨래를 하네. 옷 하얗게 빨아 입고, 내일 님 만나러 가야지(月亮光光, 打開城門洗衣裳. 衣裳洗得白白淨, 明天好去看姑娘.)." 오른쪽 아랫부분에는 노신의 필적으로 '가요기념증간 북경대학 25주년 연구소 국학문 가요연구회 출판'이라는 문구가 쓰여 있다. 표지의 화면 전체가 그윽하고 산뜻하며, 구도가 우아하고 배치가 안정되어 있는데다 시와 그림이 조화를 이루고 있어 한 폭의 아름다운 동양화를 연상케 한다.

55 『화개집』 표지

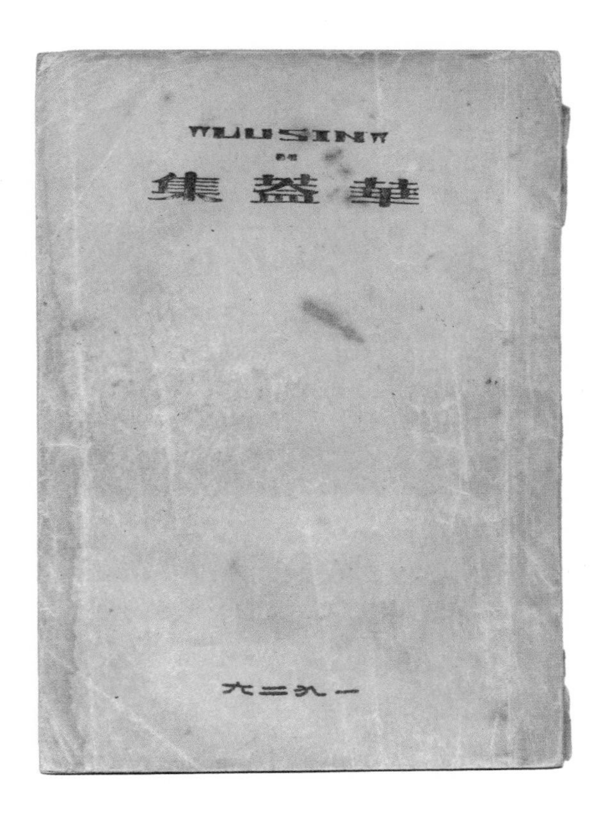

魯迅自述 나는 평생 한 번도 사람의 운명을 점치는 법을 배워본 적이 없지만 인간은 때때로 '화개운(華盖運 : 화개를 가진 운명으로 순조롭지 않음)'을 만나게 된다는 노인들의 말을 들은 적이 있다. 이 '화개'라는 것은 그들의 입에서 이미 '확개(鑊盖)'로 변해 잘못 사용되고 있는데, 지금은 고쳐서 바로잡는다. 그러니까 이런 운은 승려들에게나 좋은 운이다. 머리에 화개가 있으면

그야말로 성불하여 개조(開祖)가 될 좋은 조짐이다. 그러나 속인에게는 그렇지가 않다. 화개가 머리 위에 있으면 앞을 가리게 되므로 그저 장애물에 부딪치게 될 뿐이다.

— 『화개집(華盖集)』 제기(題記)

내 잡감집(雜感集) 중에 『화개집』과 그 속편에 있는 글들 대부분이 나 개인과의 투쟁이었지만 실제로는 공공의 적들과의 투쟁이었고, 단언컨대 절대로 사적인 원한이 아니었네. 그런데도 판매 부수가 적은 것을 보면 독자들의 판단을 알 수 있을 것 같네. 독자들 중에 유치한 부류가 많은 탓일 걸세.

— 「양제운(楊霽雲)에게」 (1934년 5월 22일)

관련 기록 구추백(瞿秋白) : 『화개집』 전체, 특히 1926년의 『화개집 속편』에는 통치 계급에 대한 매서운 공격이 담겨 있다. …… 다분히 개인적이고 심지어 사적이기도 한 문제 속에 감춰져 있기는 하지만, 이러한 전투의 원칙적인 의의는 뒤로 갈수록 더 명확해질 것이다.

— 『노신 잡감 선집』 서문

해설 『화개집』은 노신의 두 번째 잡문집이다. 잡문 31편을 수록한 이 책은 1926년 북경 북신서국에서 출판되었다. 이때부터 노신은 자신의 잡문집 표지를 직접 디자인함으로써 색다른 효과를 추구했다. 책 제목의 위치를 대담하게 표지 맨 윗부분에 가로로 배치했으며, 그 위에 '노신'이라는 두 글자를 라틴 병음으로 'LUSIN'이라고 표기했다. 간단하고 소박하지만 상당히 현대화된 디자인이라 할 수 있다.

56

『화개집 속편』 표지

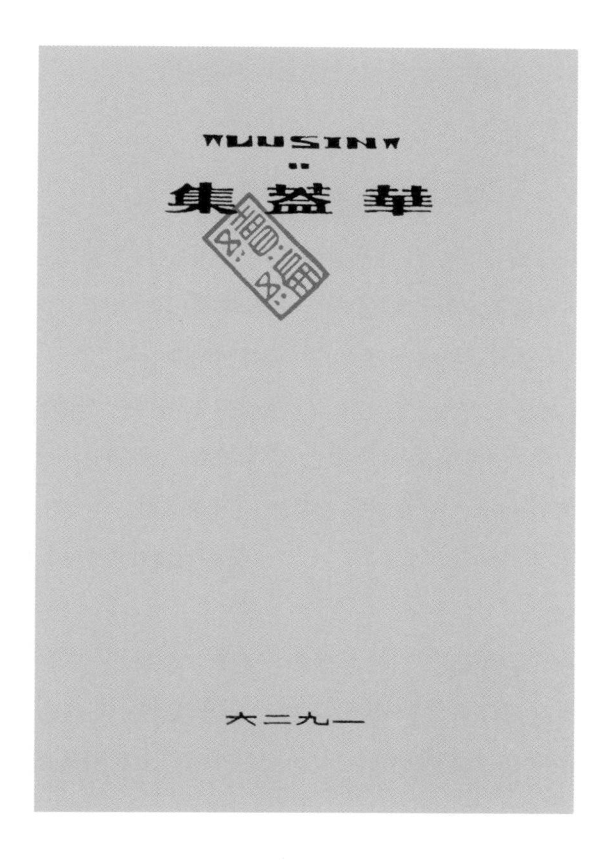

魯迅自述 아직 한 해가 채 지나지 않았는데, 그 동안 쓴 잡감의 분량이 벌써 지난 한 해 동안 쓴 것보다 많아졌다. 해변에 살다 보니 가을이 되면서 눈앞에 보이는 것은 구름과 물뿐이고, 들리는 것은 바람 소리와 파도 소리뿐이라 사회와는 거의 단절된 듯한 기분이다. 환경에 변화가 없었다면

지금쯤 또 무슨 쓸데없는 말에 휘말려 있었을 것이다. 등불 아래서 할 일이 없어 지난 시절의 원고들을 편집하여 한 권의 책으로 엮고자 한다. 내 잡감을 좋아하는 주요 고객들에게 제공하기 위해서이다……

그럼 책 제목은 무엇으로 정할까? 세월은 변했지만 상황은 전과 다를 바 없으니, 그대로 『화개집』이라 하는 것이 좋겠다. 하지만 세월 바뀐 것이 분명하니, '속편'이라는 두 글자를 더하는 것이 좋겠다.

— 『화개집 속편(華盖集續篇)』 서문

해설 『화개집 속편』은 시문 33편을 수록한 노신의 세 번째 잡문집으로, 1927년 5월에 상해와 북경의 북신서국에서 출판되었다. 이 책은 『화개집』과 마찬가지로 어두운 현실에 대한 맹렬한 비판과 공격으로 가득 차 있다. 노신은 원래의 『화개집』 표지를 기초로 디자인하면서 약간의 새로움을 더했다. 얼핏 보기에는 『화개집』과 똑같아 보이지만, '화개집'이라는 세 글자 위에 비스듬하게 '속편'임을 밝히는 붉은 장방형 인장이 찍혀 있어 금세 『화개집』의 속편임을 알 수 있다. 이는 우체국에서 우편물 위에 소인을 찍는 시스템을 교묘하게 차용한 것으로, 마치 편지를 받는 듯한 느낌을 주어 보는 이들에게 쉽게 잊히지 않을 인상을 남긴다. 장인의 독창성이 담겨 있는 절묘한 기법이다.

57 『마음의 탐험』 표지

魯迅自述 이 책은 고장홍(高長虹)의 산문과 시를 모은 문집이다. 허무를 실재로 삼고, 또 이 실재에 대해 반항하는 그의 절박한 고통의 절규가 남김없이 토로되고 있다. 노신이 글을 고르고 표지 디자인을 맡았다.

—「오합총서(烏合叢書)」와 「미명총간(未名叢刊)」

관련 기록 노신은 육조(六朝) 시대 사람들의 분묘 문에 새겨진 그림을 취하여 책의 표지에 사용했다. —『마음의 탐험(心的探險)』 차례 페이지 주석

해설 『마음의 탐험』은 산문집인 동시에 시집이다. 저자는 고장홍이고, 노신이 편집과 교열, 표지 디자인을 맡았다. 1926년 6월 북경 북신서국에서 「오합총서(烏合叢書)」의 네 번째 책으로 출판되었다. 표지는 노신이 디자인했다. 청회색 바탕에 아랫부분에는 구름을 타고 승천하는 용의 형상이 배치되어 있고, 맨 위에는 구름무늬가 배치되어 있다. 표지 전체를 차지한 것은 구름 사이를 움직이고 있는 요괴들의 무리이며, 모두 '심적탐험(心的探險)'이라는 네 글자를 둘러싸고 뭔가를 탐색하는 듯한 자세를 취하고 있다. 노신은 자신의 디자인에 대해, "노신은 육조(六朝) 시대 사람들의 분묘 문에 새겨진 그림을 취하여 책의 표지에 사용했다"라는 설명을 이 책의 차례 페이지에 덧붙였다. 노신은 일찍이 많은 고묘(古墓) 도안과 그림을 수집한 적이 있는데, 이 표지에 실린 그림들이 육조 시대 어느 분묘에서 취한 것인지는 알 수 없다. 한 곳의 도안을 사용한 것이 아니라 여러 곳의 분묘 도안들을 조합한 것일 가능성이 높다.

58 『무덤』 표지

魯迅自述 『무덤(墳)』은 나의 잡문집일세. 초기에 발표한 문언(文言)부터 금년까지의 글들을 모아서 인쇄하려 하네. 날 위해 표지를 만들어줄 수 있겠나? '무덤'의 의미와는 전혀 무관한 장식이 들어갔으면 좋겠다는 게 내 생각이네. 그리고 표제는 이렇게 쓰면 될 걸세.

魯迅

墳

1907 ~ 1925

(안에 있는 글들은 대부분 최근 몇 년 동안의 작품이니) 자네가 선별해서 넣거나 따로 납 활자로 인쇄하는 것도 좋을 것 같네.

—「도원경에게」(1926년 12월 19일)

나 자신에게도 작은 의미가 있는데, 결국 이 모든 것이 생활의 흔적의 한 부분이라는 것일세. 그래서 과거는 이미 지나가 버렸고 정신과 영혼을 돌이킬 수 없다는 것을 잘 알면서도 이를 완전히 떨쳐버릴 수 없기에, 술지게미를 거르듯 잘 정리하여 새롭게 작은 무덤으로 만들려는 것일세. 한편으로는 묻어두려 하면서도 다른 한편으로는 미련을 두려는 것이지. …… 나를 위해 글을 모으고, 필요한 부분만 뽑아서 베끼고 교열하느라 다시 돌아오지 못할 시간을 많이 허비한 몇몇 친구들에게 깊이 감사하고 있네. 이들에게 내가 해줄 수 있는 보답은 이 책을 만드는 작업이 순조롭게 이루어지고 난 뒤에 모든 사람들에게 진심에서 우러나오는 웃음을 보여주는 것뿐인 것 같네.

—『무덤』 제기

내 숨이 아직 남아 있을 때, 자신의 것이기만 하다면 나는 언제든지 내 지난 일을 정리해 두고 싶었다. 단 한 푼의 가치조차 없다는 것을 뻔히 알면서도 아무런 미련이 없을 수는 없어, 잡문들 한데 모으고 무덤이라 이름을 짓기로 했으니, 뜻밖에도 제법 그럴듯하다.

—『무덤』 뒷면에 쓰다

해설 노신의 잡문집 『무덤』은 1927년 북경 미명사(未名社)에서 출판되었다. 1907년부터 1925년까지의 각종 유형의 글 23편이 수록되어 있다. 이 책은 노신이 하문에 있을 때 미명사의 몇몇 동인들이 노신을 도와 글을 수집하고 편집한 것이다. 이 책의 표지는 도원경과 노신의 합작으로 이루어진 것이라 할 수 있다. 당시 노신은 하문의 섬에 있다 보니 자료가 부족하여 표지 디자인을 완성하기 어려웠고, 결국 도원경에게 도움을 청했다. 노신은 도원경에게 자신의 구상에 따라 표지 그림을 그리게 했는데, 흥미로운 점은 노신이 원래 도원경에게 부탁했던 것은 '무덤'과는 아무런 관련도 없는 일종의 장식화였다. 그런데 도원경은 무덤, 심지어 관이 표지의 주요 부분을 차지하는 그림을 그려 놓았다는 사실이다. 한 눈에 봐도 쇠귀에 경 읽기였음을 알 수 있다. 그러나 노신은 의외라고 여기면서도 전혀 실망하지 않고, 오히려 이 그림을 마음에 들어했다.

59 『무덤』 속표지

魯迅自述

『무덤』의 서문과 차례를 보내네. 첫 페이지에 작은 그림이 하나 있으니, 이를 아연판으로 인쇄해 주기 바라네.

—「위소원(韋素園)에게」(1926년 11월 4일)

해설 노신은 『무덤』의 편집을 마치고 갑자기 영감이 떠올라 장식화 한 장을 그렸다. 예전에는 사람들의 주목을 받지 못했지만 자세히 감상해 보면 그 의미심장함을 알 수 있다. 정사각형의 도안 위쪽에 느닷없이 부엉이 한 마리가 앉아 있다. 부엉이는 상서롭지 못함을 상징하는 흉조로서 줄곧 사람들의 환영을 받지 못해 왔다. 하지만 노신은 부엉이가 독특한 정신을 지니고 있다고 여기고 오래 전에도 그 형상을 그림으로 그린 바 있다. 그리고 여기서는 책의 장정에 사용함으로써 부엉이에 대한 그의 남다른 애정을 드러내고 있다. 이는 아마도 부엉이가 낡은 세계의 전복을 상징하는 하나의 징조라고 여겼기 때문일 것이다. 도안에서 사각형 한가운데는 저자의 이름과 책 제목이 들어가 있고, 사방의 테두리에는 추상적인 장식성 도안들이 가득하다. 이 장식성 도안들은 다음을 묘사하고 있다. (1)부엉이, (2)비, (3)하늘, (4)나무, (5)달, (6)구름, (7) '1907~1925'. 전체적으로 장식성과 공격성을 동시에 갖춘 도안이라 할 수 있다.

60

「분류」 표지

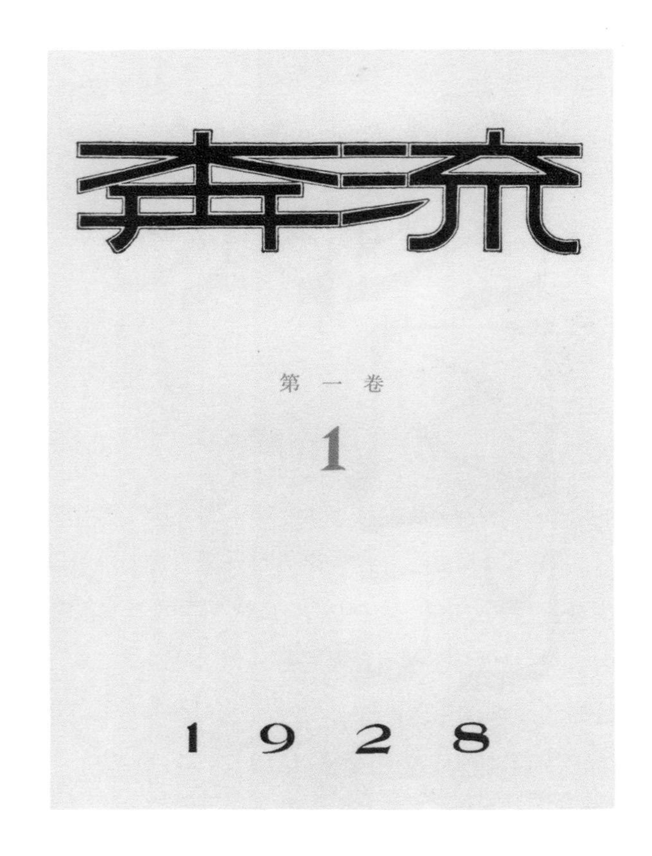

魯迅自述

1. 이 간행물은 문학과 예술에 관한 저작과 번역을 수록하고 있다. 저자와 역자들이 각자의 취향과 능력에 따라 쓰거나 번역한 글들을 소개함으로써 동호인들에게 열독의 기회를 제공하고자 한다.

2. 이 간행물을 통해 번역·소개하는 글들은 현대의 영아(嬰兒) 또는 그 영아

를 낳은 어머니로 비유할 수 있지만, 반드시 새로운 인물의 글에 국한하지 않고 할머니쯤 되는 그 이전 세대의 글도 포함시킬 예정이다.
3. 이 간행물은 한 달에 한 권 출판되며, 분량은 약 150쪽 정도이다. 중간에 그림을 삽입할 수도 있고, 때에 따라 증간을 할 수도 있다. 특별한 난관이 없는 한, 매월 중순에 출간할 예정이다.
4. 이 간행물은 기고를 환영한다. 팔고문(八股文)*처럼 억지로 쓴 글이 아니라 가슴속에서 우러나온 글이면 된다. 독자 여러분의 기고를 적극 환영하며, 북신서국으로 원고를 보내주시기 바란다.
5. …… (생략)

— 「분류(奔流)」의 다섯 가지 원칙

최근에 「분류」라는 월간 간행물을 편집, 인쇄하게 되었네. 역시 번역문이 주류를 이루고 있네.

— 「적영곤(翟永坤)에게」 (1928년 7월 10일)

상해에서 출간되는 정기 간행물은 두 가지가 있는데, 하나는 단체에서 운영하는 것으로 외부의 원고는 받지 않는 것이네. 다른 하나는 몇몇 개인이 함께 발기하여 운영하는 것으로 별다른 제한이 없네. 「분류」는 후자에 속하는 잡지라 할 수 있네.

— 「진군함(陳君涵)에게」 (1929년 6월 21일)

관련 기록 욱달부 : 당시 일부 유치병(幼稚病)에 걸린 창조사(創造社)의 동지들이 왕독청(王獨淸) 등의 선동에 따라 태양사(太陽社)와 연합하여 노신을 공격

* 명청 때 과거시험에 쓰이던 문체로, 형식만 번지르르하고 내용은 텅 빈 문장을 말함.

했다. 하지만 나는 시종 그들의 행동이 정상적인 궤도를 벗어난 것이라 생각했다. 이런 이유로 노신과 함께 「분류」라는 잡지를 창간하게 된 것이다.

「분류」의 출판은 그들에게 대항하기 위한 것이 아니라 진정한 혁명 문예의 이론과 작품을 소개해 그 유치병에 걸린 좌경 청년들을 조금이나마 바로잡아주기 위한 것이다.

「분류」를 펴내는 얼마 안 되는 기간이 노신의 일생에서 중국 문학과 예술에 대한 영향이 가장 컸던 전환의 시기였다고 생각한다.

— 『노신을 기억하며』

해설 주로 외국 문학을 소개하는 월간 문예 잡지 「분류」는 1928년 6월에 창간되었으며, 노신과 욱달부가 공동으로 주간을 맡았다. 두 사람이 공동으로 운영하긴 했지만, 노신이 구체적인 편집과 원고 선별, 삽화 선정 등의 작업을 도맡아 했고, 심지어 밤샘 작업을 하기도 했으며, 노신의 부인 허광평이 교열을 맡기도 했다. 표지도 노신이 직접 디자인한 것으로, 제1기의 표지는 매우 단순하다. 노신은 '분류'라는 두 글자의 예술 서체를 만드는 데 상당한 공력을 기울였다. 그는 두 글자의 필획이 최대한 소통을 위한 교량의 상징이 되도록 도안했는데, 단숨에 끝까지 도달하는 것도 있고, 방사형으로 확산되는 것도 있으며, 막혀서 우회해야 하는 것도 있다. 이 모든 것은 사회의 격류가 보여주는 다양성의 이미지를 드러내고 있는데, 독자들에게 '분류'라는 단어가 갖는 상상과 메시지를 제공하고자 했다. 제2기부터는 중간에 도판을 삽입하여 내용의 변화를 추구했다.

61 『이이집』 표지

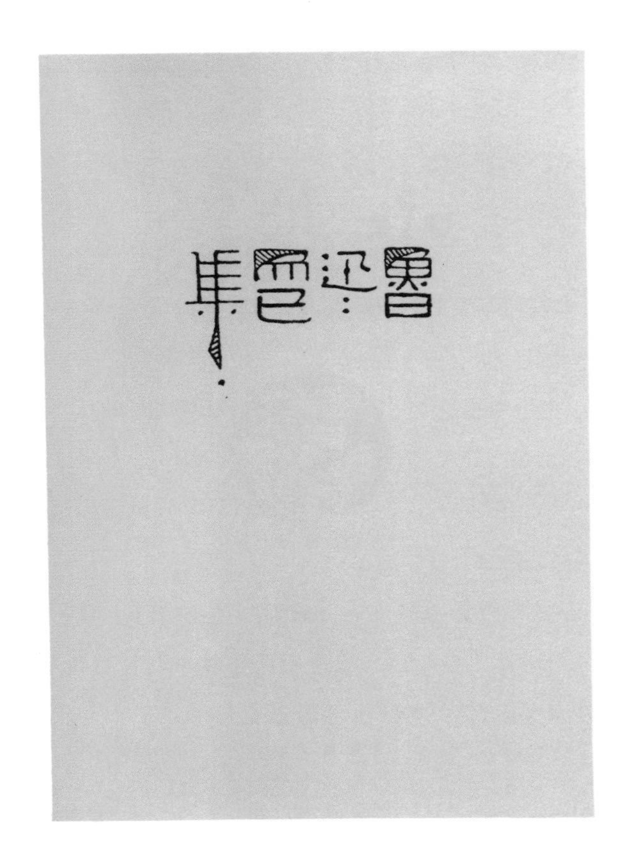

魯迅自述

최근 반년 동안 나는 무수한 피와 눈물을 보았다.

그러나 내게는 잡감뿐이다.

눈물은 지워지고 피는 사라져 버렸다.

도살자들은 어슬렁거리고 또 어슬렁거리며

강철로 된 칼과 부드러운 칼을 동시에 휘두른다.
하지만 내게는 '잡감' 뿐이다.
'잡감' 마저도 '응당 가야 할 곳으로 들어가 버렸을' 때,
나는 그리하여 '그럴 수밖에 없을(而已)' 뿐이다!

— 『이이집(而已集)』 제사(題辭)

나는 1927년에 피를 보고 놀라서 눈앞이 캄캄해지고 말문이 막혀버렸다. 광동을 떠나면서 가슴속의 그 많은 말들을 곧바로 입 밖에 낼 용기가 없었다. 그때의 심정을 전부 『이이집』에 담았다. — 『삼한집(三閑集)』 서문

해설 『이이집』은 노신의 네 번째 잡문집으로, 1928년 10월 상해 북신서국에서 출판했다. 잡문과 강연 원고 등 29편이 수록되어 있다. 노신은 간결하면서도 소박하고, 원가가 적게 드는 디자인 콘셉트로 예술 서체의 디자인에 몰두했다. '노신(魯迅)'과 '이이집(而已集)'이라는 글자가 매우 운치 있게 배치되어 있어 고아하면서도 현대 미술 서체의 법칙을 잘 구현하고 있다. 맨 처음 『열풍』의 수사체(手寫體)에서 『화개집』의 인쇄체 예술 서체를 거쳐, 다시 『이이집』의 자유 예술 서체에 이르는 발전의 궤적을 엿볼 수 있다.

62 『당송전기집』 표지 견본

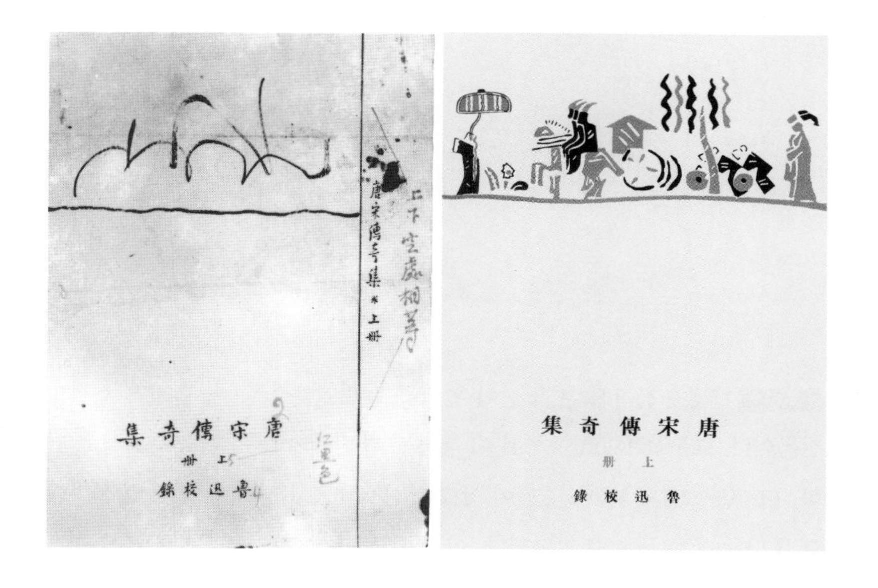

魯迅自述

『당송전기집(唐宋傳奇集)』은 노신이 교열하고 편집한 책으로 총 9권이다. 당나라 시대 작가의 작품은 총 5권에 32편을 수록했고, 송나라 시대 작가의 작품은 총 3권에 16편을 수록했다. 마지막 한 권은 노신이 고증한 『패변소철(稗邊小綴)』인데, 1만 5~6,000자에 달한다. 여러 권의 선본(善本)을 참고하여 아주 조심스럽고 신중하게 교정하고 편집한 책이다. 편집자가 서문에서 "이 소설집은 권수가 많지 않지만 그 성취는 결코 적지 않다. 아주 큰 공력을 들여 완성된 책이다"라고 말한 것으로 미루어 대충 만든 책이 아님을 알 수 있다.

— 『당송전기집』 광고

해설 『당송전기집』은 노신이 편집하고 교열한 당송 시대 전기 소설의 선본이다. 모두 8권으로 구성된 이 책은 고대 단편 소설 48편을 수록하고 있다. 1927년 12월과 1928년 2월에 상해 북신서국에서 상하 두 권으로 출판했다가 나중에 한 권으로 합본했다. 이 책의 표지는 원래 1926년에 노신이 도원경에게 부탁해 「망원(莽原)」의 표지 그림으로 그렸던 것이며, 두 가지 색으로 디자인되어 있었다. 그러나 노신은 「망원」처럼 작고 얇은 책에 두 가지 색을 사용한다는 것이 지나치게 사치스러운 데다가 이 그림을 중국 고대 문물을 내용으로 하는 책에 사용하는 것이 낫겠다고 판단해 사용을 보류했다. 1928년에 『당송전기집』 편집을 끝낸 그는 이 그림을 사용하는 것이 적절할 뿐만 아니라 큰 장점을 지닌다고 생각했다.

표지 그림은 도원경이 그린 것이긴 하지만 전체적인 디자인은 노신이 직접 주도했다. 노신은 특별히 밑그림을 그려 인쇄소에 보내 참고하게 했는데, 이것이 지금 우리가 보고 있는 표지 견본이다. 따라서 이 책을 디자인한 사람은 노신이며, 도원경의 그림은 단지 소재로 채택되었을 뿐이라고 봐야 할 것이다.

63 『아침 꽃 저녁에 줍다』 속표지

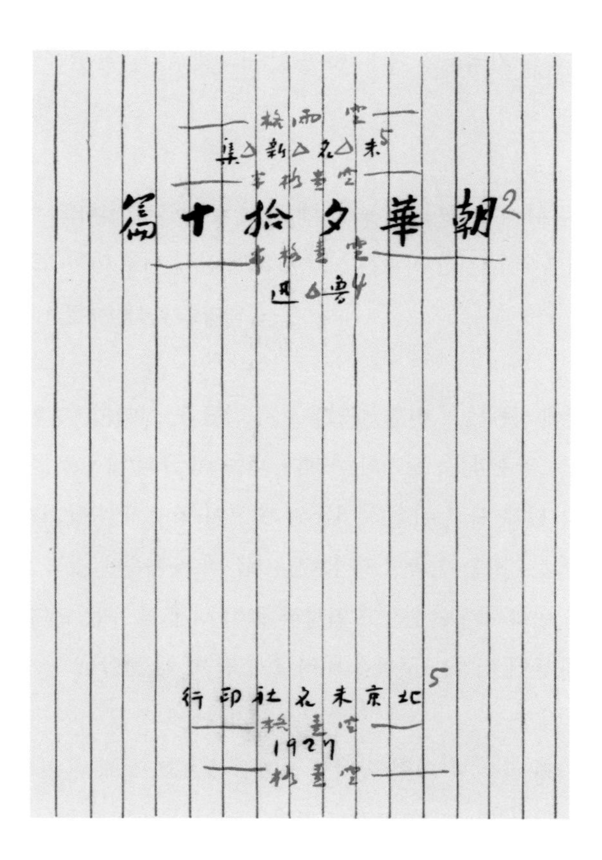

魯迅自述 1926년 가을까지 혼자 하문의 돌집에서 바다를 마주하고 고서적을 뒤적이며 살았다. 사방에는 사람의 기운이 느껴지지 않았고 마음은 공허하기만 했다. 하지만 북경의 미명사에서는 끊임없이 편지를 보내 잡지에 실을 글을 재촉했다. 이때 나는 지금의 길을 이끌고 싶지 않았다. 그리하여 마음속의 기억들을 꺼내 『아침 꽃 저녁에 줍다』 열 편을 썼다.

—『고사신편(故事新編)』 서문

「옛 일을 다시 들추다(舊事重提)」에 그림 몇 장을 삽입하고 싶어 직접 그림들을 수집했네. 하지만 지금은 시간이 없어 잠시 뒤로 미루기로 했네.

—「대정농(臺靜農)에게」(1927년 4월 9일)

이틀 전에 『들풀』의 편집 작업을 마무리했다. 이제는 「망원」에 게재된 「옛 일을 다시 들추다」를 정리할 차례다. 나는 이 글의 제목을 '아침 꽃 저녁에 줍다'로 바꿨다. 물론 이슬을 머금은 채 꺾인 꽃의 색과 향기가 훨씬 좋겠지만 나는 이것으로는 만족할 수 없다. 지금 내 마음속에 있는 야릇함과 착잡함을 즉각 변화시켜 야릇하고 착잡한 글이 되게 할 수는 없다. 어쩌면 언젠가 고개를 들어 떠가는 구름을 바라보게 될 때 내 눈앞에 뭔가 번쩍일 수 있으면 그만이지……

이 열 편의 글은 내 기억 속에서 적어낸 것으로 실제 내용과는 다소 다를 수도 있다. 하지만 지금으로서는 기억나는 것이 이것뿐이다.

—『아침 꽃 저녁에 줍다』 서문

『아침 꽃 저녁에 줍다』의 표지는 도원경 군이 이미 그려 놓았네. 하지만 3도 인쇄여서 북경에서는 인쇄하기 힘들 것 같아 그에게 부탁하기로 했지. 계산해 보니 인쇄 비용이 2,000원쯤 될 것 같아 곧장 보내주었네. …… 이 책 첫 페이지에는 '도원경이 표지 그림을 그렸다'라는 내용의 문구를 넣

었으면 하네. —「이제야(李霽野)에게」(1928년 3월 31일)

해설 이 책은 10편의 작품을 수록한 노신의 산문집이다. 1928년 9월에 북평(북경) 미명사에서 출판했으며, 노신이 편집한 「미명신집(未名新集)」 총서 가운데 하나이다. 이 책에 수록된 작품들이 맨 처음 「망원」에 발표되었을 때는 제목이 '옛 일을 다시 들추다' 였으나 나중에 노신이 단행본으로 출판하면서 지금의 제목으로 바뀌었다. 이 책의 표지 그림은 원래 손복희(孫福熙)에게 부탁하려 했다. 그러나 나중에 진사증의 화훼를 표지 그림으로 했다가 결국에는 도원경에게 그리게 했다. 노신은 원작자를 존중하여 특별히 출판사에 부탁해 표지가 도원경의 작품임을 표기하게 했다. 속표지는 노신이 직접 디자인했다. 현존하는 디자인 수고는 한 점뿐이지만 그의 완숙한 디자인 기법을 엿보기에 충분하다.

64 『작은 요한네스』 표지

魯迅自述 중산공원(中山公園)에 도착하여 곧장 약속된 조용한 곳으로 갔다. 수산(壽山)은 이미 와 있었다. 잠시 휴식을 취하고 나서 곧바로 『작은 요한네스(De Kleine Johannes)』*의 번역을 시작했다. 아주 좋은 책이었다.

— 『마상지 일기(馬上支日記)』(1926년 7월 6일)

나도 남들이 내게 자신들이 즐겨 먹는 것을 먹도록 권하는 것을 원치 않았다. 하지만 나는 자신도 모르게 내가 즐겨 먹는 것을 남들에게 권하곤 했

* 어린아이의 혼(魂)의 성장 과정을 동화풍으로 쓴 자전적 산문. 순수하고도 청신한 정신을 통해 자연과 인생을 탐구하게 하는데, 음악적인 아름다움을 지니는 언어 속에 철학적·환상적인 내용이 담겨 있다.

다. 읽는 것도 마찬가지인데, 『작은 요한네스』도 그 가운데 하나이다. 나도 물론 즐겨 읽지만 남들에게도 읽게 하고 싶은 그런 책이다. 그래서 나도 모르는 사이에 이 책을 중국어로 번역해야겠다는 생각을 갖게 되었다.

— 『작은 요한네스(小約翰)』 서문

해설 이 책은 네덜란드 작가 프레데릭 반 에덴(Frederik van Eeden, 1860~1932)의 동화집이다. 아직 일본에 유학 중이던 1906년에 노신은 한 독일어 잡지에서 이 작품의 제5장을 읽고 매우 마음에 들어 했다. 며칠 후 노신은 이 책을 구입하려 했지만 구할 수 없자 도쿄의 마루젠서점(丸善書店 : 일본의 개화 초창기에 서양의 서적과 문구를 판매한 서점)에 부탁하여 독일의 서점으로부터 직접 우편으로 구매했다. 그러나 줄곧 이를 번역할 기회를 찾지 못하다가 1926년 북경을 떠나기 전날 밤에 오랜 친구인 제수산(齊壽山)의 도움을 받아 마침내 오랜 숙원을 풀 수 있었다. 같은 해 10월 도원경은 이 책의 표지 그림을 그릴 준비를 서둘렀지만, 나중에 어떤 이유에서인지 손복희가 대신 그렸다. 그림의 내용은 벌거벗은 아이 하나가 해변의 산자락에서 달을 향해 달려가는 모습이다.

이 책은 1928년 1월에 출판되었으나 1929년 5월에 상해 북신서국에서 다시 출판할 때 노신이 이 책의 표지를 자신이 다시 디자인하기로 결정했다. 손복희가 그린 표지 그림이 별로 마음에 들지 않았던 것이다. 그가 직접 디자인한 표지에는 베런스(Behrens)가 그린 「요정과 작은 새(妖精與小鳥)」를 주요 도안으로 하고, 그 아래 '소약한(小約翰)'이라는 세 글자를 손수 써넣었다. 서체의 풍격이 표지 전체의 분위기와 조화를 이루면서 맑고 참신하며, 온화한 동화적 숨결을 드러내고 있다. 손복희가 그렸던 표지 그림에 비해 훨씬 강렬한 느낌을 준다.

65 『벽하역총』 표지

鲁迅自述 이 책은 잡문집으로 최근 3~4년 동안 번역한 문학과 예술에 관한 논문들이 수록되어 있다. …… 이 책에 담긴 논문들은 각 시대를 대표하는 명작들은 아니다. …… 작가는 10여 명으로 러시아의 쾨버(Raphael von Koeber, 1848~1923)*를 제외하고는 전부 일본인들이다. …… 하지만 나는

세계적으로 이미 정평이 나 있는 작가들의 걸작들을 번역하여 그 불후함을 더하고 싶은 마음은 없었다. 독자들께서 이 잡문집에 소개된 글들을 통해 약간의 참고 자료를 얻을 수 있다면, 그리하여 그들이 주장하는 내용을 깨달을 수만 있다면 나는 기꺼이 거기에 만족할 것이다.

표지의 그림도 책 속의 글들과 마찬가지로 일본 책 「선구예술총서(先驅藝術叢書)」에서 차용한 것이다. 원래 표지 그림이었는데, 작가의 이름도 없고 누구의 작품인지도 알 수가 없어 그저 그런 사실을 기록함으로써 감사의 뜻을 밝힐 뿐이다.

— 『벽하역총(壁下譯叢)』 서문

해설 『벽하역총』은 노신이 1924년부터 1928년 사이에 번역한 글 25편을 수록한 문학예술 논문집이다. 1929년 4월 상해 북신서국에서 출판되었다. 이 책의 표지를 디자인하는 과정에서 노신은 일본 「선구예술총서」에서 우연히 마음에 드는 표지 그림을 하나 발견하고 이를 이 책의 표지에 쓰기로 마음먹었다. 노신이 저자명과 책 제목, 출판사명 등을 손수 썼다. 호수의 물빛을 바탕색으로 정해 진한 녹색으로 도안을 했다. 아마도 노신이 이 그림을 마음에 들어 한 것은 이 그림이 갖고 있는 추상적 감각으로, 이 책의 내용이 담고 있는 모더니티를 상징적으로 나타낼 수 있다는 생각에서였던 것 같다.

* 독일계 러시아인으로 1893년부터 1914년까지 일본 동경제국대학에서 그리스 철학과 미학, 미술사 등을 강의했다.

66 『기검 및 기타』 표지

近代世界短篇小說集 1

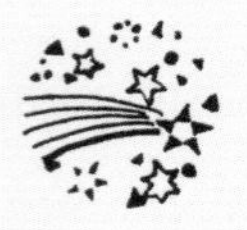

奇劍及其他

魯迅·梅川·真吾·柔石譯

上海朝花社編印

魯迅自述 한 시대의 기념비가 될 만한 글은 문단에 항상 나타나는 것이 아니다. …… 그러나 지금까지 위대하고 찬란한 각 시대의 기념비적인 문학 작품 주위에는 단편 소설도 나름대로 충분한 존재의 이유를 갖는다. …… 우리 역자들이 이 책을 엮는 이유도 바로 여기에 있다. …… 그러나 한

송이 꽃을 피워야겠다는 마음이 조금이라도 있다면 부패한 풀도 그다지 나쁘진 않다는 생각을 해보는 것도 좋을 것이다.

— 『근대 세계 단편소설집』 서문

해설 『기검 및 기타(奇劍及其他)』는 노신과 유석(柔石)이 함께 기획하고 편집한 『근대 세계 단편소설집』 총서의 첫 번째 책이며, 노신과 유석 등이 번역한 유럽의 단편 소설 12편을 수록했다. 1929년 4월에 상해 조화사(朝花社 : 1928년 11월 상해에서 노신, 유석, 왕방인王方仁, 최진오崔眞吾, 허광평이 주축이 되어 설립)에서 출판되었다. 노신이 직접 표지를 디자인하면서 외국 책들에서 장식성 도안을 모사했다. 그는 작은 별 몇 개와 혜성이 하늘을 가르는 이 그림을 1월 말에 출판한 미술총간 『근대 목각 선집(近代木刻選集)』 (1)의 표지에도 사용했다. 이처럼 한 그림을 중복하여 사용한 것은 이 책에 실린 작가들의 작품이 갖는 세계적 위상을 상징적으로 나타내기 위함이다. 동일한 도안을 책 제목과 저자명 사이에 중복 사용해 간결하면서도 산뜻한 느낌을 준다.

67 『사막에서』 표지

近代世界短篇小說集 2

魯迅 · 梅川 · 真吾 · 柔石 譯

在沙漠上

上海朝花社編印

1929

해설 『기검 및 기타』의 자매편인 이 책은 1929년 9월에 상해 조화사에서 출판되었으며, 노신과 유석 등이 번역한 유럽의 단편소설 12편을 수록했다. 역시 노신이 표지를 디자인했다. 사막을 상징하는 담황색 원형 도안을 표지 한가운데 배치하여 책 제목이 주는 분위기와 잘 어울린다.

68 『입맞춤』 표지

해설 『입맞춤(接吻)』은 부제가 '보헤미아 산 속의 이야기'로 체코 작가 스휘틀러의 단편 소설집이다. 최진오(崔眞吾)가 번역한 이 책은 1929년 8월 조화사에서 출판되었다. 노신이 편집과 표지 디자인을 맡아 「조화소집(朝花小集)」 총서의 하나로 편찬했다. 표지 디자인에는 다양화의 경향이 잘 드러난다. 윗부분에는 '접문(接吻)'이라는 두 글자가 예술 서체로 장식되어 있고, 가운데에는 신선한 백합꽃이 가득 꽂혀 있는 화병이 자리 잡고 있다. '입맞

춤'의 주체는 등장하고 있지 않지만, 온화하고 향기로운 꽃을 통해 사랑의 미묘함을 암시하고 있다. 한편 총서명과 부제를 병기하여 판본과 내용에 대한 보다 많은 정보를 전달하고 있다.

69 『리틀 피터』 표지

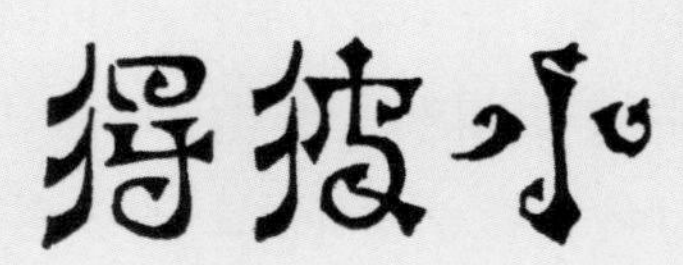

魯迅自述 서로 연관되어 있는 이 동화 여섯 편은 원래 일본 하야시 후사오(林房雄, 1903~1975. 소설가이자 문예평론가)의 일본어 번역본(1927년 도쿄 교세이가쿠曉星閣에서 출판됨)이며, 내가 역자에게 일본어 교재로 추천한 것이다. 이 책으로 역자가 일본어를 배우다 보니 자연스럽게 번역하게 되었고, 그 결과 중국어판 책으로 엮게 되었다. — 『리틀 피터(小彼得)』 번역본 서문

관련 기록 허광평 : 내게 일본어를 가르치신 것도 이처럼 원대한 마음에서 출발하여 모든 일을 열심히 할 것을 권하기 위한 것이었다. 나중에는 『리틀 피터』를 가르치시면서 내가 시험 번역한 원고를 검토하신 후에 시범적으로 손수 일부를 번역해서 보여주셨다. 이것이 바로 『노신 역문집』에 수록된 번역본이다. — 『노신회고록』 「나는 또 한 번 학생이 되었다」

해설 『리틀 피터』는 동화집으로, 원제는 『리틀 피터의 친구들이 들려주는 이야기(What Little Peter's Friends Tell)』이다. 오스트리아 여성 작가인 헤르미니아 추어 뮐렌(Hermynia Zur Muhlen, 1883~1951)이 썼다. 노신이 하야시 후사오가 번역한 일본어 번역본을 허광평에게 일본어 학습 교재로 건넸고, 1929년에 그녀는 그의 도움을 받아 가며 중국어로 번역했다. 그리고 노신이 교열한 다음 서문을 써서 같은 해 11월에 춘조서국(春潮書局)에서 출판했다. 노신은 이 책의 표지를 디자인하면서 여전히 도안을 한가운데 배치했다. 도안은 원형으로 중간에 아름다운 모양의 민들레가 묘사되어 있고, 그 위에 예술 서체로 책 제목인 '소피득(小彼得 : 리틀 피터)'라는 세 글자가 쓰여 있다. 노신은 원작자의 국적을 하야시 후사오의 일본어 번역본 『진리의 성(真理の城)』에 소개된 내용에 근거해 헝가리라고 썼다. 하지만 실제로는 오스트리아이며, 독일 국적의 헝가리 출신 번역가와 결혼한 뒤 독일에 살고 있었다. 이 책의 삽화는 독일의 유명한 만화가인 게오르그 그로츠(George Grosz, 1893~1959)의 작품이며, 그의 정치 만화는 한 시대를 풍미한 바 있었다. 노신도 그의 작품을 칭찬해 마지않았다. 역자의 이름이 허하(許霞)로 되어 있지만, 실제로는 허광평이다. 이 책은 1939년 연화서국(聯華書局)에서 다시 출판되면서 표지의 도안과 역자 이름도 바뀌었다.

70 『근대 목각 선집』(1)

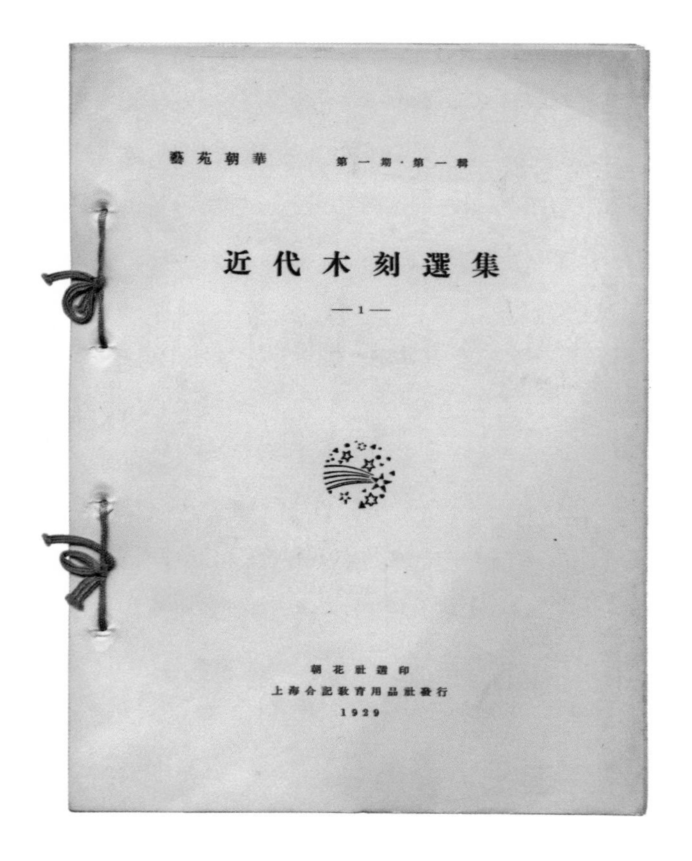

魯迅自述 아직 확실한 것은 아니지만 적지 않은 사람들이 유럽의 목판화가 중국에서 배워 간 것이라고 이야기한다. …… 15세기 초에 독일에는 이미 성모상 목판화가 존재했고 …… 16세기 초에는 목판화의 대가 알브레히트 뒤러(Albrecht Durer, 1471~1528)가 등장했고, 후세 사람들은 대부분 그를

목판화의 시조로 여기고 있다. …… 19세기 중엽에 이르러서는 커다란 변화가 일어나 초벌 목판화의 창작이 성행했다. …… 여기에 소개한 것들은 전부 현재 살아 있는 작가들의 작품이지만, 이 몇 점만으로는 다양한 작품의 풍격을 살필 수 없다. 우리는 사정이 허락하는 한 점차적으로 보다 많은 작품을 가져다 소개할 생각이다. —『근대 목각 선집』(1) 서문

관련 기록 허광평 : 「분류」를 편집하는 데 다양한 삽화가 필요했지만 이를 구할 만한 곳이 없었다. …… 이런 이유로 상무인서관(商務印書館)에 부탁해 영국의 목판화가 많이 수록된 책을 외국에서 구입했다. 「분류」에 소개된 그림들은 대부분 이런 식으로 구한 것이다. 원래는 「분류」에 필요한 삽화를 준비하기 위해 새로운 책을 구하려 했던 것인데, 견문이 넓어지고 갈수록 그림에 애착이 가다 보니 책을 사들이는 일이 더욱 많아졌다. 마침내 1929년에 『근대 목각 선집』 (1)을 출판하여 영국 작가들의 작품을 전문적으로 소개함으로써 중국 예술계와의 소통을 시도하게 되었다.

—「노신과 중국 목판화 운동」

해설 외국 문학의 번역물을 위주로 월간 「분류」를 편집하다 보니 다량의 외국 예술 삽화가 많이 필요하게 되자, 노신은 1928년 가을에 '조화사(朝花社)'를 설립하고 곧바로 유럽의 '강건하고 소박한 예술'을 소개하기 시작했다. 그 결과물이 바로 조화사가 1929년 1월에 출판하기 시작한 「예원조화(藝苑朝華)」 미술총간(美術叢刊)이다. 이 총간의 제1기 제1집이 바로 『근대 목각 선집』 (1)로, 판화 12점을 수록하고 있다. 총간 전체가 '조화사가 선별하

여 인쇄한 것'이라고 표기하였지만, 사실은 노신이 편집하고 디자인과 장정까지 도맡아 한 것이다. 표지와 장정이 상당히 단순하면서도 우아하고 아름답다. 구도도 노신이 즐겨 사용하는 방법을 그대로 재현하여 도안을 중간에 배치했다. 이 책에는 외국의 미술 책에서 수집한 원형 도안이 사용되고 있다. 도안은 별과 혜성이 하늘을 수놓고 있는 모습으로, 담담하고 조용하면서도 상상력을 자아낸다. 3개월 후에 출판한 번역 소설집 『기검 및 기타』의 표지에서도 이 도안을 다시 사용한 것으로 보아, 노신이 이 도안을 몹시 좋아했음을 알 수 있다. 장정에는 동판지를 이용하여 판화를 인쇄하고, 연한 미색 도림지(道林紙)를 이용하여 시문(詩文)을 인쇄했다. 16절 크기의 모변본인 이 책은 특히 구멍을 뚫고 끈으로 장미 문양의 매듭을 지어 장정을 마무리해, 평이하면서도 아름다운 분위기를 더했다.

71

『후키야 코지 화선』 표지

藝苑朝華 第一期·第二輯
蕗谷虹兒畫選
朝花社選印
上海合記教育用品社發行
1929

魯迅自述

중국의 문학과 예술이 변화하고 유행하는 데 있어서 때로는 그 주도권이 외국 서적 판매업자들의 손에 쥐어지기도 한다. 책 한 무더기가 들어오면 그만큼의 영향을 미치게 되는 것이다. 「모던 라이브러리(Modern Library)」에 속한 비어즐리(Aubrey Vincent Beardsley, 1872~1898)의 화집이 중국에 들어오자, 그 날카로운 자극이 여러 해 동안 가라앉아 있던 감각을 자극해 표면적으로 수많은 모방이 이루어지게 되었다. 그러나 쇠약해진 채로 오랫동안 조용히 가라앉아 있던 감각에 비어즐리의 선묘(線描)는 뜻밖에도 너무나 강렬했다. 이때 마침 후키야 코지(蕗谷虹兒, 1897~1979)의 판화가 중국에 들어오면서 그윽하고 유미한 필치로 비어즐리의 날카로운 필치를 조화롭게 가라앉혀 주었다. 후키야 코지의 화풍은 현대 중국 청년들의 마음에 부합하여 그에 대한 모방이 지금까지 계속 이어지고 있다.

— 『후키야 코지 화선』 서문

해설 「예원조화」 제1기에는 두 권이 있는데, 첫 번째 책이 『근대 목각 선집』 (1)이고, 두 번째 책이 바로 『후키야 코지 화선』이며 판화 12점을 수록했다. 표지에 편집자 이름은 '조화사'로 되어 있다. 판형, 장정, 외관 등이 모두 『근대 목각 선집』 (1)과 동일하며, 책 제목 외에 다른 점이 있다면 그 안에 담긴 그림이다. 아름다운 여인의 상반신 소묘인 표지의 인물상은 화가의 부드럽고 우아한 풍격을 상징한다. 비어즐리의 강렬한 자극과는 상당한 대비와 조화를 이룬다.

72 『근대 목각 선집』(2)

魯迅自述

그러나 우리가 여기서 소개하는 작품은 교과서에 나오는 그런 목판화와는 다르다. 교과서에 나오는 작품들은 매우 핍진하고 정교하게 모사하긴 했지만, 바탕으로 하고 있는 밑그림이 있어 칼을 붓으로 삼아 형태에 따라 칼질을 하기만 하면 되기 때문에 단지 '복각 판화(復刻版畵)'에 지나지 않는다. 반면에 '창작 판화'는 따로 밑그림이 없이 화가가 직접 철필을 손에 쥐고 나무판 위에 그림을 그린다. …… 물론 그 결과가 핍진할 수도 있고 정교할 수도 있지만, 아름다움과 힘도 느낄 수 있다. 그러므로 자세히 보면 비록 복제된 화폭이지만 그 속에서 '힘 있는 아름다움'을 느낄 수 있다. —『근대 목각 선집』(2) 서문

관련 기록 허광평 : 이때는 조화사의 몇몇 친구 분들을 아침저녁으로 만날 수 있었고, 한 자리에서 식사를 한 뒤에는 매번 식후의 휴식 시간을 이용하여 출판 업무에 관해 토론을 벌이곤 했다. 힘든 업무도 마다하지 않고 미련할 정도로 열정적으로 매달리던 유석 선생은 중국의 전통 신전(信牋 : 편지지)도 일종의 목판화라는 노신 선생님의 말씀을 듣고는 큰 관심을 보였다. 그리고는 중국의 편지지를 유럽으로 보냈는데, 뜻밖에도 그쪽으로부터 회신과 함께 목판화를 받게 되었고, 모두들 더욱 기뻐했다. 그 당시 정말로 모두들 판화에 심취하여 제각기 판화 작품을 찾아 나서기 시작했고, 결국 여러 경로로 판화를 소개할 방법을 찾았다. 때로는 별발양행(別發洋行 : 중국 책을 외국어로 발행한 출판 기구)과 같은 외국 서점에 부탁하여 자료를 찾기도 했다. 한창 관심을 받기 시작한 이 시기를 쉽게 보내버릴 수는 없었다. 영국뿐만 아니라 다른 나라들에 대해서도 관심을 갖게 되면서 『근대 목각 선집』(2)에 프랑스, 러시아, 미국, 일본 등지의 작가들을 소개하였다. —「노신과 중국 목판화 운동」

해설 『근대 목각 선집』(2)는 「예원조화」 총간의 제1기 제3집이다. 이 책은 1929년 3월(책에는 2월로 표기되어 있음)에 조화사에서 출판되었으며, 유럽과 일본의 판화 12점을 수록하고 있다. 실제로는 노신이 작품 선정과 편집, 디자인을 전부 맡았다. 장정과 판형은 모두 『근대 목각 선집』(1)과 같고, 심지어 표지 가운데의 도안마저도 똑같다. 단지 기수와 출판 시기가 다를 뿐이다.

73

『비어즐리 화선』 표지

魯迅自述

비어즐리는 겨우 26년 동안 세상을 살다가 폐병으로 세상을 떠났다. 삶이 이토록 짧긴 했지만 흑백 그림을 그린 예술가들 가운데 그보다 더 널리 명성을 누린 예술가가 없었고, 현대 예술에 그처럼 광범위한 영향력을 발휘한 예술가도 없었다. …… 사람들이 세기말(fin de siècle)이라고 일컫는 1890년대 말, 그는 이 시기의 독특한 정서를 표현한 유일한 작가이다. 1890년대 말의 불안하고 오만하면서도 탐구하기 좋은 정서가 그를 불러냈다.

비어즐리는 풍자가로서 보들레르처럼 지옥만을 묘사해냈을 뿐 현대적인 천당을 반영해내진 못했다. …… 순수한 장식 예술가로서 비어즐리에게 비견할 만한 인물은 없다. 그는 세계의 일치하지 않는 모든 사물을 한데 모아 자신의 독특한 조형으로 일치시켰다.

그의 작품은 『살로메(Salome)』의 삽화로 출판된 바 있고, 중국의 예술가들도 자주 가져다 쓴 적이 있기 때문에 일반적으로 그 풍격까지도 매우 익숙해져 있다. 하지만 그의 장식화는 한번도 제대로 소개된 적이 없었다. 그의 장식화 12점을 골라 출판함으로써 비어즐리를 좋아하는 독자들에게 새로운 경험을 제공하고자 한다. —『비어즐리 화선(比亚兹莱畵選)』 서문

해설 『비어즐리 화선』은 「예원조화」 제1기 제4집으로 기획되어 1929년 4월 26일에 조화사에서 출간되었다. 노신은 이 책의 작품 선정과 편집을 끝내고 '서문'을 썼다. 장정 디자인의 풍격은 다른 기존의 책들과 크게 다르지 않고, 단지 가운데에 있는 도안만 비어즐리의 장식화를 사용했을 뿐이다. 복숭아씨를 해부한 다음 보다 정교한 구도를 가한 듯한 이 그림에 대해 노신은 "얼어붙는 듯이 차가운 일본식 실재성이 불타듯 뜨거운 서양식 열정의 이미지로 전환되어, 날카롭고 선명한 흑백의 선과 그림자로 표현됨으로써 무지개처럼 화려한 동양에서도 꿈꾸지 못했던 색조를 암시하고 있다"라고 말했다. 장식 효과가 매우 뛰어난 그림들이다.

74 『신러시아 화선』 표지

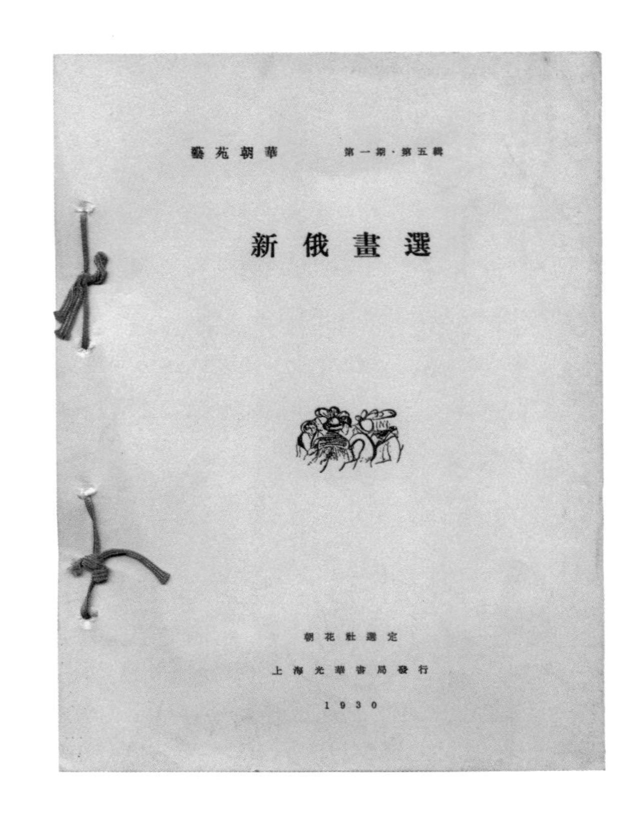

藝苑朝華 第一期·第五輯
新俄畫選
朝花社選定
上海光華書局發行
1930

魯迅自述 신러시아의 미술은 현재 세계적으로 엄청난 영향을 미치고 있지만 중국에 소개된 것은 극히 미미한 실정이다. 여기에 소개한 겨우 열두 쪽의 분량으로는 그 명성에 걸맞는 진정한 소개의 중임을 다할 수 없다. 게다가 선정한 그림들이 대부분 판화이고, 대형 걸작들은 거의 소개하지 못했다. 이것이 우리가 가장 유감스러워 하는 부분이다.

하지만 판화를 많이 수록하게 된 데는 또 다른 이유가 있다. 첫째는 중국의 판화 제작 기술이 아직 발달되지 않아 잘못하여 판화의 본래 모습을 잃느니 차라리 직접 판화를 제작하는 시도를 잠시 늦추는 것이 낫기 때문이고, 둘째는 혁명 시기에는 판화의 쓰임이 매우 광범위하여 아주 짧은 시간에 성과를 볼 수 있기 때문이다. 「예원조화」를 처음 낼 때 이미 이 점을 염두에 두고서 1집에서 4집까지 흑백 선묘화를 소개했으나 예술계의 무관심으로 이 선집을 계속 유지하기 어려웠다. 그러다가 이번에 다시 제5집을 세상에 내놓는다. 이 선집은 이미 황혼에 접어들었지만, 원컨대 독자 제위께서 이 책을 통해 다소나마 정신적 혜택을 누릴 수 있기를 기대한다.

— 『신러시아 화선(新俄畵選)』 서문

해설 『신러시아 화선』은 「예원조화」 제1기 제5집으로 기획된 책이며, 1930년 5월에 조화사에서 출판하고 상해 광화서국(光華書局)에서 발행했다. 노신이 서문을 쓰고 직접 작품을 선별하여 소련의 회화와 판화 12점을 수록했다. 장정의 디자인 풍격은 앞서 출간된 것들과 크게 다르지 않다. 단지 중앙의 도안으로 소련의 목판화 작품을 사용했을 뿐이다. 노신이 이미 언급한 것처럼 앞서 출간한 책들도 널리 전파되지 못했고, 당시의 가난하고 미약한 예술계에서는 이 선집의 운명도 오래 지속되기 어려웠다. 이 책을 마지막으로 그 뒤로는 더 이상 출간되지 못했다.

75 『근대 미술사조론』 표지

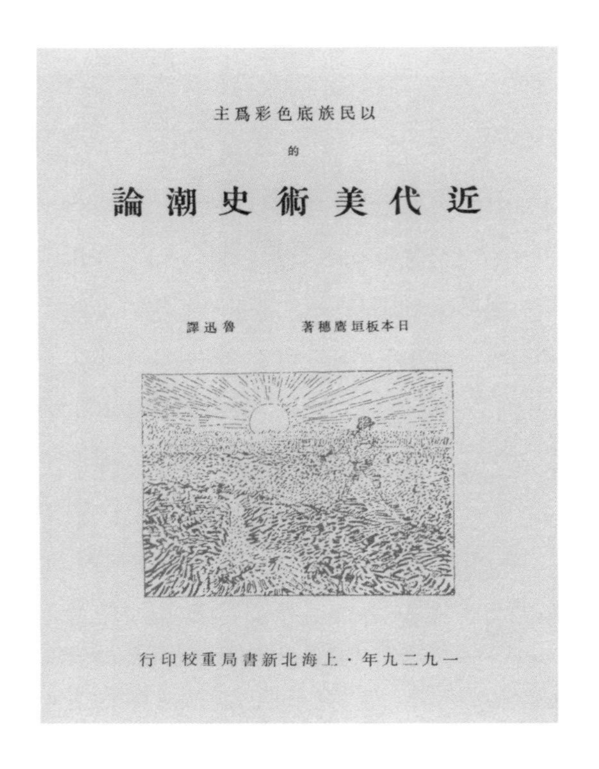

魯迅自述

어제 우연히 일본의 이타가키 다카호(板垣鷹穗, 1894~1966)가 '민족적 색채'라는 주제로 쓴 『근대 미술사조론』이라는 책을 읽게 되었습니다. 프랑스혁명 후부터 오늘날까지의 미술 사조를 기술하고 있는데, 일종의 실험적 주장이라 매우 간명하면서도 볼 만합니다. 나는 중국에도 바로 이런 책이 필요하고, 반드시 소개되어야 한다고 생각했습니다. 그러나 책 안에 그림 130여 점이 담겨 있어 번역을 한다 해도 선진적인 독자들이 부족한 중국의 출판계에서는 출판하려고 하는 출판사가 없을 것이라는 생각이 듭니다……

미술에 관한 책 한 권을 출판하려면 이처럼 오랜 준비 기간이 필요하고, 또 그 과정이 결코 수월치 않다는 것은 분명 처량하고 한탄스러운 일이지만 우리의 이 문명국에서는 달리 좋은 방법이 없을 것 같습니다.

—「이소봉(李小峰)에게」(1927년 12월 6일)

약 1년 전에 이소봉 군이 「북신월간(北新月刊)」에서 수집한 그림을 보고서 새로운 예술에 대한 기초가 전혀 없는 우리나라에 이를 단편적으로 소개하는 것은 아무런 이점이 없고, 어느 정도 체계를 갖추는 것이 바람직하다고 생각했던 것이 바로 이 책을 번역하게 된 계기입니다. 그때 마침 이 『근대 미술사조론』이라는 책이 출판되었는데, 삽화가 아주 많은 데다 대부분 엄선한 대표작들이었습니다. 저는 이 작품들을 그대로 사용하여 직접 사론(史論)을 번역한다면 그림에 대한 설명이 될 수 있을 것이고, 독자들의 이해에 다소나마 도움이 되리라고 생각했습니다. —「『근대 미술사조론』의 독자 제위께」

해설 『근대 미술사조론』을 번역하게 된 것은 아마도 노신이 상해에 온 뒤로 미술을 소개하는 데 있어 행한 가장 무게 있는 작업일 것이다. 그는 두세 달의 시간을 들여 번역과 동시에 이를 잡지에 발표했다. 하지만 단행본으로 출판한 것은 1년 뒤의 일이었다. 노신이 표지를 디자인하면서 프랑스 화가 밀레의 「씨 뿌리는 사람」을 표지 그림으로 정한 데는, 이 책이 중국 미술계에 '씨를 뿌리는 것' 같다는 상징성과 함께 매우 깊은 의미가 담겨 있다. 이 책은 정장본과 평장본 두 가지로 출판되었으며, 둘 다 모변본(毛邊本)이다.

76

『예술론』 표지

魯迅自述 이 작은 책은 노보루 쇼무(昇曙夢, 1878~1958)의 일본어 번역본을 중역한 것이다. …… 그는 혁명가이자 예술가이고 비평가로서, 많은 저서 가운데 『문학의 그림자』, 『생활의 반향』, 『예술과 혁명』 등이 잘 알려져 있다. 저자가 서문에서 말한 것처럼 '가장 압축된 형식으로 결론을 갖춰 모든 미학의 요지를 전달하는' 동시에 오늘에 이르기까지 자신의 사상과 행

동의 근거로 삼고 있다. — 루나차르스키의 『예술론(藝術論)』 서문

관련 기록 원작자 루나차르스키(Anatoly Vasilyevich Lunacharsky, 1875~1933)는 소련의 문예비평가로서 10월 혁명 후에 소련의 인민교육위원을 역임한 바 있다. 저서로는 『예술의 사회적 기초』, 『실증 미학의 기초』 등이 있다.

해설 노신은 루나차르스키의 『예술론』을 번역하여 1929년 6월에 상해 대강서포(大江書鋪)에서 출판했다. 대강서포는 진망도(陳望道)가 운영하는 출판사였다. 이론서인 만큼 노신은 표지 디자인에 추상적인 도안을 사용했다. 표지 중앙에 원형 도안을 배치하고, 초록과 묵록(墨綠) 두 가지 색깔로 허와 실이 상응하고 가득함과 부족함이 조화를 이루게 함으로써 예술의 본질에 대한 사고를 드러냈다. 도안 아랫부분에 여백을 남겨 세로로 쓴 '예술론'이라는 세 글자를 예술 서체로 삽입하여 독자들에게 '예술의 원칙'을 도출했다는 느낌을 준다. 이 표지 디자인의 풍격은 전체적으로 비교적 담담한 편이다. 세심하게 고려하여 구성한 결과물은 아니지만 예술에 대한 디자이너의 감각이 잘 드러난다.

77

「맹아 월간」 표지

魯迅自述 1930년대에는 정기 간행물들이 점차 줄어들고 있었고, 일부 간행물들은 제때에 출간되지 못했다. 아마도 갈수록 심해지는 탄압 때문일 것이다. …… 당시 내가 글을 투고할 수 있는 곳이라곤 「맹아 월간(萌芽月刊)」 밖에 남아 있지 않았다.

— 『이심집(二心集)』 서문

「맹아 월간」은 비교적 급진적인 잡지였기 때문에 비교적 오래된 작품들은 게재하지 않았네.

— 「손용(孫用)에게」 (1930년 2월 14일)

관련 기록 풍설봉(馮雪峰) : 하지만 우리는 「맹아 월간」에서 신문학의 맹아를 뽑아낼 수 있기를 기대한다. 동인들뿐만 아니라 모든 사람들이 투고해 주기를 기대한다. …… 형식에 있어서 우리는 평상적인 유치함을 거부하지 않는다. 사상적인 면, 즉 작품의 내용에 있어서는 작가의 세계관과 인생관, 그리고 의식의 비교적 정확하지 못한 부분과 순순하지 못한 부분도 적극 수용한다. …… 평론 분야에 있어서는 문단의 현상에 대해 때때로 적극적인 비평을 하는 동시에 일반적인 사회 현상에 대해서도 비판적 시선을 유지한다.

— 「맹아 월간」 제1권 제1기 편집자 후기

해설 「맹아 월간」은 노신과 풍설봉이 공동으로 편집하던 문예 간행물로, 1930년 1월 1일에 창간되어 제3기부터 '좌익문예가연맹'의 기관지가 되었다. 이 표지도 노신이 디자인했는데, 그 풍격은 여전히 수수하고 간략하면서도 눈에 확 띄는 「분류」의 디자인적 특성을 계승하고 있다. '맹아 월간'이라는 예술 서체 네 글자가 표지의 공간 대부분을 장악하여 눈에 확 들어오며, 서체는 다소 변형되어 더욱 부드러워진 모습을 보이면서 노신의 예술 풍격이 갖는 일관된 친화력을 잘 드러내준다.

78 「문예연구」 표지

魯迅自述 「문예연구(文藝研究)」는 문학 연구와 예술에 관한 글을 전문적으로 게재하되 번역문도 가리지 않는다. 아울러 문예 작품과 작가 소개, 그리고 비평도 거부하지 않는다. …… 이미 문학예술에 대한 관심을 갖고 있는 독자들에게 열독의 기회를 제공하는 데 뜻을 두고 있는 만큼, 글의 내용에 있어 최대한 충실함을 담보하여 수명을 오래 유지하고자 한다. ……

하지만 현대 작가의 글만을 전문적으로 싣지 않고, 과거의 작품 가운데서도 문예사적으로 중요한 의미를 갖거나 시대의 획을 긋는 작품들의 경우 적극적으로 소개하고자 한다. …… 사회과학 분야의 논문들도 어느 정도 문학예술과 연관이 있기만 하면 적극 소개하고자 한다. …… 또한 문학과 예술의 연계와 결합을 추구하는 데도 뜻이 있기 때문에 시험적으로 그림을 삽입하고자 한다. 가능한 범위에서 조소나 조각 작품도 소개할 계획이다.

—「문예연구」 범례

해설 「문예연구」는 노신과 진망도가 공동으로 편집하고 출판한 또 하나의 합작품이다. 1930년 2월에 역시 대강서포에서 인쇄되었지만 실제 출판 시기는 4월 말 내지 5월 초이고, 제1기를 출간하고 나서 곧바로 판금되었다. 표지는 여전히 노신이 디자인했다. 여기서도 노신은 대형 예술 서체를 조합한 책 제목이 표지의 대부분을 차지하는 방식을 사용하고 있다. 「맹아 월간」과 다른 점은 책 제목을 한쪽 구석에 배치하여 불완전한 골목 입구와 연결시킴으로써 골목 안에 밀집해 있는 건물들을 조감하는 듯한 느낌을 주고 있다는 것이다. 이는 문학예술의 골목을 조망하려는 의지가 벽에 가려 완전하지 못하다는 결핍에 대한 암시로 해석할 수 있다.

79 『파우스트와 성』 표지

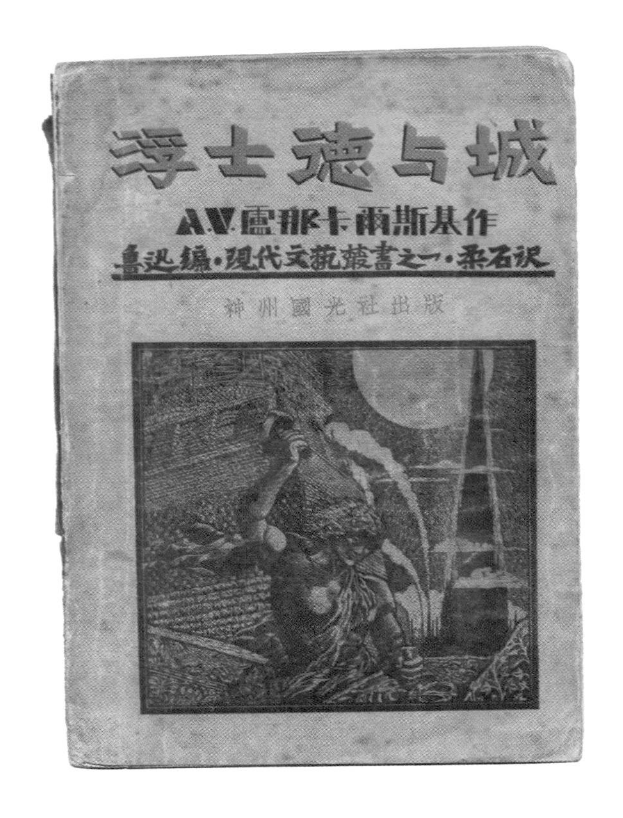

魯迅自述 지난해 상반기는 좌익 문학이 전에 없이 압박에 시달리지 않은 시기였다. 수많은 출판사들이 자신들의 진보적인 입장을 겉으로 드러내기 위해 이런 책들을 출판하려 했다. 실제로 원고가 다 모이지도 않았는데, 출판하고자 했던 책의 광고를 서둘러 쏟아내기도 했다. 이러한 분위기가 뜻밖에도 줄곧 서화(書畵) 분야의 책을 출판해 온 신주국광사(神州國光

社)를 자극하여 신러시아의 문예 작품을 수록한 총서를 출판하게 했다. 우리는 세계적으로 정평이 나있는 희곡과 소설 10편을 선정하고 역자를 섭외하는 한편, 총서의 명칭을 「현대문예총서」라고 정했다. 이 열 권은 다음과 같다. 1.『파우스트와 성(Faust and the City)』, A. 루나차르스키 지음, 유석 옮김. (이하 생략)

— 「『철류(鐵流)』 편집 및 교열 후기」

해설 『파우스트와 성』은 소련 작가 루나차르스키의 희곡을 유석이 번역한 것이며, 노신이 기획한 「현대문예총서」의 하나이다. 1930년 9월 상해 신주국광사에서 출판한 이 책의 표지 디자인에 노신은 목판화 작품을 표지 그림으로 사용했다.

80 「전초」 표지

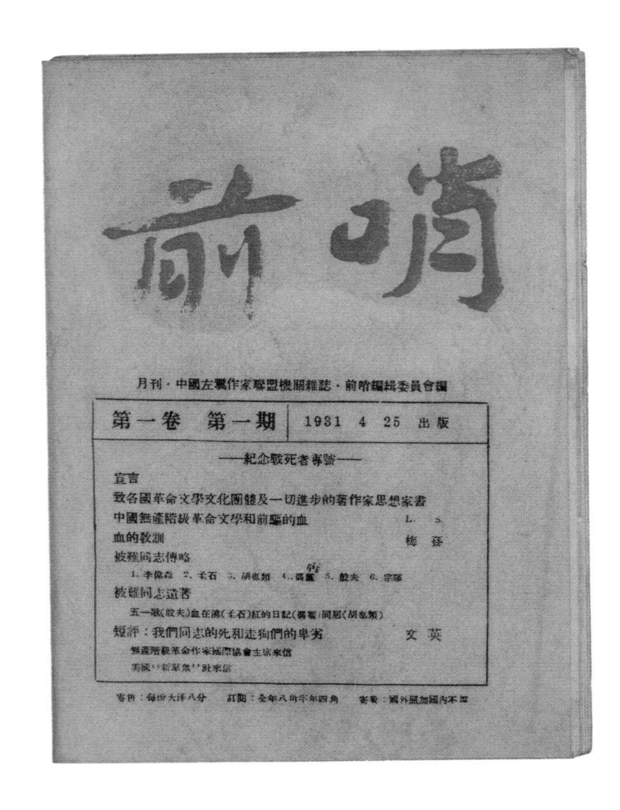
前哨

月刊·中國左翼作家聯盟機關雜誌·前哨編輯委員會編

第一卷 第一期 1931 4 25 出版

——紀念戰死者專號——

宣言

致各國革命文學文化團體及一切進步的著作家思想家書

中國無產階級革命文學和前驅的血 L. S.

血的教訓 梅孫

被難同志傳略

1. 李偉森 2. 柔石 3. 胡也頻 4. 馮鏗 5. 殷夫 6. 宗暉

被難同志遺著

五一歌(殷夫)血在沸(柔石)紅的日記(馮鏗)同居(胡也頻)

短評：我們同志的死和走狗們的卑劣 文英

無產階級革命作家國際協會主席來信

美國"新羣衆"社來信

零售：每份大洋八分 訂閱：全年八角半年四角 寄費：國外照加國內不加

魯迅自述

우리는 지금 전사자들을 애도하고 기념함으로써 중국 프롤레타리아 혁명 문학의 한 페이지를 기록하고, 동지들의 선혈로 적의 비겁하고 흉악한 폭력에 대한 우리의 끊임없는 투쟁을 분명히 밝히고자 한다.

—「중국 프롤레타리아 혁명 문학과 선구자들의 피」

관련 기록 풍설봉 : 어찌됐건 우리는 동지들이 피살되었다는 소식을 많은 인민에게 알리고 우리의 항의를 전달하며, 동지들을 기념하기 위해 1931년 4월에 기관지 「전초(前哨)」를 비밀리에 창간하게 되었다.

나는 이 비밀 간행물을 통해 동지들의 고난과 어려움을 기념하려 했던 당시의 상황을 생생하게 기억하고 있다. 우선 감히 이런 간행물의 인쇄를 맡아줄 인쇄소가 없었다. 어쩔 수 없이 우리는 혁명적인 인쇄공들 몇몇의 도움을 받아 불빛을 가리고 소리를 죽인 채 밤중에 일을 시작하여 다음날 아침 일찍 작업을 끝내는 방식으로, 그들의 사장을 속여가면서 어렵사리 제판과 인쇄를 마쳤다. 무슨 일이 있어도 날이 밝기 전에 인쇄소를 빠져나와야 한다는 생각에 우리는 인쇄공들 옆을 떠나지 않고 있다가 그들이 제판을 끝내는 즉시 교열을 마무리했다. …… 그 다음 문제는 '전초'라는 다분히 전투적인 책 제목을 빈 칸으로 남겨두었다가 인쇄된 간행물을 전부 우리 집으로 가져가 나무로 새긴 활자를 이용하여 한 권씩 찍는 것이었다.

— 「선혈로 기록한 역사의 한 페이지」

해설 1931년 2월 7일, 유석 등 좌익작가연맹(左翼作家聯盟 : 좌련) 소속 작가들이 상해의 용화경비사령부(龍華警备司令部)*에서 비밀리에 총살당했다. 당시 노신 등은 이들을 구하기 위한 방법을 찾고 있었다. 노신과 좌련 지도층이 이러한 만행을 폭로하기 위해 편집한 「전초」의 정식 명칭은 '전초 — 기념 전사자 특집호'이며, 이 사건을 전문적으로 보도하는 데 집중하

* 국민당에 의해 만들어졌으며, 많은 공산당원과 혁명가들이 이곳에서 살해되고 구금됨.

고 있다. 이 간행물은 노신과 풍설봉이 공동으로 편집을 맡았고, 누적이(樓適夷) 등도 편집에 참여했다. 4월 20일 저녁부터 밤을 새워 편집 작업을 마친 노신과 풍설봉은 25일 비밀리에 이를 발행했다. 인쇄를 맡아줄 인쇄소를 찾지 못하다가 간신히 몇몇 인쇄공들을 찾아 그들에게 부탁하여 밤새 제판을 진행했고, 누적이 등 편집자들이 그 옆을 지키면서 함께 작업하여 제판과 교열이 동시에 이루어졌다. 날이 밝기 전에 인쇄가 끝나긴 했지만 정식으로 표지를 제작할 수는 없었다. 이런 상황에 맞춰 노신은 아랫부분에 잡지의 내용을 소개하고 윗부분에는 '전초'라는 두 글자를 크게 배치하는 구도로 표지를 디자인한다. 이렇게 구성함으로써, 인쇄가 끝난 후 비워 놓은 윗부분에 노신이 손수 나무판에 새긴 '전초' 글자를 하나하나 도장 찍듯이 찍어 표지를 완성할 수 있었다. 이처럼 간단한 방법은 비밀스러운 상황에서 책을 제작하는 데 매우 편리했다. 처음에는 책 제목을 붉은 글씨로 찍었으나 잉크가 다 떨어져 나중에는 파란색으로 바꿨다. 그래서 이 잡지는 책 제목이 붉은색인 것도 있고, 파란색인 것도 있으며 그 중간인 자주색인 것도 있는데, 비장한 역사의 진상을 생동감 있게 전해주고 있다.

81 『고요한 돈강』 표지

魯迅自述 『고요한 돈강』의 첫 3부는 지난해 독일에서 번역 출판되었다. …… 독일어 번역본의 후속 부분은 올해 가을에 처음 선을 보였다. 하지만 원작이 아직 완성되지 않았지만 번역 작업은 계속될 것 같다. 이 번역본은 독일어 번역본 제1권의 전반부를 옮긴 것이기 때문에 '계속되는 전쟁 속에서 생장하는 무겁고 우울한 증오'는 아직 찾아볼 수 없다. 그러나 특수한 풍물, 복잡하고 기이하게 얽힌 인간의 감정, 간결하면서도 선명한 작풍은 과거의 작가들이 절대로 묘사해낼 수 없는 것들이다. 바이스코프(F.

K. Weiskopf)가 말한 것처럼 '원시적인 힘으로 가득 찬 문학'의 대략적인 모습을 엿볼 수 있는 작품이다. — 『고요한 돈강』 후기

관련 기록 표지 그림 : 이 책의 독일어판이 「베를린 모닝 포스트(Berlim Morning Post)」에 발표되었을 때 Bi가 그린 삽화 가운데 하나이다. "그녀는 그의 얼굴을 깨물고 그의 머리를 잡은 채 몇 번인가 거친 목소리로 소리를 질렀다. 모든 힘이 소진되는 듯한 느낌이었다."(제2부 제1장) — 『고요한 돈강』 속표지 삽화 설명

해설 소련 작가 숄로호프(Michail Aleksandrovich Sholokhov, 1905~1984)의 『고요한 돈강(Tikhii Don)』은 1926년부터 1939년에 걸쳐 쓴 장편 소설이다. 1930년 노신은 신주국광사와 「현대문예총서」에 관한 계약을 체결하면서 방금 출판된 이 책의 제1부를 총서의 하나로 선정했다. 같은 해 9월에 하비(賀非 : 조광상趙廣湘)가 이 책 제1부의 전반부를 번역하자마자 노신은 즉시 교열을 끝내고 후기를 썼다. 표지도 노신이 직접 디자인했다. 표지 디자인의 기술에서 볼 때 이 책의 디자인은 한 단계 높은 수준에 이르렀다고 할 수 있다. 여전히 눈에 확 띄는 큰 글씨의 책 제목을 배치하고, 검은색과 붉은색의 단순한 색상을 사용하면서 오른쪽 윗부분에는 남녀 주인공들의 애정을 주제로 하는 선묘화를 배치하면서 오른쪽 아랫부분에는 판본에 대한 정보를 표기했다. 표지 전체의 구도가 평온하고 뭔가를 크게 드러내지 않는 분위기지만 그런 가운데 신비함이 배어 있으며, 주제를 부각시키고 있다. 풍격이 담담하고 조용하지만, 풍부함과 변화를 잃지 않고 있다. 내포가 풍부하고 보는 사람들로부터 공감을 이끌어낼 수 있는 성공적인 디자인이라 할 수 있다.

82 『용감한 야노시』 표지

魯迅自述

이 책의 원고가 내 손에 들어온 지 벌써 일 년 반이 지났다. 나는 줄곧 페퇴피 샨도르(Petöfi Sándor, 1823~1849)라는 작가와 그의 시를 좋아해 오던 터에 대단히 깔끔하고 부드러운 번역문을 보고는 아주 진귀한 물건을 얻은 것 같았다. 이 번역문을 단행본으로 출판해야겠다고 진즉 마음먹었지만, 뜻을 이루지는 못했다. 우선 「분류」에 연재하여 중국에 소개하고 싶었다. …… 그러나 당시에는 알 수 없는 이유로 인해 「분류」가 잠시 발행되지 않던 상태였다. 원고가 이렇게 묻혀 버리는 것은 너무나 애석한 일이라는 생각이 들었다. 나로서는 발표할 방법이 없어 「소설 월보」에 보냈으나 역시 확실한 대답을 해주지 않아 학생잡지사로 원고를 보냈다. 이번에는 단번에 거절이었다. 이에 마음 가득 울분을 안고 서글픈 기분으로 돌아왔다. 원고는 나와 우두커니 마주 앉아 있었으며, 나를 따라 떠돌며 지금에 이르렀다. 하지만 이런 거절에도 불구하고 이 시와 그림들은 정말 훌륭하다. 시인은 코사크 병사들의 창칼에 찔려 죽었지만, 여전히 시인이고 영웅인 것과 마찬가지로 말이다.

— 『용감한 야노시(勇敢的約翰)』 교열 후기

표지의 글자들을 원래 한쪽에 치우치게 배치할 생각이었는데, 인쇄된 것을 보니 중앙에 자리 잡고 있더군. 그다지 보기 좋지 않네.

— 「손용에게」 (1931년 11월 13일)

관련 기록 손용 : 나는 1928년에 페퇴피의 걸작 『용감한 야노시(János vitéz)』에스페란토 번역본을 입수하게 되었다. 말 그대로 보물을 얻은 기분으로 1년에 걸쳐 자투리 시간을 이용하여 중국어로 번역했다. 당시 노신 선생께서 「분류」의 주간을 맡고 계셨는데, 나는 번역문 가운데 제26장을 베껴서 보내드리고, 곧이어 전문을 보내드렸다. 노신 선생의 도움으로 이 번역본은 1931년에 마침내 출판되었다. 노신 선생께서 내게 보낸 총 14통의 편지 가운데 10통이 『용감한 야노시』에 관한 것이었다. …… 허광평 선생이 『노신 회고록』에서 언급한 것처럼 "만일 노신 선생을 만나지 못했더라면 이 작은 책은

중국 독자들과 만날 기회를 갖지 못했을지도 모른다."

— 「노신 선생은 어떻게 『용감한 야노시』의 교열을 맡게 되었나?」

해설 『용감한 야노시』는 장편 동화 서사시로 유명한 헝가리 시인 페퇴피의 대표작이다. 1929년 항주 우편국에서 일하고 있던 손용은 에스페란토로 번역된 이 책을 중국어로 다시 번역하여 노신에게 보내면서 잡지에 소개해줄 것을 부탁했다. 노신은 이 일을 위해 분주히 뛰어다니면서 역자와 21통, 출판인과 12통의 편지를 주고받은 끝에 마침내 일을 성사시켜, 1931년 11월에 상해 호풍서국(湖風書局)에서 출판했다. 교열과 소개의 글, 삽화 선별, 제판과 인쇄, 장정 등을 전부 노신이 도맡았다. 표지 그림은 노신이 역자인 손용을 통해 에스페란토판 역자인 데껄로처이(K. deKalocsay : 헝가리 시인)에게서 얻은 알모쉬 야쉭(Almos Jaschik, 1885~1950)의 그림이다. 표지는 황토색 바탕에 그림과 문자를 전부 청색 단도로 인쇄했다. 여전히 그림을 한가운데 배치하여 전체적으로 간결하면서도 우아한 풍격을 추구했다.

83 『메페르트의 목각 「시멘트」의 그림』 표지

魯迅自述 소설 『시멘트(Cement)』는 글라드코프(Fyodor Gladkov, 1883~1958)의 뛰어난 작품인 동시에 러시아 문학의 영원한 기념비이다. …… 이 10점의 목판화는 쇠퇴하던 공업이 다시 부흥하는 과정을 표현하고 있다. 산만함에서 조직화, 조직화에서 회복, 그리고 회복에서 번창으로 발전하는 과정을 설명하는 동시에 이에 따른 인간 심리의 순조로운 변화를 암시한다. 그러

나 판화가는 두 사회적 요소의 투쟁, 즉 의식의 갈등을 형상화하진 못하고 있는 것 같다. 이는 심경을 사실적으로 드러내는 데 있어선 그림이 글보다 어렵기 때문일 것이다. 또한 판화 제작자가 독일에서 태어나 성장하다 보니, 거쳐 온 환경이 작가와 다르기 때문일 수도 있다. 칼 메페르트(Carl Meffert)에 대해서 나는 아는 바가 적다. 듣건대 그는 독일에서 가장 혁명적인 화가로서, 올해 나이가 겨우 27세이며, 8년이나 감옥에 갇혀 암울한 세월을 보냈다고 한다. 그는 혁명적 내용을 담은 판화를 즐겨 제작했는데, 내가 본 작품으로는 「함부르크」, 「정성껏 키운 제자들」, 「너의 자매」 등이 있다. 그러나 이 작품들은 하나같이 기저에 슬픈 정서를 담고 있는데, 이 「시멘트」의 그림만이 배경을 달리함으로써 거칠면서도 짜임새 있는 힘을 드러내고 있다.

— 『메페르트의 목각 「시멘트」의 그림(梅斐尒德木刻士敏土之圖)』 서문

이날 『메페르트의 목각 「시멘트」의 그림』 250부를 인쇄했는데, 중국의 선지(宣紙 : 중국 안휘성安徽省 선성현宣城縣에서 생산되는 고급 서화용 종이)는 유리판을 사용하기 때문에 비용이 191원 2각이나 들었다. — 『노신 일기』 (1931년 2월 2일)

이곳에서는 좌익 문예에 대한 압박이 미치지 않는 곳이 없지만, 다른 유형의 문예는 완전히 공동 상태이네. 그래서 출판계가 매우 적막하네. 나는 지난해 겨울에 『수문정(水門汀 : 시멘트)』의 삽화 10장을 책으로 출판했지만, 지금까지 중국 청년들에게 판 것은 20권이 되지 않네.

— 「조정화(曹靖華)에게」 (1931년 2월 2일)

『「시멘트」의 그림』…… 독일의 유명한 청년 목판화가 칼 메페르트가 제작한 그림 10점이 있는데, 기상이 웅위한 것이 과거의 예술가들과는 비교도 되지 않는다. 이제 중국에 입수된 유일한 원판에 근거해 유리판으로 복제하여 중국의 두 겹 화선지로 250부를 영인하려고 한다. 크기가 큰 것은 몇 자에 이르지만 색채와 분위기가 맑지 못하다. 출판이 되자마자 벌써 100부밖에 남지 않았는데, 거의 독일과 일본 두 나라 사람들이 사 갔고 중국인이 산 것은 20권 정도밖에 되지 않는다. 중국인들도 하루속히 이 책을 구입하여 재쇄를 찍을 수 있기를 간절히 바란다. 정가도 크게 낮춰 원판보다 백 배나 싸다.

—「삼한서옥(三閑書屋)에서 책을 교열하고 인쇄하다」

제대로 하자면, 유리판을 사용하는 수밖에 없었다. 내가 인쇄한 『「시멘트」의 그림』 250권은 중국에서는 처음 시도하는 방식으로 한 것이다.

—「목판화 복제 인쇄를 논함」

관련 기록 메페르트는 독일 화가로서, 1903년에 독일 코블렌츠 시에서 출생했다. 청년 시절의 대부분을 빈민구제소에서 보낸 그는 1921년에 혁명 활동에 참여했다가 3년 4개월 동안 감옥 생활을 했다. 1926년에 베를린으로 온 그는 유명한 판화가인 케테 콜비츠(Kathe Kollwitz, 1867~1945) 등의 지도하에 판화 창작에 몰두했다.

해설 『시멘트』는 소련 작가 글라드코프의 장편 소설이다. 메페르트가 제작한 「시멘트」 연작화 10점에는 독일어로 제목과 작가명이 각각 명기되

어 있다. 1930년 9월 노신은 서시전(徐詩荃)을 통해 독일로부터 원작 판화 10점을 총 150마르크에 구입했다. 약 보름 후에 화집으로 편집한 그는 서문을 쓰고 이듬해 2월에 초판을 인쇄했다. 그날 노신은 기쁨을 감추지 못하고 친구들에게 이런 사실을 전했고, 그 뒤로도 여러 차례 이 책에 대해 언급했다. 이처럼 흥분한 모습을 보인 것은 노신에게는 매우 드문 일이었다. 그는 심지어 "이렇게 인쇄하여 문학과 예술을 공부하지 않는 일반 대중들에게 공급하는 것도 나쁘지 않다"라고 말했다. 이 화집은 중국식 선장(線裝)* 방식을 사용했고, 판형이 매우 크다. 제판은 유리판을 사용했다. 서화를 인쇄할 때 전문적으로 사용하는 중국 특유의 '콜로타이프판(collotype : 평판 인쇄의 한 방식)'을 사용한 것이다. 인쇄 풍격도 매우 아담하고 장중하며, 도판의 시각적 자극이 매우 커서 효과가 뛰어나다.

* 인쇄된 면이 밖으로 나오도록 책장의 가운데를 접고, 책의 등 부분을 끈으로 튼튼하게 묶는 장정 방식.

84 『훼멸』 표지와 속표지

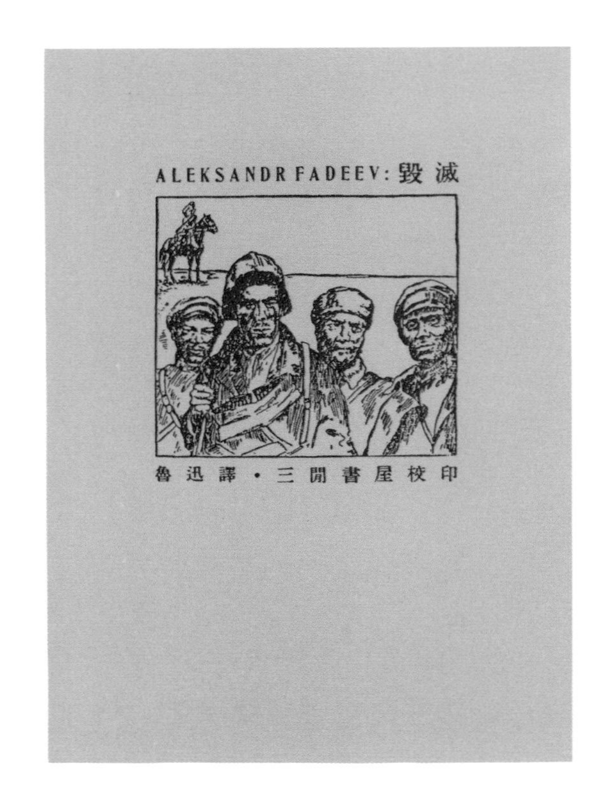

魯迅自述 『훼멸(Razgrom)』의 저자 파데예프는 일찍이 정평이 난 소설가이다. 이 책은 내가 일본어 번역본을 중역한 것으로, 월간지에 발표하여 독자들로부터 훌륭한 작품이라는 평가를 받은 바 있다. 그러나 애석하게도 이 월간지가 정간되는 바람에 완전한 책이 되지 못했는데, 이제 독일어본과 영어본을 참조하여 전체를 번역할 수 있게 되었다. 그리고 이미 번역된 전반

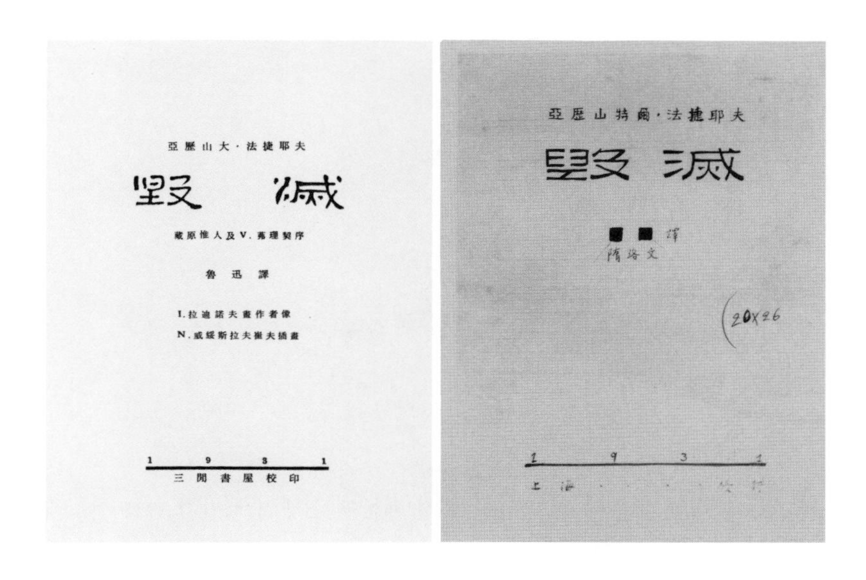

부를 수정하고 원본을 번역한 프리체(V. Fritche. 1870~1927. 소련의 문예평론가)의 서문도 번역하여 첨부할 수 있게 되었다. 또한 원서에 삽입된 여섯 점의 그림과 작가의 컬러 사진도 첨부했다. 이로써 새로운 예술을 엿볼 수 있는 기회를 갖게 된 것이다. 이 책에서 묘사하고 있는 농민과 광산노동자, 그리고 지식인 계층의 형상은 대단히 사실적이고 생동감이 넘치는 데다 적지 않은 격언이 제시되어 미진한 부분이 거의 없다. 신문학의 거대한 횃불이라고 하기에 부족함이 없는 작품이다. —「삼한서옥에서 책을 교열하고 인쇄하다」

혁명에는 피가 있고 더럽고 추잡한 행위들이 있지만, 어린 아기도 있다. 이 '궤멸(潰滅)'은 바로 신생 이전의 한 방울 피요, 실제 전투자가 현대인들에

게 주는 커다란 교훈이다. …… 그렇기 때문에 신생의 영아가 있는 한 '궤멸'은 곧 '신생'의 일부분이 되는 것이다.

—『궤멸(毁滅)』 제2부 제1~3장 번역 후기

관련 기록 모택동 : 파데예프의 『궤멸』은 아주 작은 규모의 유격대에 관해 쓰고 있다. 구세계 독자들의 구미에 영합하지 않으면서도 전 세계적으로 영향력을 발휘하고 있다. 우리 중국만 보더라도 누구나 아는 바와 같이 엄청난 영향력을 발휘하고 있다. —「연안(延安) 문예좌담회에서의 연설」

구추백 : 경애하는 노신 동지, 동지께서 번역하신 『궤멸』의 출판은 당연히 중국의 문예 활동에서 가장 기념할 만한 일입니다. …… 혁명 문학의 전선에 선 모든 전사들과 혁명적 독자들이 마땅히 이 승리를 경축해야 할 것입니다. …… 이 책 『궤멸』을 읽다 보면 대단히 흥분하게 됩니다. 저는 제 자식

만큼이나 이 작품을 사랑합니다. ―「노신에게」(1931년 12월 5일)

해설 『훼멸』은 러시아 작가 파데예프(Aleksandr Aleksandrovich Fadeyev, 1901~1956)의 장편 소설이다. 노신은 1929년 5월 2일 상해에 있는 우치야마서점(內山書店)에서 이 책의 일본어판인 『괴멸(壞滅)』을 구입한데 이어 독일어판과 영어판도 차례로 구입하여 1929년 겨울부터 번역을 하기 시작했다. 먼저 「맹아 월간」에 연재되었던 이 소설은 1930년 12월에 번역이 끝나자 1931년 9월 대강서포에서 출판된 데 이어, 같은 해 11월에 노신이 다시 자비를 들여 '삼한서옥'의 명의로 500부를 더 출판했다.

삼한서옥판 『훼멸』은 23절 크기의 모변본이며, 본문은 도림지를 사용했다. 두껍고 무늬가 있는 종이를 사용한 표지는 여전히 도안을 중간에 배치하고 도안 주위에 중국어 책 제목과 알파벳 저자명을 표기했으며, 아랫부분에 역자명과 출판사명을 배치하는 방식을 사용했는데, 표지 그림은 여섯 점의 삽화 가운데 하나인 「유격대원들」이다. 이외에 표지에 별다른 정보는 명기하지 않음으로써 그림을 최대한 돋보이게 했는데, 독자들은 표지 그림에 나오는 인물들의 표정을 통해 그들의 심리와 운명을 짐작할 수 있다. 표지 전체에 웅위한 기상이 감돌고 중후하면서도 전아한 분위기를 연출하기 때문에 『훼멸』이 기념비적인 작품이라는 노신의 주장과 잘 어울리면서 중국의 표지 디자인을 새로운 경지로 올려준 것으로 평가되고 있다.

노신이 직접 디자인한 다른 많은 작품들과 마찬가지로 이 책의 속표지도 노신이 디자인했다. 현재 남아 있는 이 책의 속표지는 노신이 초안을 잡은 것으로, 책 장정에 대한 그의 애정과 집착을 보여주기에 충분하다.

85 『철류』 표지

魯迅自述 또 『철류(鐵流)』라는 작품도 있는데, 내가 아주 좋아하는 소설이다. 이 두 작품은 비록 좀 거칠기는 하지만 함부로 지어낸 것은 아니다. 철의 인물과 피의 전투는 근심 많고 병치레가 많은 재자와 아름답고 애교 많은 가인을 묘사하기 좋은 이른바 '미문(美文)'이 될 수 있지만, 이 앞에서는 흔적도 없이 흐려지고 만다. —「번역에 관한 편지글」

관련기록 조정화 : 『철류』는 소련의 혁명 작가 세라피모비치(Alexander Serafimovich, 1863~1949)의 장편 소설이다. 당시 국민당의 백색 테러하에서는 어떤 출판사도 감히 이런 책을 출판할 수 없었지만, 노신 선생은 궁핍한 생활 속에서도 의연하게 1000현양(現洋 : 현금, 은화)의 자비를 들여 삼한서옥의 명의로 『훼멸』, 『철류』, 『메페르트의 목각 「시멘트」의 그림』 등을 출판하셨다.

— 『노신 서간』 「조정화에게」 (1931년 2월 24일) 주석4

해설 『철류(The Iron Flood)』는 소련 작가 세라피모비치의 장편 소설로, 조정화가 번역한 것을 1931년 12월에 노신이 자비를 들여 삼한서옥의 명의로 출판했다. 이 책은 23절 크기의 모변본이다. 노신은 이 책의 표지를 디자인하면서, 소련 목판화가인 피스카레프(N. Piskarev)가 판각한 『철류』의 삽화 가운데 한 점을 표지 그림으로 사용했다. 디자인은 『훼멸』과 유사하다. 역시 도안을 가운데에 배치했고, 그 윗부분에는 책 제목과 알파벳 작가명, 아랫부분에는 역자명과 출판사명을 중국어로 표기했다. 소련의 국내 전쟁을 반영하는 두 작품 『훼멸』과 『철류』는 노신이 직접 편집과 표지 디자인을 맡고 그가 운영하는 삼한서옥에서 출판한 자매서로, 중국 현대 출판사상 소중한 전범이 되었다.

86 「십자로」 제자

十字街頭

半月刊 第一期

怒吼啊，中國！

十字街頭

半月刊 第二期

文化上的任務

魯迅自述

「십자로(十字街頭)」는 좌련에 속한 인물이 가명으로 운영하는 간행물로 얼마 지나지 않아 판금될지도 모르네. …… 내 필명은 타음(它音), 아이(阿二), 패위(佩韋), 명슬(明瑟), 백설(白舌), 하관(遐觀) 등이네.

— 「마쓰다 쇼에게」 (1932년 1월 16일)

관련 기록 풍설봉 : 나는 …… 1931년의 '9·18'부터 1932년의 '1·28'에 이르기까지 그가 살고 있는 아파트 1층(그는 3층에 살고 있었다)에 살면서 함께 「문학도보(文學導報)」(「전초」가 제2기부터 「문학도보」로 명칭을 바꿨다)와 「십자로」의 편집을 맡고 있었다. 우리는 대부분 심야 시간에 작업을 했다. 심야 시간에 그는 기분 좋은 흥분 상태를 유지할 수 있었다. …… 대부분의 경우 나는 허광평 선생 등이 이미 잠자리에 든 후에 그곳에 도착하여 어떤 글들이 확보되었고, 어떤 글들이 부족하며, 분량은 또 어느 정도 부족한지 등을 이야기해 주었다. 그러면 그는 자신이 글을 써서 보충하겠다고 하면서 책상에서 미리 써 둔 글을 꺼내 보여주곤 했다. 분량이 그것으로 부족하면 더 쓰겠다고도 했다. 이리하여 한 기(期)의 편집이 마무리되면, 과자 등 간식을 내와 함께 먹으면서 어두운 불빛 아래서 낮은 목소리로 담소를 나누곤 했다.

— 『노신을 기억하며』 「민족적 감정과 계급적 감정」

해설 이 간행물은 좌련의 기관지로서 노신과 풍설봉이 공동으로 편집을 맡았다. 「십자로」는 문학예술을 주요 내용으로 하는 4절 크기 4판의 소형 종합 신문이다. 처음에는 격주간으로 발행되다가 나중에는 순간(旬刊)으로 바뀌었으나 제3기까지 내고, 발행 금지를 당하고 말았다. 제자(題字)의 디자인은 다소 간결하긴 하지만 소박하고 대담하며, 실용적인 풍격을 지니고 있다.

87 『삼한집』 표지

魯迅:三閑集

魯迅自述

나는 『중국소설사략』을 편집하면서 수집한 자료를 『소설구문록(小說舊聞錄)』이란 책으로 엮어 청소년들이 자료를 찾느라 애쓰는 일이 없도록 했다. 그러나 성방오(成仿吾)는 프롤레타리아 계급의 이름으로 이를 '유한(有閑)'이라 지적했다. 이러한 '유한'은 세 가지나 있다고 했는데, 지금까지도 이 일을 잊을 수가 없다. 나는 진정한 프롤레타리아라면 없는 죄를 만들어 무고한 이를 법의 테두리에 가둘 리 없다고 생각한다. 그들은 '도필(刀筆: 소장訴狀을 작성하는 일)'을 배운 적이 없기 때문이다. 이 책을 편집해 『삼한집(三

閑集)』이라 한 것은 성방오를 겨냥한 것이다. —『삼한집』 서문

관련 기록 성방오 : 우리는 취미를 중심으로 하는 현재의 문학과 예술을 통해 앞으로 취미를 중심으로 하는 새로운 생활 기조가 형성될 것임을 알 수 있다. …… 취미를 중심으로 하는 이런 생활 기조가 암시하는 바는 아주 비좁은 세계에서 자신을 속여 가며 스스로 만족한다는 것이다. 그리고 이것이 궁지로 삼는 것은 한가함이고, 여기서 말하는 한가함은 세 번째 한가함이다. …… 이럴 때 우리의 노신 선생은 화개(華蓋) 아래서 자신의 자잘한 이야기와 옛 소문들을 베끼고 있다. …… 지금 이처럼 취미를 중심으로 하는 문예가 발원하여 합류하면서 오늘날과 같이 범람해 가고 있는 것이다. —「우리의 문학 혁명을 완성하자」

구추백 :『삼한집』을 비롯한 다른 잡감집에 담겨 있는 창조사에 대한 노신의 비판적 글들은, 1927년 이후 중국 문학예술계에서 벌어지고 있는 이 두 가지 태도와 경향에 대한 쟁론을 반영하고 있다. 물론 노신이 쓴 잡감문의 특징은 개인적 문제들을 통해 당시의 사회 사상과 사회 현상을 조명하는데 필력이 집중되어 있다는 것이다. —『노신 잡감 선집』 서문

해설 『삼한집』은 잡문 34편을 수록한 노신의 다섯 번째 잡문집이다. 1932년 9월 상해 북신서국에서 출판되었으나 책에는 출판일이 정확히 명기되어 있지 않다. 노신이 표지를 디자인했고,『열풍』 이후의 표지 디자인 풍격을 그대로 따랐으며, 32절 크기의 모변본이다. 출판된 후에 판금 조치를 당하기도 했지만 노신 생전에 4쇄를 찍었으며, 출판 연도를 모두 명기하지 않았다.

88 『이심집』 표지

魯迅自述 이때 좌익 작가들이 소련의 루블(Rouble : 구소련의 화폐 단위) 설을 들고 나와, 이른바 '큰 신문'과 작은 신문들에 앞 다투어 선전하기 시작했다. …… 어떤 신문은 「문단이신전(文壇貳臣傳)」이라는 제목의 기사를 발표하기도 했는데, 두 신하 가운데 하나가 바로 나이고, …… '이신(貳臣)'이라는 주장은 제법 흥미롭다. 나도 반성을 해보았지만, 시사(時事)에 대해서 펜을 들지 않았다 하더라도 때로는 말 없는 비난을 면치 못할 것 같다. "영명하신 천황이시여, 신의 죄는 주살을 면치 못할 것이옵니다!" 말없는 비난은 결코

신하가 취할 행동이 아니다. 하지만 어용 문학가들이 내게 이런 휘호(徽號)를 내린 이상 그들의 문단에도 황제가 있다는 사실을 부인하지 못할 것이다.

지난해 우연히 프란츠 메링(Franz Mehring, 1846~1919. 독일의 역사가이자 문예 평론가)의 논문 몇 편을 읽었는데, 대략적인 내용은 망가진 구사회에서는 조금이라도 다른 의견이나 마음을 지닌 사람이 있으면 반드시 엄청난 고통을 겪게 된다는 것이었다. …… 그제야 나는 고금을 막론하고 국내에서나 국외에서나 그럴 수밖에 없다는 사실을 깨달았다. ……『삼한집』의 선례와 그 의미를 모방하여 이 책의 제목을 짓게 되었다. —『이심집(二心集)』 서문

내 글들 가운데 아마도 『이심집』에 수록된 것들이 가장 날카로울 걸세.

—「소군(蕭軍), 소홍(蕭紅)에게」(1935년 4월 23일)

관련 기록 남아(男兒) : 노신은 중국 현대 문학의 건장(健將)으로, 국내의 문단에서 대단한 명성을 누리고 있을 뿐만 아니라 그의 작품이 다섯 가지 언어로 번역되어 해외에도 널리 소개되고 있다. ……「창조(創造)」나 「태양(太陽)」 등의 비이성이 노신을 죽도록 얻어맞은 개로 매도하지만 노신의 반응도 만만치 않다. 그는 「어사(語絲)」를 통해 냉소와 뜨거운 풍자로 프롤레타리아 계급 문학을 자처하고, 그들을 향해 눈과 코와 귀와 입으로 연기를 뿜을 정도(七竅生烟)로 맹렬한 공격을 가한다. …… 공산당의 문예 정책은 또 다시 일변하여 노신 등에 대해 공격적 태도를 취하지 못하고, 이를 옹호하고 끌어들이는 듯한 태도를 보이면서도 앞에서는 거만하게 굴면서 뒤로는 몹시 굽실거린다. 이에 대해 노신은 정에 이끌리고 있으니, 어찌 이를 떨칠 수 있겠는가? 이리하여 이른바 자유운동대동

맹(自由運動大同盟)에는 노신의 이름이 맨 위에 올라가 있고, 이른바 좌익작가연맹에서는 노신이 대규모 강연에 나서고 있다. 옛날에는 백 번 달궈진 강철이던 것이지금은 솜방망이가 되어 노기횡추(老氣橫秋 : 늙은이가 나이를 내세워 위세를 부리고 노티를 내며, 거드름을 피움)의 정신이 뜻밖에도 젊은 사람들의 손바닥 위에서 농락당해 무조건 굴복을 하고 있다. 그래서 학식 있는 청년들은 이를 언급할 때마다 탄식을 금치 못하는 것이다. ―「문단상의 이신전(文壇上的貳臣傳)」(1) 노신

상해시 교육국 밀령 : 이 책에는 「좌익작가연맹에 대한 의견」, 「중국 프롤레타리아 혁명 문학과 선구자들의 피」, 「민족주의 문학의 임무와 운명」 등의 글이 수록되어 있는데, 그 내용이 적절치 못한 경우가 매우 많다. 따라서 철저히 조사하여 처리해야 한다. ―「상해시 교육국 밀령 제15976호」

해설 『이심집』은 노신의 여섯 번째 잡문집으로, 잡문 38편을 수록하여 1932년 10월에 상해 합중서점(合衆書店)에서 출판되었다. 이 책에 수록된 작품은 주로 '혁명 문학 논쟁' 기간의 잡감들이다. 1930년 5월 7일 상해 「민국일보」에는 '남아(男兒)'라는 필명으로 '「문단상의 이신전」 (1)노신'이라는 제목의 글이 게재되었는데, 노신이 '민국'을 배반하고 공산당에 의지하여 소련의 루블을 지원받은 '이신'이라는, 그를 매도하는 내용이었다. 이에 노신은 책 제목을 『이심집』이라 정하게 되었다. 표지 디자인은 『열풍』과 완전히 같은 기법을 사용하여 아무런 장식도 취하지 않고, 아주 간결하고 대범한 분위기를 추구했다. 이 책은 출판 직후 판금되었으나 나중에 서점에서 이 가운데 16편의 글을 따로 골라 『습영집(拾零集)』이라는 제목으로 출간했다.

89 『상해에서의 버나드 쇼』 표지

魯迅自述 지난달 말에 쇼가 상해에 도착하여 세상을 떠들썩하게 했네. 나도 그를 만나 간단한 대화를 나누었고, 함께 사진도 찍었지. …… 내가 느끼기에 그는 제법 풍채가 있는 노인인 것 같네.

—「야마모토 하츠에(山本初枝)에게」(1933년 3월 1일)

우리는 상해에서 버나드 쇼에 대해 쓴 여러 글들을 한데 모아 책으로 엮고 『상해에서의 버나드 쇼(蕭伯納在上海)』라는 제목을 붙였네. 책이 출판되자마자 그에게도 보내주었지. 버나드 쇼는 상해에 막 도착하여 손(孫) 부인(손문의 부인 송경령을 말함), 임어당, 양행불(楊杏佛) 등과 대화를 나누는 시간을 가졌는데, 다른 사람들은 이런 사실을 거의 알지 못했네. …… 내가 도착했을 땐 이미 그들이 식사를 반쯤 끝낸 상태라 나도 그들의 대화 내용을 듣지 못했네. 하지만 내 한마디가 그들의 화제가 되기도 했네.

— 「대정농에게」 (1933년 3월 1일)

내가 이번에 버나드 쇼를 옹호하는 말을 한 것은 바로 얼마 전 홍콩대학에서 그가 했던 연설 때문이었다. 이 학교는 다분히 노예식 교육 방식을 고수하는 학교인데도, 지금까지 아무도 이 학교에 폭탄을 던지는 사람이 없었다. 이 학교를 공격한 사람은 버나드 쇼 한 사람뿐이었다. 그러나 상해의 일부 신문들이 그를 증오하는 태도를 보이고 있어, 그를 지지하지 않으면 안 된다고 생각했다. 이럴 때 버나드 쇼를 공격하는 것은 노예식 교육을 방조하는 일이 되기 때문이다.

— 「두 통의 편지(위맹극魏猛克에 대한 답신)」

이 책은 대단히 중요한 문헌임에 틀림이 없다. …… 문인과 정객, 깡패와 앞잡이 등 다양한 인물들이 하나의 평면 거울에 그 모습을 드러내고 있기 때문이다.

— 『상해에서의 버나드 쇼』 서문

관련 기록 버나드 쇼가 홍콩에 도착하자마자 중국에 커다란 충격을 주었다.

그가 상해에 도착했을 때는 이런 충격이 더욱 심해져 거의 모든 언론 매체들이 그에 관한 기사를 실었다. 비판하는 기사도 있고, 찬양하는 기사도 있었으며, 저주하는 기사도 있었다. 편집자는 칼과 가위, 붓을 사용하여 이런 기사들을 전부 한데 모으고, 또 하나하나 분석하고 비교하여 버나드 쇼의 평면 거울을 만들어 울퉁불퉁하던 인물의 형상을 평평하게 만들었다. 이리하여 그의 일그러진 얼굴을 그대로 드러냄으로써 지금까지 한 번도 본 적이 없는 대단한 책을 만들어 냈다. 이 책을 편집한 사람은 악문(樂雯)이며, 노신이 서문을 썼다.

— 『상해에서의 버나드 쇼』 광고

해설 『상해에서의 버나드 쇼』는 일종의 평론집으로, 1933년 3월에 상해 야초서옥(野草書屋)에서 출판되었다. 이 책은 노신과 구추백의 합작품이다. 그 해 2월 17일 아일랜드 작가 버나드 쇼(George Bernard Shaw, 1856~1950)가 중국을 방문했을 때 노신도 그를 접대하는 자리에 참석했다. 이때 버나드 쇼에 대한 여론이 일고 있었고, 노신과 당시 노신의 집에 피신해 있던 구추백은 그에 대한 갖가지 글들을 모아 평론집을 내기로 결정했다. 이리하여 구추백, 양지화(楊之華), 노신, 허광평 등 네 명이 합작하여 이 책을 출판했다. 노신이 표지를 디자인했다. 영향력 있는 기사의 제목들을 한데 모아 표지 전체에 붉은색을 입히고, 왼쪽 윗부분에 버나드 쇼 얼굴의 선묘화를 배치했다. 오른쪽 윗부분에는 "악문이 자료를 수집하여 번역하고 편집과 교열을 했으며, 노신이 서문을 썼다"는 문구를 배치했다. 오른쪽 아랫부분에는 '야초서옥'이라는 출판사명과 1933년이라는 연도를 표기했는데, 야초서옥은 노신이 지어낸 가상의 출판사이고, 실제로는 그가 자비로 출판한 것이다.

90 『한 사람의 수난』 표지

魯迅自述

이 책은 제판과 인쇄, 장정 등이 모두 훌륭하다고 생각하네. 단지 종이가 너무 빳빳하다는 것이 작은 결점일세. 또한 양면으로 인쇄하다 보니, 보는 이들의 시각을 혼란시킬 수 있다는 것도 하나의 흠이네. 하지만 정가를 낮춰야 했기 때문에 달리 방법이 없었네. M씨의 목판화는 흑백이 분명하긴 하지만 배우기가 매우 어렵네. 하지만 참고할 만한 점이 아주

많아 목판화를 배우고자 하는 학생들에게 커다란 도움이 되리라 믿어 마지않네. 그러나 일반 독자들에게는 크게 환영받기 어려울 것 같네.

— 「조가벽(趙家璧)에게」 (1933년 10월 8일)

프란츠 마제렐(Frans Masereel, 1889~1972)은 유럽 전쟁을 반대하는 인물이다. …… 『한 사람의 수난(一個人的受難)』이라는 작품밖에 없다. 그러나 이 목판화는 매우 사실적인 작품으로, 다른 그림들과는 다른 이야기를 묘사하고 있다. 예수는 부자가 천국에 들어가는 것은 낙타가 바늘구멍으로 들어가는 것보다 어렵다고 말했다. 하지만 이런 말을 한 사람도 당시에는 수난을 당했다. 지금은 유럽의 거의 모든 부자들이 예수의 신봉자들인데도 수난을 당하는 것은 오히려 가난한 사람들뿐이다. 이것이 바로 『한 사람의 수난』이 하고자 하는 이야기이다.

— 『한 사람의 수난』 서문

관련 기록 조가벽 : 1933년 봄에 나는 한 독일 서점에서 마제렐의 네 가지 목판 연환화(連環畵)를 구입했다. 다음날 이 작품을 가지고 노신 선생님을 찾아가 복제 출판할 생각이라고 말했다. 노신 선생님께서는 몹시 기뻐하시면서 그렇게 할 수 있을 것이라 말씀하셨다. …… 당시 우리 앞에 놓인 난제는 마제렐의 흑백 판화에 대한 아무런 설명이 없다는 것과 중국 독자들이 이를 받아들일 수 있느냐 하는 것이었다. 우리의 요청에 따라 노신 선생님께서는 그 가운데 한 작품인 『한 사람의 수난』에 서문을 써주시고, 아울러 모든 작품에 간단한 설명을 써주시기로 그 자리에서 약속하셨다. 얼마 후 네 가지 목판 연환화가 처음으로 중국에 소개될 수 있었다. —「노신과 연환화」

해설 『한 사람의 수난(Die Passion eines Menschen)』은 이야기를 담은 목판 연환화로, 벨기에 작가인 마제렐의 작품이다. 총 25점의 작품을 수록한 이 책은 노신이 서문을 썼고, 1933년 9월에 상해 양우도서인쇄공사(良友圖書印刷公司)에서 출판되었다. 내용은 어느 가난한 사람이 일생 동안 겪게 되는 불행과 이에 대한 저항을 묘사한 것이다. 이 그림책의 편집은 양우도서공사의 주간인 조가벽의 요청에 따라 노신이 맡았다. 책은 36절 크기의 아트지 정장본이다. 표지는 흰색 바탕에 여섯 번째 그림의 일부, 즉 수난자가 '개를 쫓아버리듯 발에 차여 문밖으로 쫓겨나는' 장면을 사용했다. 표지 디자인도 마제렐의 흑백 목판화와 마찬가지로 강렬한 풍격을 지니고 있다.

91 『양지서』 표지

魯迅與景宋的通信

兩地書

上海靑光書局印行

魯迅自述

이 책은 우리들에게는 일시적으로나마 재미가 있지만 다른 사람들에게는 절대로 그렇지가 못하다. 이 책에는 죽고 사는 열정도 없고, 꽃과 달을 노래하는 아름다운 문구도 없다. …… 이 책에서는 학교의 분위기와 우리들의 처지, 식사, 날씨 등과 같은 사소한 것들뿐이다. …… 지난 6~7년을 돌이켜보면 우리를 둘러싸고 있던 풍파도 적지 않았다. 끊임없는 몸부림 속에서 도와주는 사람들도 있었고, 돌을 던지는 사람들도 있었으며, 또 웃고 욕하며 모함하는 사람들도 있었다. 그러나 우리는 이를 악물고 몸부림치면서 6~7년을 살아왔다. —『양지서(兩地書)』 서문

사실『양지서』는 이른바 '연애 편지'가 아닐세. 첫째 우리가 편지를 주고받기 시작한 것은 나중에 다가올 것에 대한 예측이 아니었고, 둘째 나이와 처지가 모두 이미 조용히 가라앉기 시작한 시기라 뭔가 뜨거운 것이 전혀 없었기 때문이네. —「소군(蕭軍)에게」 (1934년 12월 6일)

『양지서』…… 나는 이 책이 굳이『답답한 외침』 등과 같아야 한다고 생각하지 않습니다. 하지만 판형이 너무 작아서는 안 될 것 같군요. 판형이 작으면 책이 두꺼워져 보기 안 좋을 테니까 말입니다. —「이소봉에게」 (1933년 1월 15일)

『양지서』의 교열 원고와 차례 등은 이미 오후에 등기 우편으로 보냈습니다. 내지는 특별히 디자인할 필요가 없을 것 같습니다. 그저 이미 새긴 세 글자를 다음 방식대로 배치해 주기 바랍니다. —「이소봉에게」 (1933년 3월 25일)

내지의 양식을 지금 보냅니다. 견본과 똑같이 미색 종이에 녹색으로 인쇄하거나 연녹색 종이에 검정으로 인쇄해 주기 바랍니다. 그 세 글자도 형편없이(그것도 거꾸로) 조각되긴 했지만, 그대로 사용해주셨으면 합니다.

—「이소봉에게」 (1933년 3월 31일)

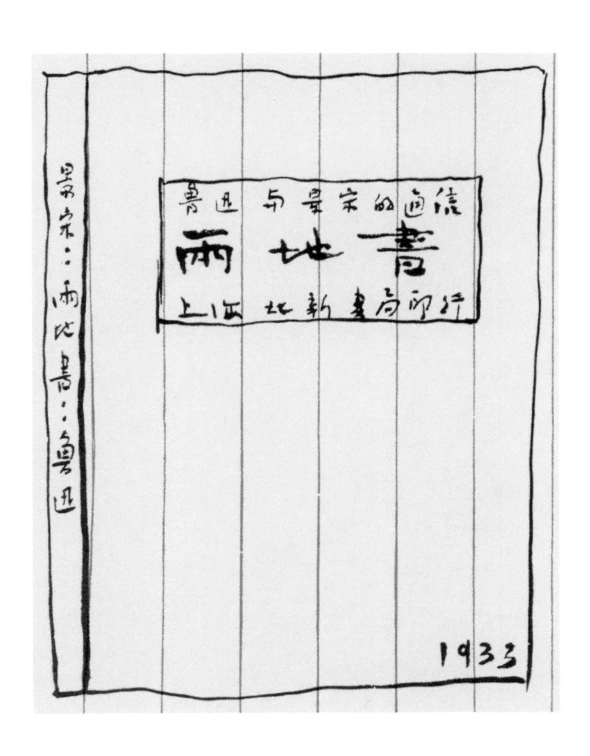

해설 『양지서』는 노신과 경송(景宋: 허광평)의 편지 모음집으로, 편지글 135통이 수록되어 있으며 노신이 편집하고 서문을 썼다. 1933년 4월 상해 북신서국에서 '청광서국(青光書局)'의 명의로 출판되었다. 표지는 미색 포문지(布紋紙: 그물 무늬의 심이 든 고급 종이)를 사용했고, 묵록색(墨綠色)으로 인쇄했다. 책 제목은 칼로 새긴 글자를 사용해 배치했고, 나머지 글자들은 전부 납활자를 사용했다. 책은 23절 크기의 모변본이다. 표지 전체에 여전히 노신

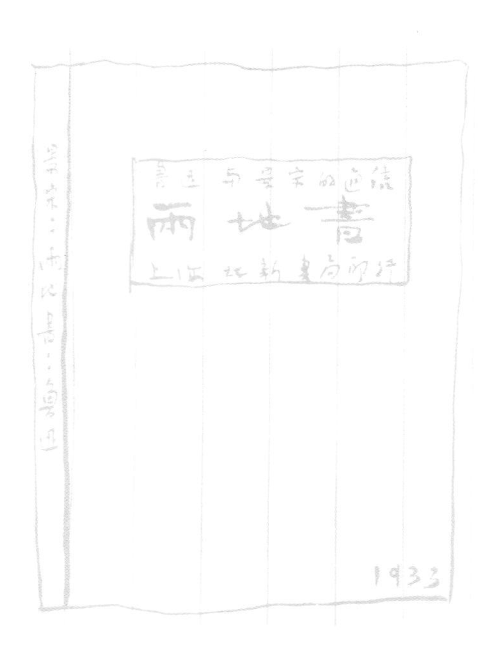

특유의 간결하고 소박하며 대담한 풍격이 담겨 있다. 원래 노신은 비교적 좋은 종이를 사용하여 별도로 특별판 100권을 인쇄할 생각이었으나 나중에 취소했다. 노신이 손수 그린 표지 디자인의 밑그림을 통해 당시 염두에 두었던 출판사가 북신서국임을 알 수 있다. 그러나 노신은 이 책의 출판으로 인해 출판사가 적지 않은 압력을 받게 될 것임을 예견하고, 북신서국 사장인 이소봉에게 편지를 써서 “책의 내용은 정치와 무관하지만 남에게(이름은 밝히지 않았음) 피해를 줄 수 있는 부분이 적지 않은데, 북신서국에서는 이런 상황을 고려해 보았는지 모르겠군요”라고 한 바 있다. 결국 책이 출판되었을 때는 출판사명이 ‘청광서국’으로 바뀌어 있었다.

92 『노신 잡감 선집』 표지

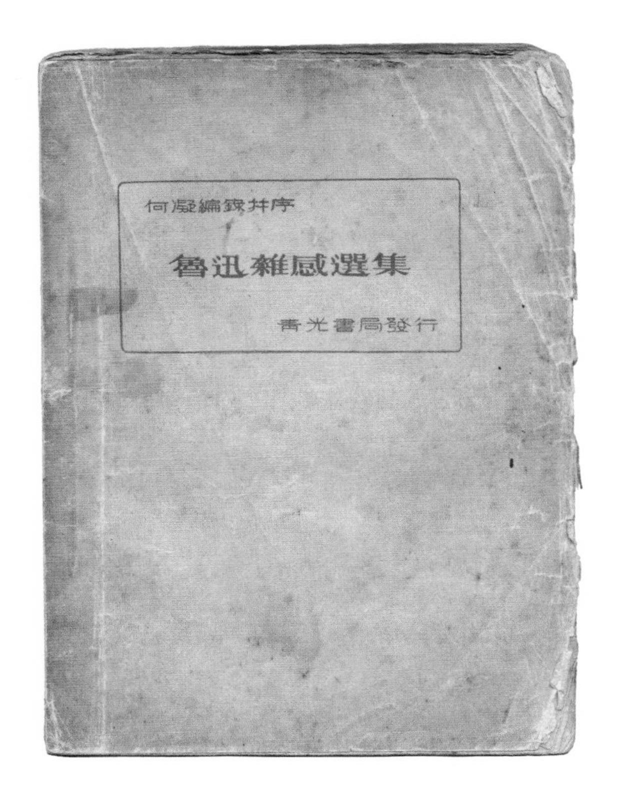

魯迅自述 북신에서 출판하고 싶은 책이 한 권 있습니다. 다름 아닌 저와 몇몇 친구들이 『무덤』에서 『이심집』까지에 발표된 제 수필 가운데 몇 편을 선별해 장문의 서문을 달아 출판하려는 겁니다. 분량은 아직 확실히 정해지지 않았습니다.

—「이소봉에게」(1933년 3월 20일)

제 잡감 선집과 관련해 편집자들은 목록만 보내오면서 제게 뺄 것을 직접 고르라고 합니다. 그들에게 다 고른 다음에 보내달라고 하며 물리치긴 했지만, 어떻게 될지 몰라 며칠 기다리는 수밖에 없군요. 하지만 인쇄에 들어가면 그들에게 먼저 약간의 돈을 보내주신 다음 제 인세에서 제하도록 해주셨으면 합니다. 그러면 실제로 원고를 사는 셈이 되지 않겠습니까?

—「이소봉에게」(1933년 4월 5일)

이미 『잡감 선집』의 교열을 끝냈습니다. 인쇄소 친구들이 편한 때 우리 집에 와서 가져갔으면 합니다. 서문도 보냈습니다. 다소 격렬한 부분이 있긴 하지만 출판해도 무방하리라 봅니다. 소봉 형께서 읽어보시고 다시 보내주시기 바랍니다. 본문이 인쇄된 뒤에 목록과 함께 인쇄소로 보내면 될 것 같습니다.

—「이소봉에게」(1933년 4월 26일)

관련 기록 양지화 : 구추백 동지의 『노신 잡감 선집』 서문은 1933년 4월 초에 상해 북사천로(北四川路) 아래 있는 동조리(東照里) 12호 정자간에서 쓴 것이다.

구추백은 이 책의 편찬 작업을 시작하면서 적들의 추적과 이웃들의 의심을 피하기 위해 낮에는 병을 가장하여 침대에 누운 채 조용히 노신의 작품을 읽다가 깊은 밤이 되면 작은 탁자 앞에 앉아 미친 듯이 글을 썼다. 그는 이렇게 며칠 동안 글 쓰는 일에 몰두했다. 하루는 노신이 우리 집에 왔다가 이 서문을 읽어보고는 몹시 기뻐하면서 감격한 표정으로 구추백에게 "당신의 글쓰기 환경이 나보다 나쁜 것 같소"라고 말했다.

—「『노신 잡감 선집』은 어떻게 탄생되었나?」

何凝編錄幷序

魯迅雜感選集

靑光書局發行

해설 『노신 잡감 선집』은 하응(何凝 : 구추백)이 편찬하고 서문을 쓴 책으로, 노신의 잡문 76편을 수록하고 있다. 1933년 7월 상해 북신서국이 '청광서국'의 명의로 출판했으며, 25절 크기의 모변본이다. 표지 디자인 과정은 『양지서』와 거의 같다. 표지의 종이는 미색 포문지(布紋紙)를 사용했다. 표지 윗부분에 장방형 테두리를 배치하여 그 안에 파란색으로 책 제목과 편저자명, 출판사명을 표기하되, 극도로 간결하게 군더더기를 남기지 않았다. 구추백이 작품의 선정, 편집, 서문을 맡았고, 노신이 구체적인 편집 작업을 했다. 노신이 이소봉에게 보낸 편지에서 "『잡감 선집』의 교열을 끝냈다"라고 한 대목은 자신이 편집하고 판형을 결정했음을 암시한다.

93 『바른 길을 가지 않는 안드론』 표지

野草書屋印行 · 文藝連叢之一
藹支畫
不走正路的安得倫
A 聶維洛夫作　靖華譯
1933

魯迅自述 이 작품은 저자의 단편 소설집 『인생의 모습(人生的面目)』에 수록된 한 편으로, 구태의연한 이야기이긴 하지만 여전히 충분한 가치를 지닌다. 지난해 저자의 본국에서도 삽화를 곁들인 책이 축약본으로 새롭게 출판되어 「초학총서(初學叢書)」의 하나가 되었다. 책 서두에는 짧은 서문이 곁들여져 이 책이 소련에서 어떤 의미를 갖는지 설명하고 있다. …… 삽화

다섯 점은 「초학총서」에서 그대로 가져왔다. 하지만 화가 에즈(Ez)에 대해선 나는 아는 바가 없다. ―『바른 길을 가지 않는 안드론(不走正路的安得倫)』 서문

관련 기록 조정화 : 1920년대 말 소련의 과중출판국(科中出版局 : 나중에 '외국문서적출판국'으로 개칭됨) 중국어부는 정치적 책들뿐만 아니라 일부 문학예술 작품들도 출판하기로 결정했다. 그리하여 『성화(星花)』, 『평범한 것들의 이야기』, 『41번째』, 『바른 길을 가지 않는 안드론』 등의 단행본을 출판하여 소련

에 살고 있는 중국인 독자들의 수요를 충족시킬 수 있었다. 중국어부를 담당하고 있던 동지는 내가 번역한 『1월 9일』을 출판해 주기로 약속했고, 몇 년 동안 소개하고 싶었던 이 특별한 작품도 이 기회에 소개될 수 있었다. 당시에는 원고의 부본을 남겨두지 않았기 때문에 출판된 인쇄본을 곧바로 노신에게 우편으로 보내주었다. 시간이 흐르면서 이 작은 사건은 자연스럽게 잊히고 말았다.

—「곧 인민들의 봄날이 시작될 것이다」

해설 『바른 길을 가지 않는 안드론(Andron the Good-for-Nothing)』은 소련 작가 네베로프(Aleksandr Sergeevich Neverov, 1886~1923)의 장편 소설로, 1920년대 말에 출판되었다. 조정화는 소련 유학 당시 소련 과중출판국의 요청을 받아 이 소설을 중국어로 번역했고, 1932년에 번역본을 노신에게 보냈다. 그는 과거를 회고하는 자리에서 노신에게 우편으로 책을 보냈던 일에 관해 언급하면서 『1월 9일』 외에 이 책도 포함되어 있었다고 이야기했다. 노신은 1933년 5월에 이 책을 자신이 주간을 맡고 있던 「문예연총(文藝連叢)」의 첫 번째 작품으로 기획해 야초서옥의 명의로 출판했다. 표지에는 에즈가 그린 삽화를 사용하였는데, 안드론이 무참히 얻어맞는 장면을 표현한 것이다. 그림이 표지 전체를 차지하고 있고, 책 제목과 저자명, 편저자명은 표지 위아래에 흩어져 있다.

94 『위자유서』 표지

魯迅自述

여기에 실린 짧은 평론문들은 개인적 감상에서 나온 것도 있고, 당시 여러 가지 사회적 사건으로부터 자극을 받아서 나온 것도 있다. 그 안에 담긴 의미는 매우 평이하지만, 글이 난삽한 경우가 종종 있다. 나는 「자유담(自由談)」이 동인 잡지가 아니라는 사실을 잘 안다. 물론 여기서 '자유’란 반의어에 지나지 않는다. 나는 결코 이런 길을 달려가지 않을 것이다.

— 『위자유서(僞自由書)』 후기

관련 기록 신(莘) : 노신이 「자유담」에 실은 글들, 즉 『위자유서』가 공산당의 문화 노선을 실천하기 위한 것인지 모르겠다. 이에 대해 내가 더 이상 의견을 내지 않는 것을 용서하기 바란다. 모두들 읽어보면 알 것이다!

— 「『위자유서』를 읽고」

해설 이 책은 노신의 일곱 번째 잡문집으로, 잡문 43편이 수록되어 1933년 10월 상해 북신서국에서 ‘청광서국’의 명의로 출판되었다. 책은 32절 크기의 도림지 모변본이다. 표지는 『열풍』 계열의 단순한 풍격으로 흰 바탕에 노신이 쓴 “노신 : 위자유서 일명 ‘불삼불사집’(魯迅 : 僞自由書 一名 ‘不三不四集’)”이라는 문구가 세로로 놓여 있다. 이외에 다른 장식은 전혀 없다.

95

『해방된 돈키호테』 표지와 속표지

文藝連叢之一
A.V.盧那察爾斯基作 易嘉譯
解放了的董吉訶德

魯迅自述

만일 지금 어떤 사람이 황천패(黃天覇 : 소설 『시공안施公案』의 주인공)를 자처하며 머리에는 영웅의 머리띠를 매고, 몸에는 밤길을 걸을 때나 입는 이상한 옷에 양철로 된 단도를 차고 도시와 촌락을 가리지 않고 제 세상인 양 마구 설치고 다니면서 악질 토호들을 제거하겠다고 떠벌인다면, 필시 사람들의 비웃음을 사게 될 것이다. …… 돈키호테가 세상을 평정하겠다고 뜻을 세운 것은 그의 잘못이라 할 수 없다. 자신의 분수를 모르는 것은 결코 잘못이 아니다. 잘못은 그의 태도에 있다……

이 책은 돈키호테를 무대 위로 올려 그에게 분명히 잘못이 있을 뿐만 아니라 심지어 사람들을 해치고 있다는 사실을 지적하고 있다……

이 책의 원서는 1922년에 처음 출판되었고, …… 1925년에는 독일에서도 출판되었으나 현재의 판본과는 조금 다르다. 이 희극은 국민극장에서도 공연된 바 있고, 고츠(I.Gotz)의 번역본도 출판되었다. 얼마 후에는 「사회문예총서」의 하나로 일본어 번역본도 출판되었고, 도쿄에서도 공연을 했다고 한다. 3년 전에 나는 이 번역본 두 권을 토대로 그 중 한 막을 번역해 잡지 「북두(北斗)」에 발표한 바 있다. …… 그러나 이 잡지의 편집자는 뜻밖에도 원문을 직접 번역한 완전한 원고를 입수하여 제2장을 계속 게재했다. 그때의 내 기쁨은 '말로 형용할 수 없는' 것이었다……

피스카레프(I. I. Piskarev)의 목판 장식화가 원문에 있었기에 이 책에서도 그대로 복제했다. —『해방된 돈키호테(解放了的董吉訶德)』 후기

해설 『해방된 돈키호테(The Emancipated Don Quixote)』는 10막짜리 희극으로, 소련 작가 루나차르스키의 작품이다. 이가(易嘉 : 구추백)가 번역한 것을 노신의 교열을 거쳐 1934년에 상해 연화서국(聯華書局)에서 노신이 기획하던 「문예연총」의 하나로 출판되었다. 제목을 '해방된 돈키호테'로 번역한 것도 노신이다. 이 책의 표지에는 피스카레프의 목판화가 사용되었다. 그림에서 묘사한 것은 돈키호테가 사용하던 무사들의 무기이다. 그림을 자세히 보면 가운데 있는 것은 방패이고, 방패의 중심에는 심장이 새겨져 있는데 이것은

어떤 부인에 대한 돈키호테의 숭배를 상징하고 있다. 하지만 그 위를 가시넝쿨이 에워싸고 있어 돈키호테의 순결한 마음이 상처를 입었음을 암시한다. 한쪽에는 검 한 자루가 수직으로 세워져 있고 그 위를 감람나무 가지가 둘러싸고 있는데, 이는 사랑과 우정을 의미한다. 방패 위에 있는 신사의 모자는 돈키호테의 신분을 상징하고, 윗부분의 가로띠는 대들보로 보이는데 일종의 장식이거나 어딘가에 매달려 있음을 나타낸다. 이러한 구도는 주인공의 신분과 행동 방식, 그리고 그의 운명을 모두 농축해 표현하면서 표지 전체에 의협심으로 충만한 분위기를 연출해 준다.

96

『목각기정』(1) 표지

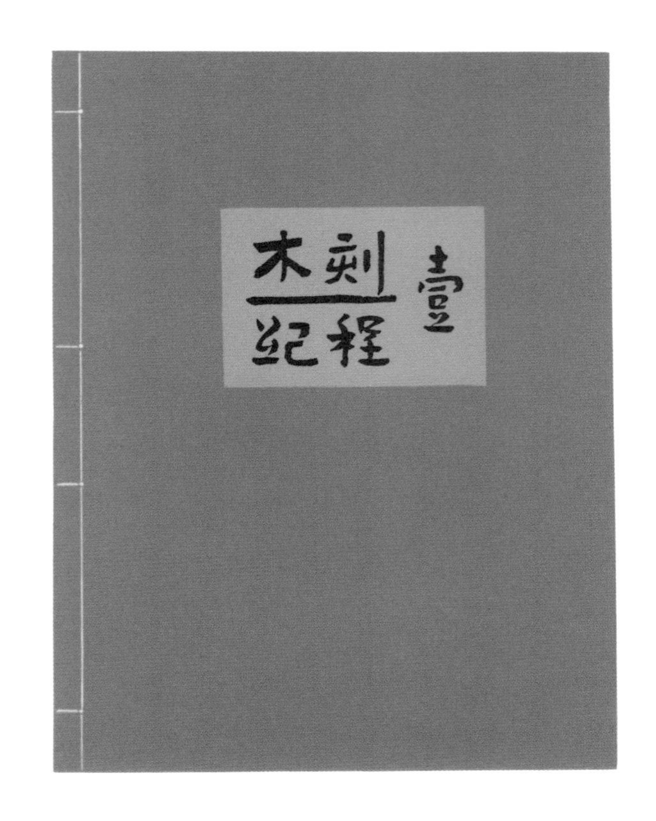

魯迅自述 목판화에 관심을 갖는 사람들이 많아지고 있는 것 같네. 그래서인지 도처에서 목판화가 삽화로 사용되는 것을 흔히 볼 수 있지. 하지만 훌륭한 작품은 많지 않네. 나는 역사 자료를 보존하고, 순서에 따라 차근차근 변화하는 과정을 비교하겠다는 생각에서 부정기 또는 연간 간행물의 출간을 생각해냈네. 20점 정도의 작품을 수록하여 120권 정도 인쇄하고,

『목각기정(木刻紀程)』이라 명명하여 기념으로 삼고자 했던 것일세. 그러나 때마침 모두들 사방으로 흩어지는 시기라 작품 수집이 쉽지 않았네.

—「진철경(陳鐵耕)에게」(1934년 6월 6일)

새로운 목판화는 유럽의 창작 목판화로부터 영향을 받은 것이다. …… 작가가 지금까지 기울인 노력과 나날이 우수해지는 작품 덕분에 현재 이미 중국 독자들의 공감을 얻고 있을 뿐만 아니라 점차 세계로의 첫발을 내딛고 있다. 비록 아직은 그리 굳센 걸음은 아니지만 어쨌든 세계의 벽을 넘어서려 하고 있다. 그러나 이와 동시에 중단될 위기에 직면해 있기도 하다. 서로에 대한 격려와 토론 및 연구가 없다 보니, 자족에 빠지기가 매우 쉬운 것 같다. 이 선집은 목판화의 이정표가 되어 지난해부터 널리 전파하지 않으면 안 되겠다고 여겨지는 작품들을 모아 출판함으로써 독자들에게는 볼거리를 제공하고, 작가들에게는 거울을 보듯 스스로 참고하는 데 도움을 주기 위해 기획되었다. …… 작가들이 분발하여 이 선집의 발전을 위해 노력한다면 앞의 글에서 말한 것이 그저 사치스런 욕망으로 그치지는 않을 것이다.

—『목각기정』 서문

관련 기록 유현(劉峴) : 내 기억으로는 『목각기정』의 출판을 전후하여 선생님께서는 내게 목판화를 전달하고 회수하는 일을 시키셨다. 선생님께서는 인쇄 과정에 만족하지 못하셨고, 인쇄 비용 또한 적지 않았는데 그 결과도 매우 만족스럽지 못했다. 선생님께서는 이렇게 말씀하셨다. "원본을 사용해 인쇄해 보았으나 결국 실패하고 말았네. 목각 판면이 평평하지 않다 보니 목각판을 받쳐 메워야 했고, 이를 위해선 별도의 노력과 비용이 들기 때문에 인쇄 비용이 적지 않게 증가했고, 그 결과 또한 좋지 않았네. 다시 인쇄하려면 다른 방법을 생각해야 할 것 같네.”

—「기억의 편단」

해설 『목각기정』(1)은 목판화 선집으로, 황신파(黃新波), 하백도(何白濤), 진연교(陳烟橋), 진철경, 장망(張望), 유현, 나청정(羅淸楨), 진보지(陳譜之) 등의 목판화 작품 24점이 수록되어 있다. 노신이 작품을 선별하고 편집한 다음 서문을 써서, 1934년 10월(책에는 6월로 명기되어 있음)에 철목예술사(鐵木藝術社) 명의로 총 120권을 인쇄하여 자비로 출판했다. 이 그림책은 12절 크기의 중국식 선장본으로, 표지는 종려색 잉크지를 사용했고, 윗부분에 노신이 손수 쓴 책 제목과 '일(壹)' 자가 나란히 배치되어 위아래 두 행을 연결해주고 있다. 매우 간결하면서도 장중하고 대범한 디자인이라 할 수 있다. 노신은 원래 부정기 간행물로 발행할 생각에서 제1기라고 정했지만, 경제적 손실로 인해 더 이상 발행하지 못했다.

97

『십죽재전보』 속표지

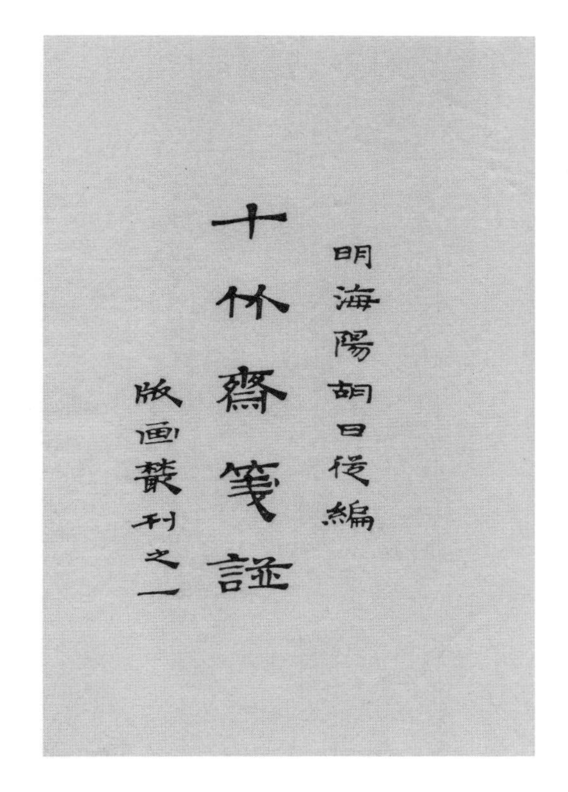
明海陽胡曰從編

十竹齋箋譜

版画叢刊之一

魯迅自述

중화민국 23년(1934년) 12월, 판화총간회(版畵叢刊會)가 가통현(假通縣) 왕효자(王孝慈) 선생의 소장본을 번인(飜印)했다. 엮은이는 노신과 서체(西諦 : 정진탁의 호)이고, 그린이는 왕영린(王榮麟), 새긴이는 좌만천(左萬川)이며, 발행인은 최육생(崔毓生)과 악해정(岳海亭)이다. 이 책의 출판을 기획하고 진행한 곳은 북평(북경) 영보재(榮寶齋)이다. 지묵(紙墨)이 뛰어나고 수인(繡印)이 정교한 것이 근래에 보기 드문 책이라 심미안이 있는 사람은 이를 알아볼 수 있을 것이다.

— 『십죽재전보(十竹齋箋譜)』「번인 설명」

올해부터 나와 정진탁(鄭振鐸) 군은 매달 약간의 돈을 모아 명나라의 『십죽재전보』를 복제(複製 : 그대로 본떠서 만듦)하기로 했는데, 1년 정도면 가능하리라고 예상하네. 이 책은 신의 조화라 할 정도로 치밀하고 섬세하네. 비록 크기가 작긴 하지만, 어쨌든 명나라 때의 물건이라 이를 부활시키고자 하는 것일세.

— 「마쓰다 쇼에게」(1934년 3월 18일)

『십죽재전보』를 인쇄했네. 8절지에 인쇄하면 종이를 절약할 수 있겠지만, 너무 작아 보이고 아무래도 궁색하게 느껴지네. 차라리 대담하게 6절지에 인쇄하는 것이 나을 것 같네. 새기고 인쇄하는 데 이미 적지 않은 비용이 들었고, 마지막으로 종이 가격까지 올라 돈을 절약하는 것이 불가능하네. 혹시 초판이 다 팔리거나 책 전체를 출판하게 된다면, 재판을 찍을 때 다시 8절지를 사용하여 초판과 구별되게 하는 것도 좋은 방법일 것 같네.

— 「정진탁에게」(1934년 12월 10일)

관련 기록 정진탁 : 한번은 상해에 갔다가 이미 세상을 떠난 벗 왕효자 선생이 소장했던 『십죽재전보』 4권을 가져와 내친 김에 그(노신)의 집으로 보내 보여주었다. 이 작품은 조각이 매우 정교해 명나라 말 판화 가운데 최고라 할 수 있다. 하지만 작품을 완성한 시기가 숭정(崇禎) 16년 여름의 혼란기라 전해지는 작품은 그리 많지 않다.

나는 "이 책을 번각(飜刻 : 한 번 새긴 책판을 본보기로 삼아 그 내용을 다시 새김) 출판하는 것도 괜찮을 것 같습니다"라고 제안했다. 당시 나는 『북평전보(北平箋譜)』의 성공으로 인해 크게 고무되어 있었다. 내 제안에 그는 "좋아, 아주 좋은 생각이야. 하지만 작업을 서둘러야 하네!"라고 말했다. 전부를 번각하리라곤 생각지도 못했다. 이는 엄청난 작업인데다 여건도 넉넉지 못했다. 우리의 능력으로는 역부족이었다. 제1권이 인쇄되고, 제2권이 인쇄를 기다리고 있었다. 하지만 노신 선생은 제3권이 인쇄되는 것을 기다리지 못하고, 그만 세상을 떠나시고 말았다!

—「영원한 온정(永遠的溫情)」

해설 『십죽재전보』는 고대 시전(詩箋 : 시전지, 화선지) 도보(圖譜)로, 명나라 말 호정언(胡正言, 1580~1671)이 엮은 책이다. 총 4권으로 이루어져 280여 점의 그림을 수록하고 있으며, 명나라 숭정 17년(1644년)에 처음 출간되었다. 1934년 노신과 서체(西諦 : 정진탁) 등이 이 책을 다시 편집하여 '판화총간회'의 명의로 번인하여 「판화총간」의 하나로 넣었다. 이 책은 12절 크기의 선장본으로, 표지에는 파란색 비단을 사용하고 귀퉁이를 덧댔으며 내지는 황전(黃箋)을 사용했다. 제첨(題签 : 선장본의 표지에 책이름을 써서 붙인 종이 조각)은 위건공(魏建功)이 썼다. 내지는 화선지에 컬러로 인쇄하고, 받침종이를 더했다. 이 책의 표지는 고대의 장정 방식을 본떠서 만들었지만, 속표지는 노신이 새로 디자인했다.

98 『불삼불사집』 표지

해설 이 책이 바로『위자유서』이다. 노신은 자신의 잡문이 '얼토당토 않는 언론(不三不四言論)'으로 멸시를 당하자, 『위자유서』의 표지를 디자인하면서 책 제목 아래 특별히 "일명 '불삼불사집'(一名 '不三不四集')"이라는 부제를

달았다. 『위자유서』가 판매금지 조치를 당하자 노신은 세상을 떠나기 얼마 전 '연화서국(聯華書局)'의 명의를 빌려 『위자유서』를 『불삼불사집(不三不四集)』으로 고쳐서 출판했다. 한 가지 재미있는 사실은 이 책 윗부분에 라틴어 병음으로 'WEI ZJU SHU(즉 위자유서)'라고 명기한 것을 검열관들이 이해하지 못했다는 것이다.

99 『인옥집』 표지

魯迅自述

1931년경 『철류』의 교열 작업을 진행하고 있을 때 우연히 「판화(版畵)」(Hanga)라는 잡지에서 피스카레프가 이 책의 내용을 그린 작품을 발견하고는, 곧장 정화(靖華) 형에게 편지를 보내 이 그림을 구해달라고 부탁했다. …… 정화 형은 답신에서 이 목판화의 정가가 낮지 않지만 지불

할 필요가 없다면서 소련의 목판화가들이 중국의 종이에 판화를 인쇄하는 것보다 더 절묘한 것은 없다고 이야기했다고 전했다. …… 나는 다양한 중국의 화선지와 일본의 '서지내(西之內)'와 '조지자(鳥之子 : 일본의 전통적인 피지로 담황색이며, 생지生紙와 숙지熟紙의 중간적인 성질을 가짐)' 등을 구입하여 정화 형에게 보내주면서 그에게 대신 잘 전해주고, 혹시 남는 것이 있으면 다른 목판화가들에게도 나눠주라고 당부했다. 이런 행동이 뜻밖의 수확을 거둬 목판화 책 두 권이 또 도착했다. …… 나는 또 한 묶음의 화선지를 보냈고, 석 달 후에는 다시 목판화 책이 도착했다. 작품의 수량도 지난번보다 많았다. …… 그러나 이런 작품들이 내 수중에 있다는 것이 큰 부담으로 느껴졌다. 이런 원본의 목판화가 100점에 이르는데, 이것을 중국에서 나 혼자만 비밀 상자 안에 가지고 있다면 작가들의 호의를 저버리는 일인지도 모른다는 생각을 종종 하곤 했다. …… 만일 이 그림들이 나와 함께 사라져버린다면 나로서는 생명을 잃는 것보다 더 아쉬운 일일 것이다. 세월은 너무나 빨라 망설이다 보니, 벌써 새해가 지났다. 나는 이 그림들 가운데 60점을 골라 복제하여 책으로 출판함으로써 청년 예술학도와 판화 애호가들에게 전하기로 결심했다. …… 모두 흰 종이를 주고 바꾼 것들이라, '포전인옥(抛磚引玉)'*의 의미를 살려 이 책을 『인옥집(引玉集)』이라 명명하기로 했다.

— 『인옥집』 후기

* 벽돌을 주고 옥을 얻었다. 남의 뛰어난 의견을 듣기 위해 먼저 자신의 미숙한 의견을 내놓다는 뜻.

관련 기록 허광평 : 노신이 스스로 『인옥집』을 출판한 목적은 선진 예술의 진지함과 정교함으로 중국 예술계의 병태(病態)를 시정하려는 것이었다.

—「노신과 중국 목판화 운동」

해설 『인옥집』은 소련 목판화가 11명의 판화 작품 59점을 수록한 판화집이다. 노신이 선정하고 편집하여 1934년 3월 '삼폐서옥(三閉書屋)'의 명의로 자비 출판되었다. 이 책은 목판화가들이 손수 찍은 원본을 콜로타이프판으로 각 300부씩 번인한 것이다. 이 가운데 50부는 기념본으로 남겨두고 발매하지 않았다. 표지에서는 담황색 바탕에 위쪽 중간에 붉은 색조의 목판화 한 점을 배치했다(그래서 노신은 이 책에 수록된 작품 수가 '60점'이라고 말한 바 있다). 표지에 표기된 것은 책 제목과 목판 화가의 영문 이름들뿐이지만(중국인이 새긴 것이 분명하다), 표지의 내용과 판화가 절묘하게 조화를 이루고 있다.

100 『남강북조집』 표지

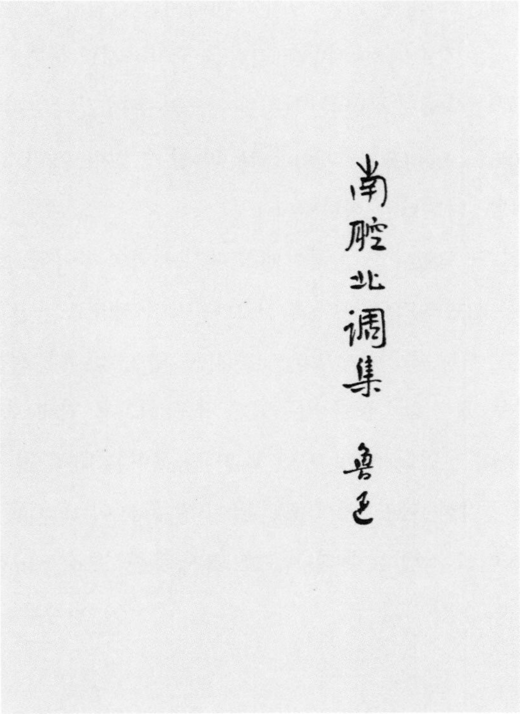

魯迅自述

한두 해 전에 상해에 한 문학가가 있었는데, 지금은 이곳에 있지 않는 것 같다. 당시 그녀는 항상 다른 사람들을 제재로 삼아 이른바 '소묘(素描)'를 쓰곤 했다. 나도 그 대상에서 예외가 될 수 없었다. 그녀의 말에 따르면 내가 연설을 매우 좋아하지만 얘기를 할 때 말을 더듬고, 용어를 사용할 때면 다양한 방언의 억양이 나온다고 한다. 앞의 두 가지 지적에는 몹시 놀랐지만, 뒤의 한 가지 지적에 대해서는 감탄을 금치 못했다. 정말로 나는 부드러운 강소(江蘇) 지방의 억양을 구사하지도 못하고, 카랑카랑한 북경의 억양도 구사하지 못한다. 일정한 어조와 유형도 갖추지 못해, 그야말로 남강북조(南腔北調 : 남북 각지 방언의 말투)라 할 수 있다. 게다가 이런 결점이 최근에는 글에도 나타나기 시작했다……

고개를 한 번 숙였다 드는 사이에 또다시 세밑이 찾아왔다. 몇몇 이웃집에서는 폭죽을 터뜨리기도 한다. 알고 보니 밤이 지나고 나면 '하늘에는 세월이 더해지고, 사람에게는 수명이 더해지는' 날인 것이다. 하는 일 없이 조용히 앉아 문득 최근 2년 동안 써두었던 잡문 원고를 꺼내 보다가 한 줄로 나란히 늘어놓아 보았다. 얼핏 봐도 책 한 권 분량은 족히 될 것 같다. 동시에 문득 앞에서 말한 '소묘'에서 했던 말이 생각나, 이 책 제목을 『남강북조집(南腔北調集)』이라 정했다. 아직 책으로 엮지 못한 '오강삼허집(五講三噓集)'과 좋은 짝을 이룰 것 같다.

— 『남강북조집』 제기(題記)

또 극도로 악랄한 문단의 패거리들이 있어 하나로 연합하여, 내 『남강북조집』이 일본인들의 만금(萬金)을 받고 쓴 것이며, 글을 쓴 의도가 매국에 있다고 주장하면서 나를 한간(漢奸 : 매국노)으로 몰아붙이고 있네. …… 이는 우리를 사지로 내모는 행위이자 세상에 태어나 처음 당해보는 어둠이네.

— 「정진탁에게」 (1934년 5월 16일 밤)

관련 기록 요시코(美子) : 노신은 연설하는 것을 매우 좋아했다. 단지 약간 말을 더듬거리고, 여러 지방 방언의 억양이 뒤섞여 있는 것이 흠이었다. 하지만 이 점은 그를 더 깊이 있게 하고, 유머러스하게 해주는 조건 가운데 하나였다.

—『작가 소묘』(8) 노신

사(思) : (노신은) 1년 동안 정부에 타격을 입히는 글들을 수집하여『남강북조집』이라는 제목으로 편찬하고, 이를 오랜 친구인 우치야마 간조(內山完造)에게 부탁하여 일본 정보국에 소개했다. 과연 말 한마디로 일이 순조롭게 이루어져 원고료와 함께 몇 만 원의 돈을 받게 되었다. …… 이로써 그는 기꺼이 한간 노릇을 한 셈이다.

—「노신은 한간이 되기를 원했다」

해설 『남강북조집』은 노신의 여덟 번째 잡문집으로, 잡문 51편을 수록하고 있다. 1934년 3월에 상해 동문서국(同文書局)이라는 가상의 출판사 명의로 출판되었다. 표지는 여전히『열풍』의 풍격을 답습하고 있다. 노신은 이 책을 내면서 갖가지 소문과 모함, 비난에 시달렸다. 또한 이 책이 판금되었을 때의 죄명은 '언사가 지나치게 격앙되어 있고, 반동을 선전하고 있다'는 것이었다. 이 책의 출판을 진행했던 생활서점의 구매과 주임 정군도(丁君匋)는 나중에 본직에서 사직해야 했다. 1936년 9월에 연화서국에서 다시 출판된 이 책은 같은 해 12월에 또 다시 당국에 의해 판금 조치를 당했는데, 그 이유는 '내용이 반동적이고 출판법 제19조의 규정을 위반했다'는 것이었다.

101 「역문」 표지

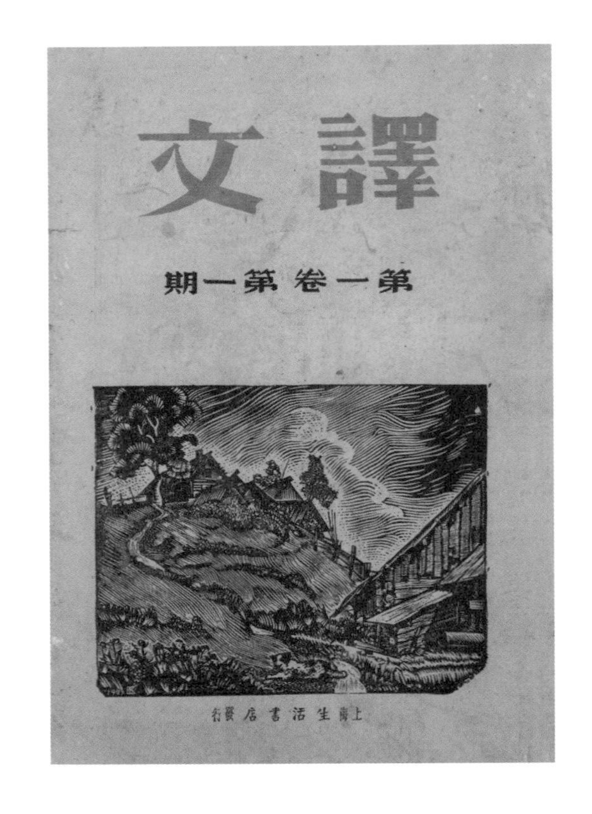

譯文
第一卷第一期
上海生活書店發行

魯迅自述 독자 여러분, 여러분께서는 누군가 우연히 한가한 시간을 얻게 되어 우연히 외국 작품을 읽게 되었고, 우연히 기쁜 마음으로 이를 번역하여 한데 엮게 되었으며, 우연히 이 '잡지년(雜志年)'에 뜨거운 열기를 더하게 되었고, 마침내 우연 중의 우연으로 동지 몇 명을 찾게 되었으며, 자신을 인정해주는 출판사를 만나게 된 것을, 그리하여 이 작은 「역문(譯文)」이

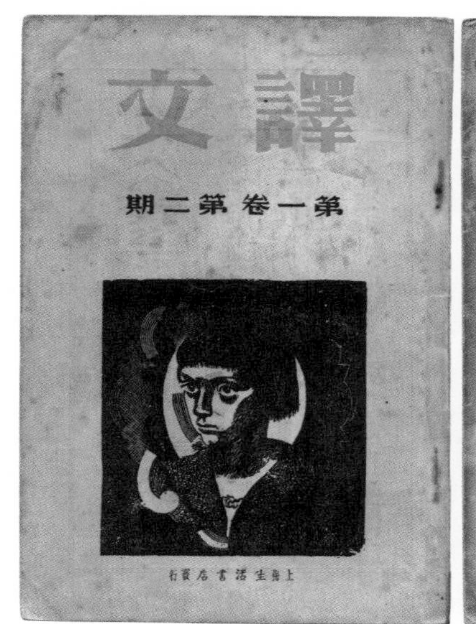

태어나게 된 것을 충분히 상상하실 수 있을 것입니다.

—「역문」 창간호 서문

관련 기록 모순(茅盾) : 몇몇 동지들의 힘을 합쳐 아주 작은 간행물을 발간하게 되었지만, 이 책을 팔아 1만이나 2만의 큰돈을 벌고자 하는 야심은 없네. 그저 소수의 독자들이 이를 구해 유행의 장식물로 삼지 않고, 처음부터 끝까지 한 번 읽어줄 수 있기를 바랄 뿐이네. 그래서 이 간행물은 아주 좋은 종이로 인쇄했고, 번역도 매우 철저하게 했네. 이 간행물은 일반적인 저작물이

아니라 진정으로 새로운 인식을 위해 노력하고자 하는 소수에게 제공하는 '타산지석(他山之石)'이라 할 수 있네. —「황원(黃源)에게」(1934년 6월 19일)

해설 「역문」은 외국의 문학 작품을 번역해 소개하는 월간지로, 1934년 9월에 상해에서 창간되었다. 제3기까지는 노신이 주간을 맡다가 나중에는 황원이 그 뒤를 이었다. 상해 생활서점에서 발행하다가 1935년 9월에 잠시 정간되었다. 1936년 3월에 복간되었을 때는 상해잡지공사(上海雜誌公司)가 출판을 맡았다. 제3기까지는 노신이 표지를 디자인하면서 판화 작품을 주요 소재로 삼았다. 제1기에는 풍경화, 제2기에는 인물화, 제3기에는 도안이 실렸다. 붉은색 책 제목을 제외하고 전부 흑색으로 인쇄함으로써 산뜻하면서도 아담하고, 날카로운 분위기를 추구했다.

102
『집외집』 표지

魯迅自述 듣자 하니 중국의 훌륭한 작가들은 대체로 '젊은 시절에 쓴 작품들을 부끄러워하는 경향이 있다'고 한다. 이들은 스스로 자신의 문집을 편집하면서 젊은 시절의 작품은 가능한 빼거나 전부 삭제한다고 한다. …… 하지만 나는 내 초기 작품에 대해 다소 부끄러운 생각은 들지만, 참회의 감정은 한 번도 가져보지 않았다. …… 놀랍게도 양제운 선생이 (내 초기

작품을) 대량으로 초록해 두었다는 것이다. 이 가운데는 심지어 30년 전에 쓴 시문(時文)이나 10여 년 전에 쓴 신시(新詩)도 들어있다. 이는 내가 50년 전에 엉덩이를 내놓고 손가락을 입에 물고 있을 때의 사진을 액자에 넣어 나 자신은 물론이고, 다른 사람들에게도 감상할 수 있게 하는 것과 마찬가지다. 나 자신도 당시의 유치함과 부끄러움을 몰랐던 것에 의아할 따름이다. 하지만 달리 무슨 방법이 있겠는가? 이것이 나의 참모습임에 틀림이 없으니, 그대로 공개하는 수밖에 없을 것 같다. —『집외집(集外集)』 서문

나의 자잘한 글들을 찾아보니 이렇게 많다는 것이 나로서도 너무나 뜻밖의 일입니다. 하지만 보잘 것 없는 일부 작품은 누락시키거나 삭제하는 것이 좋을 것 같습니다. 선생께서 이 글들을 책으로 펴내신다고 하니, 출판하고자 하는 사람이 있고 읽고자 하는 사람이 있다면 그것으로 족합니다. 저 자신은 이에 대해 아무런 이견도 없습니다. —「양제운에게」 (1934년 7월 17일)

관련 기록 양제운 : 내가 노신을 처음 만난 것은 1932년 하반기에 몇몇 친구들과 모이는 자리에서였다. …… 그 후에는 『집외집』을 편집하는 문제로 만나 그의 초기 문학 생활의 상황에 관해 토론을 벌이곤 했다. 지금도 이에 관한 진귀한 자료들이 편지글 속에 많이 남아 있다. ……「낡은 곡조의 노래는 이미 다 불렀다(老調子已經唱完)」는 대단히 중요한 글인데, 나는 『광동에서의 노신(魯迅 : 在廣東)』이라는 책에서 오려 그에게 보내면서 개정을 요구했다. 하지만 너무 길어서 다시 적지는 못했다. 원고를 검사위원회에 보냈다가 몰수당하고 만 것이 지금 생각하면 대단히 아쉬운 일이다. 그 외에 금지된 글로

「금년 봄의 두 가지 감상(今春的兩種感想)」, 「방망문학과 방한문학(幫忙文學與幫閑文學)」, 「혁명문학과 준명문학(革命文學與遵命文學)」 등 이른바 '북평오강(北平五講 : 1932년 겨울, 노신이 북경의 다섯 대학에서 7일간 행한 강연)' 가운데 개정 원고 세 편은 있지만, 검사위원회에 보냈다가 금지되어 몰수된 원고는 전부 베껴 부본을 만들어 두었다. …… 장차 출판할 기회가 주어졌으면 좋겠다. 무수한 청년들의 피를 모아 쓴 이 글들이 청년들에게 아주 큰 도움이 될 것이라 믿어 마지않는다. ―「노신에 관한 자잘한 기억들(瑣憶魯迅)」

해설 『집외집』은 노신의 시문집으로, 양제운이 편집하고 노신이 서문을 썼다. 다양한 문체의 노신 시문 46편을 수록해 1935년 5월에 상해 군중도서공사(群衆圖書公司)에서 출판했다. 1932년부터 양제운은 노신의 흩어진 글들을 수집하기 시작하여, 마침내 이 책을 엮어냄으로써 노신을 놀라게 했다. 표지는 노신이 디자인했으며, 여전히 사용하던 방식을 답습하여 연한 회색 바탕에 노신이 손수 쓴 책 제목을 배치했다. 원본에는 노신이 '노신 : 집외집(魯迅 : 集外集)'이라고 써놓았지만, '검사관'들이 검사하면서 노신의 이름을 책 제목의 아래쪽으로 옮겨 놓았고, 친필로 된 글자를 활자로 바꿔 버렸다. 이에 대해 노신은 "책 제목을 거꾸로 세워놓은 것은 자신들의 권위를 드러내기 위한 것이지만, 이 역시 앞잡이들의 비겁한 기질의 발로이며 크게 달라진 것이 없다"라고 말했다. 이 책이 출판될 때 노신은 직접 교열을 보기도 했다. 노신은 '노신 저(魯迅 著)'라는 세 글자를 보통 납 활자로 인쇄해줄 것을 요구한 바 있었는데, 실제로 제판할 때는 송체(宋體)를 모방한 서체를 사용했다.

103 『손목시계』 표지

魯迅自述 이 책을 번역하기 전에 나는 적지 않은 야심을 품었었다. 첫째는 이처럼 참신한 동화를 중국에 소개하여 중국 아이들의 부모와 선배, 교육가, 동화 작가들에게 참고 대상을 제공하는 것이고, 둘째는 되도록 어려운 글자를 사용하지 않음으로써 열 살 전후의 아이들도 쉽게 읽을 수 있

게 하는 것이었다. 그러나 번역을 시작하자마자 난관에 부딪히고 말았다. 내가 아이들의 언어를 너무 몰라 동화의 의미를 충분히 전달할 수 없었고, 그 결과 번역이 충실하지 못했다. 지금은 이런 야심이 반으로 줄었지만, 앞으로 어떻게 될지는 잘 모르겠다.

— 『손목시계(錶)』 「역자 의 일(譯者的活)」

『손목시계』가 통과될 수 있었던 것은 어쨌든 좋은 일이네. 하지만 이 번역본에 대해 나는 너무 지나친 장식을 하고 싶지 않네. 「역문(譯文)」에 나오는 원판을 사용하고, 별도로 도림지를 사용하여 단행본을 출판할 수 있으면 그만이네.

— 「황원에게」 (1935년 3월 16일)

『손목시계』는 편지에서 말한 것처럼 가장자리 윗부분이 너무 좁다는 것 말고도 표지의 글자가 한쪽으로 치우쳐 있다는 점을 지적하고 싶네. 반

촌 정도 안으로 더 밀어 넣었으면 하네. '표(錶)' 자의 크기도 너무 작지만 손으로 쓴 것이니, 여기선 언급하지 않기로 하겠네.

—「황원에게」(1935년 7월 30일)

해설 중편 동화 『손목시계』는 소련 작가 판텔레예프(L. Panteleev, 1908~1989)의 작품을 노신이 번역한 것이다. 1935년 7월에 상해 생활서점에서 「역문총서」 삽화본의 하나로 출판했다. 노신은 1935년 초에 12일 동안 서둘러 4만여 자 분량을 번역했고, 나중에 한 차례 교열을 했다. 초판 표지는 딱딱한 종이를 사용했는데, 바탕은 연한 초록색이고 오른쪽 윗부분에는 본문 59쪽에 삽입된 선묘 삽화를 배치했다. 어린 주인공 피디자가 3층 창문에서 기어 내려오는 장면을 묘사하고 있다. 이 그림의 작가는 브루노 푹(Bruno Fuk)이다. 왼쪽 아랫부분에는 책 제목과 저자명, 출판사명 등이 표기되어 있고, 책 제목 '표(錶)'는 예술 서체를 사용했다. 노신은 '표' 자가 너무 작다고 생각했지만, 자신이 직접 쓴 것이고, 이미 출판이 된 상태였기 때문에 더 이상 언급할 수가 없었다.

104 『러시아 동화』 표지

魯迅自述 고리키(Maksim Gor'kii, 1868~1936)가 쓴 작품은 대부분 희곡과 소설이다. 누구도 그가 동화 작가라고 말하지 않았지만 그는 적지 않은 동화를 썼다. 그가 쓴 동화에는 이것이 동화임을 잊지 말라고 당부하는 듯한 작품도 있다. 하지만 아무래도 동화 같지 않은데 말로는 성인들을 위한 동화라고 한다. 그럴듯한 이야기이긴 하지만 너무 튀고 너무 매서운 게 유감이

다. 16편에 불과한 이 작품은 만화의 필법으로 러시아인들의 생활과 병폐를 잘 묘사하고 있는데, 러시아인들에 관해서만 쓴 것이 아니라 세계적인 작품이라 할 수 있다. 그래서 우리 중국인들이 읽어도 마치 주위의 사람들에 관해 얘기하는 것 같고, 심지어 바로 머리 위에서 정문일침을 가하고 있는 것처럼 느껴지기도 한다. ─『러시아 동화(話童的欺羅俄)』

관련 기록 오랑서(吳朗西) : 문화생활출판사(文化生活出版社)가 창립한 지 얼마 지나지 않아 노신 선생은 자신의 『러시아 동화』 번역 원고를 우리에게 보내오셨다. 이 책은 1935년 9월에 파금(巴金)이 주간을 맡고 있던 「문화생활총간」의 세 번째 책으로 출판되었다. ─「노신 선생과 문화생활출판사」

해설 『러시아 동화』는 소련 작가 고리키의 작품 16편을 수록한 동화집이다. 노신은 일본 다카하시 반세이(高橋晚成)의 번역본을 토대로 번역했다. 1935년 8월 상해 문화생활출판사에서 「문화생활총간(文化生活總刊)」의 세 번째 책으로 출판했고, 표지는 이 총서의 통일된 양식에 따랐다. 아무런 도안도 없고, 중간에 녹색으로 두 겹의 테두리를 그어 그 안에 검은색 글자로 책 제목과 저자명, 출판사명 등을 표기함으로써 대단히 소박한 풍격을 추구했다.

105 『준풍월담』 표지

魯迅自述

중화민국 건국 22년 5월 25일, 「자유담」의 편집자들이 '국내의 문호들에게 부탁하여 풍월(風月)을 논하는 글을 많이 쓰게 한' 뒤로 한동안 원로 풍월 문호들이 너무 즐거워 고개를 흔들 정도가 되었다. 이들의 글에는 냉담한 것도 있고, 수박 겉핥기식의 것도 있다. '문탐(文探)' 짓을 일삼는 앞잡이들도 자신들의 존귀한 꼬리를 흔들어대고 있다. 그러나 재미있

는 사실은 풍운(風雲)*을 얘기하는 사람들이 풍월을 얘기하는 것은 문제가 없지만, 풍월은 풍월로 그칠 뿐 여전히 존귀한 의미와는 같을 수 없다는 점이다. …… "달이 밝고 바람이 맑으니 이렇게 좋은 밤이 또 어디 있을까?" 좋다. 우아한 풍류의 극치이니 쌍수를 들어 찬성한다. 하지만 역시 풍월에 대해 언급하면서 "달은 어두워 사람들의 밤을 죽이고, 바람은 높아 하늘에 불을 지르네"라고 노래한다면 어떻게 생각할 것인가? 역시 한 수의 고시(古詩)라 할 수 있을 것인가?

내가 풍월을 논하는 것도 결국은 혼란을 얘기하려는 것이지만, 결코 '살인과 방화'를 주장하려는 것은 아니다. 사실 '풍월을 많이 얘기한다'는 것을 '국사를 논하지 않는다'는 뜻으로 받아들인다면, 그건 분명한 오해이다.

— 『준풍월담(准風月談)』 전기(前記)

* 사회적·정치적으로 세상이 크게 변하려는 기운을 비유적으로 이르는 말.

관련 기록 여열문(黎烈文) : 올 연초에는 말을 하기도 어렵고, 붓을 놀리기도 쉽지 않았다. 이는 '화복(禍福)은 따로 있는 것이 아니라 모두가 사람들이 스스로 초래하는 것'이라는 뜻이 아니다. 사실은 '천하에 도가 있고' '사람이 많다(庶人)'는 것은 '의론이 없음(不議)'에 상응한다. 편집자는 두 손으로 심향(心香)을 움켜쥐고 천하의 문호들을 불러 모아 주로 풍월을 논하면서 뇌소(牢騷 : 불평, 불만, 푸념)를 자제하고 있다. 수많은 작가와 편집자들도 그 게으름에 동참하고 있는 것이다. 만일 반드시 장단을 따지고 맹목적으로 대사를 논해야 한다면 신문이나 잡지는 이를 다 수용하기 어려울 것이고, 편집자들은 진퇴양난에 처하고 말 것이며, 도를 벗어나게 될 것이다. 시대의 힘써야 할 것을 아는 자가 준걸(俊傑)이라 했으니, 이에 편집자는 국내의 문호들에게 구구하게 고충을 털어놓으면서 엎드려 양해를 구하는 바이다! —「편집실」

해설 『준풍월담』은 노신의 아홉 번째 잡문집으로, 잡문 66편을 수록하여 1934년 12월 상해 연화서국에서 '홍중서국(興中書局)'의 명의로 출판되었다. 노신 등이 「자유담」에 다수의 날카로운 잡문들을 발표하자 이 잡지는 탄압을 받게 되었고, 이에 편집장인 여열문은 하는 수 없이 편집실 성명을 발표했다. 그래서 노신은 그 이후에 이 잡지에 발표된 글들을 '준풍월담'이라 칭했다.

이 책의 표지 디자인은 여전히 간결하여 노신이 쓴 책 제목만 있고, 저자명조차 표기되어 있지 않다. 단지 책 제목 바로 밑에 '여준(旅隼)'이라는 붉은 인장이 찍혀 있을 뿐이다.

106 『화변 문학』 표지

魯迅自述 이런 명칭은 나와 같은 진영에 있는 청년 동지들이 이름을 바꿔 몰래 화살에 끼워 내게 날려 보낸 것이다. 저들의 뜻은 아주 교묘하다. 이처럼 짧은 비평문들이 신문에 게재될 때는 종종 화변(花邊 : 인쇄물의 가장 자리에 아름답게 꾸미느라고 놓는 여러 가지 무늬나 그림)으로 테를 둘러 중요성을

강조함으로써 내 전우들을 골치 아프게 했다. 또한 '화변'은 돈을 의미하는 별칭이기 때문에 내가 이런 글을 쓰는 것이 원고료를 벌기 위한 것임을 암시하고 있지만, 사실 받는 돈은 얼마 되지 않는다. …… 내가 이런 글을 투고하는 것은 발표에 목적이 있는 것이지 글에 반골 기질이 담겨 있음을 드러내고자 하는 것은 아니다. 그래서 화변으로 장식되는 것이 청년 작가들의 작품보다 많은 것인지도 모른다. — 『화변 문학(花邊文學)』 서문

관련 기록 임묵(林默) : 최근에 둘레가 화변으로 장식된 글들이 신문의 문예란에 등장하기 시작했다. 이러한 글들은 매일 한 단락씩 한가한 이야기를 담아 게재되는데, 간결하면서도 밀도가 있다. 외형적으로는 '잡감' 같기도 하고 어떻게 보면 격언 같기도 하지만, 내용은 그저 그래서 취할 바가 별로 없다. 그저 소품이나 어록에 지나지 않는다. …… 이런 글은 특별히 이름을 붙일 방법도 없다. 굳이 이름을 붙이자면 '화변체' 또는 '화변 문학'이라 해두는 수밖에 없을 것이다. — 「'화변 문학'을 논함」

해설 『화변 문학』은 노신의 열 번째 잡문집으로, 61편의 잡문을 수록하여 1936년 6월에 상해 연화서국에서 출판되었다. 노신의 잡문은 「자유담」에 발표될 때 항상 둘레를 화변으로 장식하여 중요성을 나타내곤 했다. 1934년 6월 노신이 「도제(倒提 : 거꾸로 들다)」라는 제목의 글을 발표하자, 요말사(廖沫沙)가 '임묵'이라는 필명으로 「'화변 문학'을 논함」이라는 글을 발표해 이의를 제기했다. 그러자 노신은 이 시기의 잡문들을 엮어 문집으로 출판하면서 이 이름을 그대로 사용했다. 표지 디자인은 간결하면서도 대담

한 가운데 깊은 우의(寓意)를 지닌 기존의 풍격을 일관되게 유지했다. 표지 한가운데 세로로 책 제목과 저자명을 표기하고, 그 둘레를 「자유담」식 화변으로 장식함으로써 사람들에게 「자유담」에 발표됐던 '화변'의 글을 연상하게 했다. 독자들에게 암암리에 일종의 계시를 주기 위한 것이다.

107

『차개정 잡문』 표지

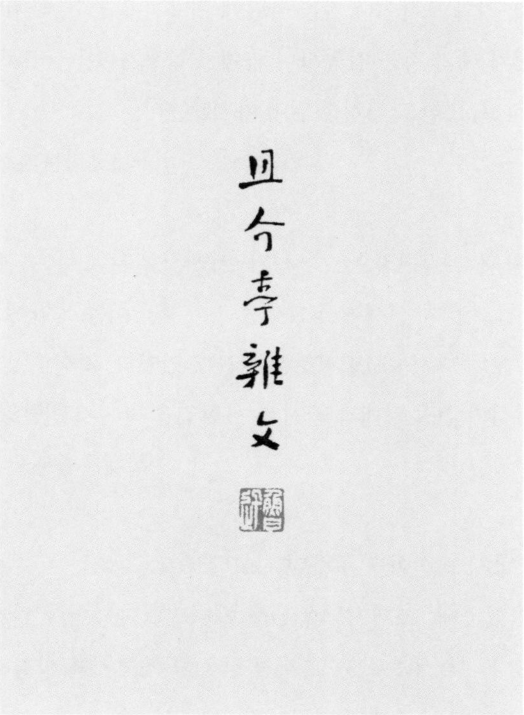

且介亭雜文

魯迅自述

이 문집과 『화변 문학』은 내가 지난 한 해 동안 '잡문'에 대한 관(官)과 민(民)의 다양한 포위와 공격 속에서 쓴 작품의 결집으로, 전부 이 책 한 권에 담겨 있다. 물론 시사(詩史)라고는 말할 수 없다. 시대의 눈이 담겨 있긴 하지만, 절대로 아침에 열자마자 휘황찬란한 빛을 발하는 영웅들의 팔보(八寶) 상자가 아니다. 나는 그저 깊은 밤 길거리에 좌판을 펼쳐놓고 작은 못 몇 개, 기와 조각이나 파는 사람에 지나지 않는다. 하지만 희망도 있다. 나는 누군가 내가 파는 잡동사니 속에서 쓸모가 있는 적당한 물건을 찾아내기를 바라고, 또한 그러기를 믿어 마지않는다.

— 『차개정 잡문(且介亭雜文)』 서문

관련 기록 허광평 : 모두 3집으로 구성된 『차개정 잡문』은 1934년과 1935년에 두 권으로 출간되었다. 선생께서 1935년의 마지막 이틀 동안에 직접 편집하셨다. 그러다 보니 다시 한 번 검토할 시간도 없었고, 격식도 밝히지 않으셨다. 어쩌면 당시의 건강 상태가 좋지 않아 작업을 하시기 힘들었기 때문인지도 모른다.

— 『차개정 잡문 말편(末編)』 후기

차개정 : 당시 노신이 거주하던 시고탑로(施高塔路)는 북사천로(北四川路)에 인접해 있었는데, 조계지(租界地)는 아니지만 이른바 '월계축로(越界築路)' 지역이었다. '월계축로'는 조계지 당국이 조계지를 확장하기 위해 자신들이 직접 출자하여 조계지 외곽에 도로를 건설하고 그 노변을 조계지의 일부로 포함시키는 수법으로 생긴 지역으로, 속칭 '반조계(半租界)'라 한다. 노신은 '차개(且介)'로 '조(租)' 자의 반쪽과 '계(界)' 자의 반쪽을 암시하고, '정(亭)' 자로 '정자간(亭子間)'을 비유하고 있다. 정자간이란 상해 근대 민간 주거인 석고문에서 계단 밑으로 난 작은 방인데, 가난한 문인들의 주거지를 상징한다. 결국 '차개정'이란 '반조계에 있는 정자간'이라는 뜻을 갖고 있다.

해설 『차개정 잡문』은 노신의 열한 번째 잡문집으로, 잡문 39편이 수록되어 있다. 노신이 생전에 편집했고, 1937년 7월에 허광평이 상해 삼한서옥의 명의로 출판했다. 노신은 1935년 3월에 이 책의 편집을 시작했지만 12월 30일이 되어서야 작업을 마칠 수 있었다. 이 책의 표지 디자인에도 여전히 과거의 풍격이 유지되고 있다. 노신이 쓴 책 제목은 표지 중앙에 세로로 배치되어 있으나 저자명은 표기하지 않았다. 대신 책 제목 아랫부분에 노신의 인장이 찍혀 있다. 허광평의 기록에 따르면 당시 노신은 아무런 격식도 밝히지 않았고, 판형 디자인도 아직 진행하지 않은 상태였다. 표지에 노신의 자필을 사용한 것은 어쩌면 노신이 표지 디자인을 완성하지 못했기 때문에 나중에 후배들이 그의 기존 잡문집 표지를 모방하여 만든 것인지도 모른다.

108

『나쁜 아이와 별나고 기이한 소문』 표지

魯迅自述 체호프(A. P. Chekhov, 1860~1904)의 이 소설들은 지난해 겨울에 「역문」을 위해 번역한 것인데, 그 차례는 원본과 같지 않다……

이번 번역의 주된 목적은 글을 위한 것이라기보다는 오히려 삽화를 위한 것이라 할 수 있다. 독일어본의 출판도 삽화를 위한 것으로 보인다. 이 판화가 마시우틴(Vasily Nikolevich Masiutin, 1884~1955)은 목판화를 가장 먼저 중국 독자들에게 소개하여 감상할 수 있게 해준 인물인데, 「미명총간(未名叢刊)」의 삽화가 바로 그의 작품이다. 이는 지금으로부터 이미 10여 년 전의 일이다. …… 이제 다시 여덟 편을 골라 한 권으로 엮음으로써 이 작은 선집을 완전한 상태로 되돌리려 한다. 비록 사소한 일이긴 하지만, 올해의 문단에 그들을 위한 아시아식 '기문(奇聞 : 기이한 소문)'을 남길 뿐만 아니라 우리의 작은 기념으로 삼고자 한다.

— 『나쁜 아이와 별나고 기이한 소문(壞孩子和別的奇聞)』 역자 후기

관련 기록 '마시우틴에 관하여', 노신 : 원래 유명한 목판화가인 마시우틴은 10월 혁명 이후 본국에서 블록(Aleksandr Aleksandrovich Blok, 1884~1955)을 위해 장시(長詩) 「12개(The Twelve)」(1918년 발표)의 삽화를 판각했고, 나중에는 결국 독일로 도피했다. 이 책은 그가 외국에서 생활하면서 생계를 위한 수단으로 그린 작품을 모은 것이다. 내가 이 책을 번역하는 것도 목판화를 소개하는 데 큰 뜻이 있는 것이지, 소설을 소개하기 위한 것은 아니다.

— 『나쁜 아이와 별나고 기이한 소문』 전기(前記)

해설 이 책은 러시아 작가 체호프의 단편 소설집으로, 모두 여덟 편을 수록하고 있다. 노신이 1934년 11월부터 1935년 9월까지 번역하여, 1936년 10월에 상해 연화서국에서 자신이 기획한 「문예연총」의 세 번째 책으로 출판했다. 책은 25절 크기의 도림지 인쇄판이다. 마시우틴이 이 책을 위해 그린 삽화 여덟 점 가운데 첫 번째 작품인 「괴해자(壞孩子 : 나쁜 아이)」가 표지 전면을 가득 채우고 있다. 이 소설에서 '나쁜 아이' 콜랴는 누나가 라프킨이라

는 남자와 연애 중인 것을 알아채고는 두 사람 사이의 비밀을 고자질하면서 돈을 뜯어내곤 한다. 표지 그림 역시 이 소설의 그런 대목을 묘사한다. 한번은 점심 식사를 하면서 라프킨이 맛있게 계란말이를 먹고 있을 때 갑자기 그가 음흉한 미소를 지으면서 눈을 커다랗게 뜨고 라프킨에게 말한다. "어때요? 말을 할까요?" 순간 라프킨은 얼굴이 새빨개지면서 계란말이를 먹는다는 것이 잘못해서 내프킨을 씹고 말았다. 안나 세묘노브나는 벌떡 일어서 옆방으로 들어가 버린다. 여기서 말하는 '그'가 바로 '나쁜 아이'이고, '벌떡 일어선' 사람이 바로 그의 누나이다. 표지에는 '나쁜 아이와 다른 여덟 편의 소설'이라고 책 제목이 표기되어 있다.

109 『해상술림』 표지

魯迅自述 이 책에 수록된 것은 전부 문학예술 논문으로, 저자는 대부분 대가들이고 역자도 최고 수준이기 때문에 신뢰성이 높고 최고의 경지에 도달해 있는 둘도 없는 저작들이다. 이 가운데 「사실주의 문학론」과 「고리키 논문 선집」은 빛나는 수작이라 할 수 있다. 이밖에 다른 논설들도 하나같이 뛰어난 작품이라 사람들에게 유익하여 세상에 두루 전할 만하다. 책 전체 분량은 670여 쪽이며, 유리판 삽화 아홉 점이 함께 수록되어 있다. 500부만 한정 출판하되 최고 품질의 종이로 장정했다. 그 가운데 100권은 책등의 마포면에 금박을 입혀 권당 판매 가격을 3원 5각으로 책정했고, 나머지 100

권은 커버를 전부 융으로 싸고 남색으로 박을 입혀 권당 판매 가격을 2원 5각으로 책정했다. 우편으로 구매하실 분은 우편 요금 2각 3분을 추가하셔야 한다. 좋은 책이라 금세 매진되기 쉬우니, 구입하고자 하시는 분들은 서두르길 바란다. 하권도 곧 인쇄에 들어가 올해 내로 출판할 예정이다.

— 「『해상술림(海上述林)』 상권 소개」

내가 그의 작품을 출판하는 것은 일종의 기념이자 항의이며, 시위이다. …… 사람은 살해당할 수 있지만 작품은 영원히 살해당할 수도 없고, 살해할 수도 없다.

— 풍설봉의 『노신을 기억함』 「병과 새로운 정치 형세 속에서의 그의 정서 2」

『해상술림』 상권은 이미 장정을 마쳤으니, 곧 책이 되어 나올 걸세. 견본을 보니 아주 좋더군. 살아남아 그 책을 볼 수 있으면 기쁘겠지만 지금 이미 흙으로 돌아가고 있네. 슬프군. — 「조정화에게」 (1936년 8월 7일)

이미 그 책 제1권의 장정을 보내왔네. 중방지(重磅紙)를 쓴 데다 책등이 너무 고전적이더군. 평장본은 하얀 융을 써서 특별히 아름답네.

— 「심안빙(沈雁冰)에게」 (1936년 8월 31일)

관련 기록 종이, 제판, 인쇄 등에 드는 비용을 전부 개인들이 출자하여 개명서점(開明書店 : 1926년 상해에 세워진 민영 서점으로 출판도 겸함)에 의뢰했고, 그 나머지 편집과 교열, 표지 및 장정 디자인, 서문, 광고, 그리고 종이 구입을 비롯해 인쇄, 장정 등에 관한 결정을 전부 노신이 도맡았다. 덕분에 책이 더 깔끔하고 보기 좋게 출판될 수 있었다.

— 『노신 회고록』

해설 이 책은 노신의 친구인 구추백의 번역 작품이다. 1935년 6월 구추백이 총살당한 후에 노신과 정진탁, 진망도(陳望道), 호유지(胡愈之), 하면존(夏丏尊) 등 지우들이 출자해 출판했는데, 노신이 편집과 서문을 맡았다. 상하 두 권으로 구성된 이 책은 1936년 5월에 상권이 출판되고, 이어서 10월에 하권이 출판되었으나 이때 노신은 이미 세상을 떠난 뒤였다. 출판사는 '제하회상사(諸夏懷霜社)'라고 되어 있지만, 실제로는 노신이 지어낸 출판사명이다. '제하'는 중국을 의미하고, '회'는 그리움, '상'은 구추백의 아명이다. 책은 32절 크기이며, 가죽과 짙은 남색 융 등 두 가지 재질로 장정되어 있다. 표지 및 장정 디자인 등을 전부 노신이 맡았다. 책등에는 저자의 이름이 'STR'로 되어 있는데, 이는 구추백의 필명인 '사철아(史鐵兒)'의 영문 이니셜이다. 책등의 글자는 전부 금색으로 인쇄되어 있어, 호방하고 화려한 느낌을 준다.

110 『죽은 혼령 백도』 표지

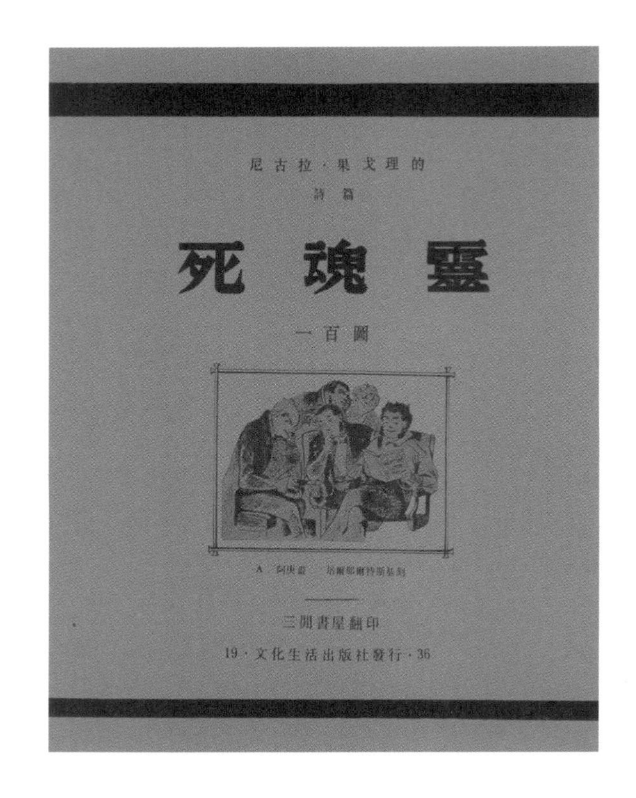

魯迅自述

고골(Nikolai Vasil'evich Gogol', 1809~1852)의 『죽은 혼령』은 이미 세계 문학의 전범이 되어 있고, 각국에 번역본도 나와 있다. 중국어 번역본이 나오자마자 독서계를 뒤흔들면서 일시적으로 선풍을 일으키고 있는 것으로 보아 그 뛰어난 매력을 가늠할 수 있다. 이 책에는 원래 세 종류의 삽화가 있었는데, 그 가운데 러시아의 아진(A. Agin, 1817~1870)이 그린 「죽은 혼령 백도

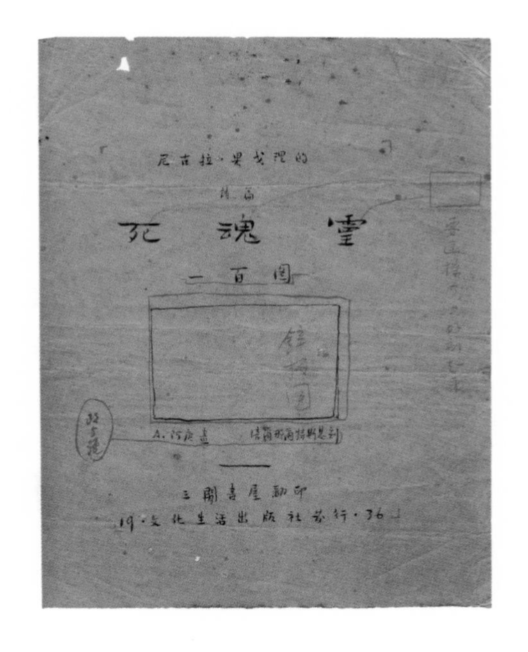

(死魂靈百圖 : One hundred illustrations of Gogol's Poem "Dead Souls")」가 가장 유명하다. 전혀 과장이 없고 매우 사실적이기 때문에 비평가들이 찬사를 보내기도 했으나 애석하게도 세월이 오래 지나다 보니 절판되고 말았다. 러시아 소장가가 그 작품을 보았다고 하나 역시 쉽게 손에 넣을 수 없는 진귀한 작품이다. 지난해 삼한서옥에서 일부를 얻었으나 이를 나혼자 몰래 보고 싶지 않았다. 그래서 문화생활출판사와 협조하여 작품 전부를 평면으로 정교하게 복사하되 양호한 재질의 종이와 먹을 사용하기로 했다. 소콜로프(P. Sokolov, 1821~1899)가 그린 삽화 12점을 말미에 첨부하여 『죽은 혼령 백도』를 책으로 출판하게 되었다. 독자들은 『죽은 혼령』의 번역본을 읽으면서 이 책을 함께 펼쳐보면

고골 시대 러시아 중류 사회의 모습을 눈앞에 보는 것처럼 선명하게 이해할 수 있을 것이다. 명작을 소개하면서 이처럼 많은 삽화를 제공하는 것은 중국에서는 전례가 없는 일이다. 1,000권밖에 찍지 않았고, 재판을 찍기도 쉽지 않은 상황이지만 이윤을 추구하지 않았기 때문에 정가를 비교적 저렴하게 책정했다. 150권만 판매하는 정장본은 최고 품질의 종이를 사용했기 때문에 가격이 두 배 정도 비싸지만, 각 도서관과 소장가들을 위한 것인 만큼 구입을 희망하는 독자들은 서두르는 것이 좋을 것이다. —『죽은 혼령 백도』 광고문

관련 기록 오랑서 : 『죽은 혼령 백도』의 정장본은 노신 선생께서 심혈을 기울여 기획한 것으로, 전군도 군이 장정 디자인을 맡았다. 선생께서는 비단이 보기에도 좋고, 가격도 비싸지 않다는 이유로 장정에 비단을 사용할 것을 주장하셨다. 먼저 책 표지용 비단을 구입하기 위해 전군도와 내가 몇 군데 비단 상점을 돌아다니다가 결국 하남로(河南路 : 북경로北京路 근처)에 있는 호주주장(湖州綢庄)에서 비교적 마음에 드는 남색 비단을 발견했다. 내가 비단 견본을 보여드리자 선생께서는 그것을 사용하는 데 동의하셨다. 이 책의 장정은 특별 제작본에 비해 전혀 손색이 없다. 독자들에 대한 선생의 배려에 부합할 뿐만 아니라 보기에 좋아야 하고, 가격이 절대로 비싸면 안 된다는 원칙에도 부합하는 장정이라 할 수 있다. —「노신 선생과 문화생활출판사」

오랑서 : 노신 선생께서는 『죽은 혼령 백도』를 번역 출판할 계획을 갖고 계셨다. 선생께서 내게 말씀하셨다. "이 책의 그림들은 인쇄를 잘 해야 할 뿐만 아니라 장정에도 심혈을 기울여야 하네. 가격도 절대 비싸선 안 되네." 내

가 대답했다. “그렇게 할 수 있습니다.” 선생께서 다시 말씀하셨다. “자네 출판사의 경제 상황이 그다지 좋지 않다는 걸 잘 알고 있네. 게다가 이건 손해를 보는 장사가 될 걸세. 이 그림들은 내가 돈을 내서 인쇄하도록 하겠네.” 그러면서 선생께서는 미리 준비해 오신 500원짜리 수표를 건네주셨다. 『죽은 혼령 백도』의 종이와 표지 디자인도 노신 선생께서 거듭 고려하여 결정하셨다.

—「기억의 편린(片斷的回憶)」

해설 이 책에는 러시아 목판화 103점이 수록되어 있다. 러시아의 아진이 그림을 그리고, 베르나르드스키(Bernardskij)가 목각을 맡았으며, 다른 그림 13점이 부록으로 첨가되었다. 그림 내용은 고골의 장편 소설 『죽은 혼령』 이야기를 묘사한 것이다. 노신은 일찍이 이 장편 소설을 번역한 바 있었다. 1935년 11월 노신은 이 책의 원본을 구입하자마자 복제를 준비하기 시작하여, 이듬해 4월에 출판했다. 16절 크기인 이 책은 정장본과 평장본 두 종류로 출판되었다. 정장본은 남색 비단으로 표지를 만들었고, 도안과 책 제목에는 금박을 입혔다. 동판지로 정교하게 인쇄했을 뿐만 아니라 표지 겉에 두터운 종이로 커버도 입혔다. 평장본은 회색 바탕의 모변본이다. 노신이 표지를 디자인하고, 전군도가 책 제목을 맡았다. 표지 한가운데 있는 도안 그림은 이 책에 실린 삽화 가운데 하나인데, 치치코프가 친구들과 뭔가를 의논하는 장면을 묘사한 것이다. 노신이 디자인한 이 책의 표지는 오랑서가 보관하다가 1964년에 상해 노신기념관에 기증했다. 이 책의 표지 디자인은 노신의 표지 및 장정 디자인 풍격이 갈수록 더 아름답고 대담해지고 있으며, 특히 친구들의 책이나 미술 서적에서 그런 현상이 더욱 두드러지고 있음을 잘 보여준다.

111

『케테 콜비츠 판화 선집』 표지와 속표지

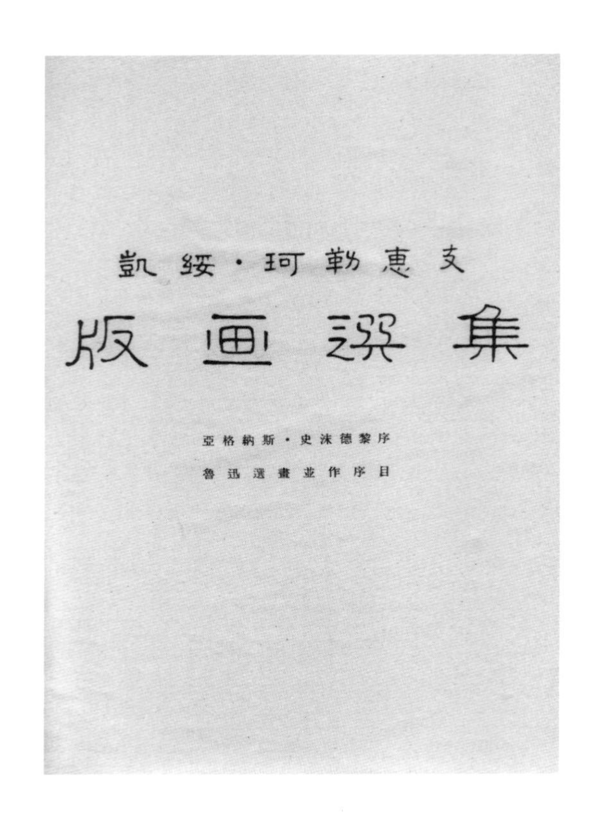

魯迅自述 여기에는 가난과 질병, 굶주림과 죽음이 담겨 있다. …… 당연히 몸부림과 투쟁도 담겨 있지만 비교적 적은 편이다. 이제 그녀의 작품 21점을 복제하여 증거로 삼고자 한다. 중국의 청년 예술학도들에게는 이러한 이로운 점들이 있을 것이다. 첫째로 독자들에게 이런 판화가 있다는 것을 알게 함으로써 유화보다 더 보편화시킬 수 있을 것이다. 둘째로 이러한

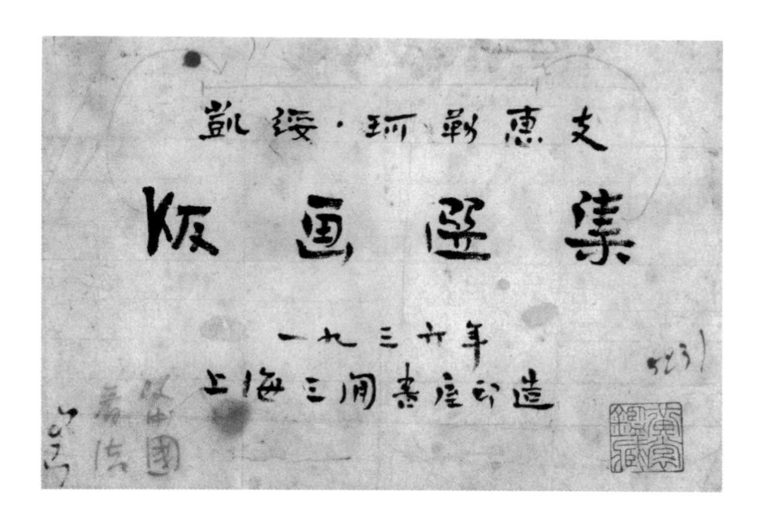

그림들이 있다는 것은 세계의 수많은 지역에 아직도 '모욕당하고 피해당하는 사람들'이 있다는 것을 의미한다. 이들이 우리의 친구라는 사실을 분명히 밝힐 수 있고, 이들을 위해 슬퍼하면서 외치고 투쟁하는 예술가들이 있다는 것을 천명할 수 있을 것이다. 셋째로 오늘날 중국의 신문들은 허장성세하는 히틀러의 초상을 즐겨 게재하고 있다. …… 하지만 독일 예술가들의 화집에서는 전혀 다른 사람들을 만날 수 있다. 결코 영웅이라 할 수 없지만 친근하고 동정이 가는 사람들이다. 게다가 보면 볼수록 더 아름답고 가슴을 뭉클하게 하는 힘을 가진 작품들이다. 넷째로 올해는 유석(柔石)이 피살된 지 5주년이 되는 해이자 작가의 목판화가 처음 중국에 소개된 지 5주년이 되는 해이다. 게다가 작가는 중국식으로 계산할 때 올해 만 70세가 되기 때문에 이 또한 크게 기념할 만한 일이다. ―「깊은 밤에 쓰다(寫於深夜裏)」

관련 기록 아그네스 스메들리(Agnes Smedley, 1892~1950) : 케테 콜비츠는 현재 살아 있는 세계에서 가장 위대한 판화 예술가로서 독일 노동자 계급의 반세기의 역사를 대변하고 있다. 유럽 대륙에는 콜비츠처럼 그렇게 정확하고 깊이 있게 독일 민중의 생활과 고통을 표현한 작품을 그린 화가가 없다. …… 그녀가 '빈민굴의 예술가'라는 악의적인 이름으로 처음 공격을 받은 것은 1906년의 일이었다. 1918년 독일공화국이 수립된 뒤로 케테 콜비츠에게는 응분의 지위가 주어졌다. …… 나치당이 정권을 잡은 뒤로 독일의 부르주아 계급은 그녀를 일시적으로 국외로 추방하는 동시에 그녀의 연금과 지위, 직업을 몰수했다. 일부 개인적인 활동가들의 도움으로 다시 독일로 돌아올 수 있었지만, 지금까지 그녀의 어떤 작품도 전시와 출판이 허락되지 않고 있다.

— 『케테 콜비츠 — 민중의 예술가』

황원 : 몹시 무더운 어느 날 오후, 나는 두세 시쯤 그의 집으로 갔다. 문 안으로 들어서니 그가 응접실 서가 옆 바닥에 방석을 깔고 앉아 있는 모습이 눈에 들어왔다. 그는 짧은 셔츠와 바지를 입고 있어 앙상한 사지가 그대로

版画選集

一九三六年
上海三閒書屋印造

드러났다. 그런 모습으로 그는 마침 케테 콜비츠의 '판화 선집'을 접고 있었다. 옆에 앉아 있던 허광평 여사가 이 '판화 선집'을 빼앗아 대신 접었다. 얼마 후 이 '판화 선집'이 출판되었다. —「노신 선생을 그리워함」

해설 이 책은 독일 예술가 케테 콜비츠의 판화 21점을 수록한 판화집이며, 노신이 편집하고 서문을 써서 1936년 5월에 삼한서옥의 명의로 자비 출판되었다. 표지 디자인과 장정도 노신이 직접 맡았다. 이 책은 8절 크기의 선장본이며, 자청색 바탕의 표지 윗부분에 노신의 필체로 금박 제목이 배치되어 있다. 이 책은 1961년에 황상(黃裳)이 상해노신기념관에 기증한 것으로, 판권면에는 노신이 처음으로 쓴 '유인번인 공덕무량(有人飜人 功德無量 : 이를 복사하는 사람들에게 무궁한 공덕이 있을 것이다)'라는 문구가 쓰여 있다. 이는 일반적으로 상용하는 '판권소유 번인필구(版權所有 飜印必究 : 법적으로 보호받는 저작권이므로 복사하려면 반드시 사전에 허락을 구해야 한다)'는 문구와 완전히 상반되는 것으로, 노신이 이 책의 전파에 얼마나 적극적이었는지를 잘 말해준다.

112 『케테 콜비츠 판화 선집』 광고

魯迅自述

"독일의 아이들이 굶주리고 있다!(DEUTSCHLANDS KINDER HUNGERN!)" 석각(石刻). 제작 연대 미상. 유럽의 대전 이후 원래의 그림에 따라 목각함. 원래 크기 : 43cm × 29cm. 아이들은 모두 사람들을 향해 텅 빈 밥그릇을 들고 있다. 야윈 얼굴과 동그란 눈동자 속에 불타는 듯 간절한 열망이 담겨 있다. 누가 이들에게 손을 내밀 것인가? 알 수가 없다. 원래 가로로 된 이 그림의 한쪽에는 표제가 될 만한 문구가 쓰여 있었는데, 아마도 당시에 의연금을 모금하기 위한 포스터로 쓰였던 것 같다. 나중에 인쇄할 때는 그림만 남아 있었다. 작가의 다른 작품으로 "다시는 전쟁이 없기를!(NIE WIEDER KRIEG!)" 이라는 제목의 석판화도 있었다고 하는데, 비슷한 시기의 작품이지만 애석하게도 구할 수 없었다. 하지만 당시의 아이들은 지금까지 살아남아 스무 살이 넘는 청년들로 성장해 있을 것이다. 어쩌면 또 다시 전쟁의 희생물이 될지도 모른다.

— 『케테 콜비츠 판화 선집』 서문

관련 기록 아그네스 스메들리 : 또 한 그림에는 굶주려 뼈만 앙상하고 눈동자가 공허한 어린아이들이 처량하게 치켜든 얼굴로 텅 빈 밥그릇을 높이 쳐든 채 외치고 있는 모습이 묘사되어 있다. “독일의 아이들이 굶주리고 있다!”

— 『케테 콜비츠 — 민중의 예술가』

해설 이 광고 그림은 노신이 『케테 콜비츠 판화 선집』을 선전하기 위해 디자인하여 제작한 것으로, 실제로 이 선집의 마지막 작품인 「독일의 아이들이 굶주리고 있다!」를 잘라 내어 광고로 제작한 것이다. 그림 윗부분에는 독일어 작가명이 있고, 오른쪽에는 중국어로 작가 이름이 포함된 책 제목과 출판사명, 그리고 “책을 많이 찍지 않았으니 구입을 원하는 분은 서둘러라”는 광고 문구가 배치되어 있다. 당시 독일 사회의 첨예한 사회 갈등을 표현한 이 석판화는 대단히 강렬한 예술적 표현력과 선동력을 지니고 있다.

옮긴이의 글: 중국 문인화 전통의 확장

중국에는 문인들이 시문과 서화에 고루 기량을 발휘하면서 문학사와 회화사에 길이 이름을 남긴 사례가 셀 수 없이 많다. 이는 당(唐)나라 시대의 시인 왕유(王維)가 자신의 시론(詩論)에서 '시 속에 그림이 있고, 그림 속에 시가 있는(詩中有畵, 畵中有詩)' 경지를 제시한 이래 그치지 않고 내려오는 중국 문화의 자랑할만한 전통임에 틀림이 없다. 이러한 전통의 흔적은 중국의 당대(當代) 문인들에게서도 쉽게 찾아볼 수 있는데, 유명한 노벨문학상 수상자 가오싱젠(高行健)은 파리 망명 초기 주로 수묵화를 그려 생계를 유지하다가 지금은 세계 각지에서 전시회를 열 정도로 그 미술적 재능을 인정받고 있고, 소설가 자핑와(賈平凹)도 회화 창작에 열을 올리고 있다. 대만의 린환장(林煥彰)이나 뤄칭(羅靑), 쉬수이푸(許水富) 등도 시인이면서 화가로 이름이 알려져 있다. 노신의 미술 활동도 이러한 문인화 전통의 중요한 부분이라 할 수 있을 것이다. 또한 이러한 전통은 중국과 문자는 물론, 문화의 뿌리를 공유하고 있는 한국 문인들에게서도 얼마든지 찾아볼 수 있다. 예로부터 우리에게도 문인화의 전통이 있어 시(詩), 서(書), 화(畵) 삼절이 한 장의 화선지 위에 구현되곤 했다. 시인 김지하 선생이 시와 더불어 난(蘭)을 치는 미술 행위, 신영복 선생이 『나무야 나무야』, 『더불어 숲』 등에서 컴퓨터로 그린 그림들, 이 모두 우리의 문인화적 전통에 너무나 근접해 있다. 이처럼 문인들이 회화 예술에 있어서도 상당한 재능을 보이는 것은 어쩌면 도형과 색채의 조형성이 언어의 조형성과 무관하지 않기 때문인지도 모른다. 이는 깊이 있게 연구해 봄직한 문제이다.

노신은 중국의 문학계뿐만 아니라 사회 전체에서 연령과 계층, 직위를 불문하고 절대적인 추앙과 존경의 대상이 되고 있는 문학가이자 사상가이다. 하지만 그런 그가 조형예술에도 조예가 깊었다는 사실을 아는 사람은 그리 많지 않다. 그는 중국 판화 운동의 선구자였음에도 불구하고 사람들의 뇌리에서는 결코 미술가가 아니었다. 하지만 그는 자신이 쓰거나 편집한 책, 제자들이나 동인들이 엮은 책에 직접 표지 디자인을 하거나 제자(題字)를 썼고, 중국의 고대 미술을 비롯하여 서양의 최신 미술 사조와 작품들을 적극적으로 감상하고 수용하기도 했다. 편지글이나 일기에 남긴 스케치와 크로키들도 평범한 사람의 기술적인 그림으로 보기에는 그 미학적 수준이 매우 높다. 노신의 미술 행위는 장르에 구애되지 않았고, 그 방법도 전방위적이었다. 과거의 문인 서화가 주로 서예와 수묵화에 국한되어 있는데 비하면 문인화 전통의 대대적인 확장이자 개척이라 할 수 있을 것이다. 요컨대 그림은 노신의 삶과 문학 세계를 이해하는 또 하나의 코드임에 틀림이 없다. 그래서 노신의 그림을 알아야만 '인간 노신'을 보다 입체적으로 정확하게 알 수 있을 것이다. 어쨌든 노신이 남긴 거의 모든 조형예술 작품이 이 책 한 권에 담겨 있다. 게다가 작품과 관련된 다양한 사적(事蹟)과 엮은이의 해설도 곁들여 있어 이해에 큰 도움을 주리라 믿어 마지않는다.

노신의 작품들은 번역이 매우 까다로운 걸로 잘 알려져 있다. 그만큼 오역도 많을 수밖에 없다. 들리는 바에 의하면 노신의 작품 전체를 다시 번역하여 출간하려는 의미 있는 작업이 진행되고 있다고 한다. 반가운 일이 아닐 수 없다. 이처럼 잘못된 부분이 발견되면 감추기보다는 드러내서 고치는 것이 바람직할 테지만, 노신의 작품들을 제대로 이해하지도 못하는 사람이 이 책을 번역하게 된 데 대한 불안감은 떨칠 수 없다. 이 책이 번역되고 있는 것을 모르고 나보다 앞서 텍스트의 대부분을 번역하신 선생님도 계셨던 걸로 안다. 그분의 도로에 부끄럽지 않은 번역이 될 수 있다면 큰 다행이겠다. 졸역이나마 이 책을 읽는 모든 분들이 노신과 그의 중국을 이해하는 데 작은 밑거름이 되길 기대한다.

백석 우거에서

노신 연보

1881

9월 25일 중국 절강성(浙江省) 소흥현(紹興縣)에서 부친 주백의(周伯宜)와 모친 노서(魯瑞)의 3남 중 장남으로 출생. 조부 주복청(周福淸)이 중앙 정부의 관리로, 풍족한 지주 집안이었음.
본명은 주수인(周樹人), 아명은 장수(樟壽).

1885

동생 주작인(周作人) 출생.

1892

삼미서옥(三味書屋)에서 수경오(壽鏡吾) 선생 아래 공부하면서 틈만 나면 그림을 그리고 수집함.

1893

조부 주복청이 과거 시험 부정 사건과 연루되어 투옥되었으며 부친이 병환으로 쓰러짐.

1896

부친 주백의(37세) 사망으로 가세 기욺.

1898

5월, 남경(南京)의 강남수사학당(江南水師學堂) 입학.

1899

1월, 강남육사학당(江南陸師學堂) 부설 광무철로학당(鑛務鐵路學堂)으로 전학. 이 시기에 다윈의 진화론 등 새로운 학문을 소개하는 책들을 읽음.

1901

12월, 광무철로학당 졸업.

1902

국비 일본 유학생으로 선발되어 유학생 예비학교인 동경홍문학원(東京弘文學院) 속성과 입학.

1903

번안 소설 「스파르타의 혼(斯巴達之魂)」, 과학 논문 「중국지질약론(中國地質略論)」을 비롯해 쥘 베른의 과학 소설 『달나라 여행』과 『지하 여행』의 번역문 등을 허수상(許壽裳)이 창간한 유학생 잡지 「절강조(浙江潮)」에 발표.

1904

4월, 홍문학원 속성과 졸업. 조부 주복청(68세) 사망. 8월, 센다이의학전문학교(仙臺醫學專門學校) 입학.

1906

세균학 강의 때 환등기로 본 러일전쟁 뉴스에 비친 중국인들의 무기력과 무관심에 심한 절망과 분노를 느껴 3월에 센다이의학전문학교 자퇴. 이후 도쿄에서 문예 활동을 함. 6월, 일시 귀국해 주안(朱安)과 결혼하고 다시 일본으로 건너감.

1907

잡지 「신생(新生)」의 발간을 계획했으나 실패. 산문 「악마파 시의 힘(摩羅詩力說)」, 「문화편향론(文化偏重論)」 등을 써서 이듬해 초 유학생 잡지 「하남(河南)」에 발표. 이 무렵 동유럽의 문학과 슬라브계 민족의 저항시에 큰 관심을 가졌으며, 니체에 심취함.

1909

주작인과 함께 러시아 및 동유럽의 단편 소설을 번역해 『역외소설집(域外小說集)』을 출판. 처음에는 두 권이었으나 1921년 개정증보판을 내면서 한 권으로 발간.

8월, 귀국해 항주(杭州) 절강양급사범학당(浙江兩級師範學堂)에서 생리학과 화학을 가르침.

1911

10월 신해혁명으로 청나라가 멸망하고 중화민국 정부 수립됨. 산회초급사범학당(山會初級師範學堂 : 소흥초급사범학교로 바뀜) 교장으로 취임.

겨울에 단편 소설 「회구(懷舊)」를 씀(1913년 3월 「소설월보(小說月報)」에 발표).

1912

2월, 남경 정부의 교육부로 들어감. 5월, 북경으로 천도하자 북경으로 이주.

1918

5월, 단편 소설 「광인일기(狂人日記)」를 「신청년(新青年)」에 발표. 이때 노신(魯迅)이란 필명을 처음 사용함.

1919

4월, 단편 소설 「공을기(孔乙己)」, 「약(藥)」을 「신청년」에 발표.

팔도만(八道灣)에 집을 사서 이사함.

1920

단편 소설 「내일(明日)」, 「작은 사건(一件小事)」, 「머리털 이야기(頭髮的故事)」, 「풍파(風波)」 등 발표.

니체의 『차라투스트라는 이렇게 말했다』 서문을 번역해 소개함.

이 해부터 북경대학과 북경사범대학에서 중국소설사, 문학 이론 등 강의.

1921

단편 소설 「고향(故鄕)」 발표. 12월, 중편 소설 『아Q정전(阿Q正傳)』을 파인(巴人)이란 필명으로 「신보(晨報)」의 문화면에 연재를 시작해 다음 해 2월에 끝냄.

1922

5월, 러시아 작가 예로센코의 『복숭아빛 구름(桃色的雲)』을 번역해 출판.

단편 소설 「단오절(端午節)」, 「흰빛(白光)」, 「토끼와 고양이(兎和猫)」, 「오리의 희극(鴨的喜劇)」, 「마을 연극(社戲)」, 「부주산(不周山)」 등 발표.

1923

8월, 15편의 중단편을 묶은 첫 번째 소설집 『답답한 외침(吶喊)』 출판.

12월, 중국 문학 연구서 『중국소설사략(中國小說史略)』 상권 출판. 북경여자고등사범학교(북경여자사범대학으로 바뀜) 출강.

1924

6월, 『중국소설사략』 하권 출판.

단편 소설 「복을 비는 제사(祝福)」, 「술집에서(在酒樓上)」, 「행복한 가정(幸福的家庭)」, 「비누(肥皂)」 등 발표. 강소원 등과 어사사(語絲社)를 조직하고 「어사(語絲)」를 창간함.

1925

단편 소설 「장명등(長明燈)」, 「조리 돌리기(示衆)」, 「고 선생(高老夫子)」, 「형제」, 「이혼(離婚)」 등 발표.

10월, 단편 소설 「고독한 사람(孤獨者)」과 「죽음을 슬퍼함(傷逝)」 탈고. 1918~1924년에 쓴 잡문 41편이 수록된 첫 번째 잡문집 『열풍(熱風)』 출판.

북경에서 공부하던 청년들과 망원사(莽原社)를 조직해 「망원(莽原)」을 창간하는 한편 문학 창작물 및 번역 작품을 소개하는 미명사(未名社)를 조직함. 제자였던 허광평(許廣平)과 교류 시작함.

1926

6월, 1925년에 쓴 잡문 31편이 수록된 잡문집 『화개집(華蓋集)』 출판. 7월부터 제종이(齊宗頤)와 함께 『작은 요한네스(小約翰)』를 번역함. 8월, 군벌 정부의 탄압으로 북경을 떠남.

9월, 하문대학(廈門大學) 교수로 부임. 11편의 단편 소설을 묶은 두 번째 소설집 『방황(彷徨)』 출판. 단편 소설 「미간척(眉間尺)」 탈고.

12월, 단편 소설 「분월(奔月)」 탈고하고, 8월부터 편찬하기 시작한 『당송전기집(唐宋傳奇集)』 상권 출판.

1927

1월, 하문을 떠나 광주(廣州)로 가서 중산대학(中山大學) 교수로 부임. 1926~1927년에 쓴 잡문 33편을 수록한 『화개집 속편(華蓋集續篇)』 출판.

3월, 1907~1925년에 쓴 잡문을 엮은 『무덤(墳)』 출판. 1924~1926년에 쓴 산문시 23편을 수록한 산문시집 『들풀(野草)』 출판.

가을부터 상해에 정착해 허광평과 동거.

1928

정간된 「어사」를 북신서국(北新書局)이 상해에서 출판하기로 하면서 「어사」의 주필을 맡음. 창조사(創造社)와 태양사(太陽社) 작가들과 혁명 문학 논쟁을 벌임. 『작은 요한네스』와 『당송전기집』 하권 출판, 「북신월간(北新月刊)」에 『근대 미술사조론(近代美術史潮論)』을 번역해 소개함.

6월, 욱달부(郁達夫)와 함께 창작 작품과 번역 작품을 주로 싣는 「분류(奔流)」를 창간하고 『마르크스주의 문예논총』을 편역함. 9월, 1926년에 쓴 10편을 묶은 산문집 『아침 꽃 저녁에 줍다(朝花夕拾)』 출판. 10월, 1927년에 쓴 잡문 29편을 묶은 『이이집(而已集)』 출판.

1929

5월, 1924~1928년에 번역한 문예 관련 글을 모은 『벽하역총(壁下譯叢)』 출판. 6월, 루나차르스키의 『예술론』을 번역해 출판. 유석 등과 함께 서양의 진보적 문학과 예술 작품을 소개하는 조화사(朝花社)를 조직. 겨울부터 『훼멸(毁滅)』의 번역을 시작함. 9월, 아들 주해영(周海嬰)이 태어남.

1930

1월, 풍설봉(馮雪峰), 욱달부와 함께 「맹아 월간(萌芽月刊)」 창간. 중국좌익작가연맹(中國左翼作家聯盟 : 이하 좌련)의 대표로 선임됨. 플레하노프의 『예술론』(일본어 번역본)을 번역해 출판.

1931

2월, 『메페르트의 목각 「시멘트」의 그림』 출판. 3월, 좌련의 기관지 「전초(前哨)」 출판. 7월, 마쓰다 쇼(增田涉)에게 『중국소설사략』을 설명하는 것을 모두 마침. 9월, 『훼멸』 출판. 12월, 풍설봉과 편집한 「십자로(十字街頭)」 발행.

이 해부터 판화(版畫) 운동을 지도해 중국의 새로운 판화 운동의 기틀을 다짐.

1932

상해사변으로 가족과 함께 우치야마 서점(內山書店)으로 피난. 9월, 1928~1929년에 발표한 글들을 모은 『삼한집(三閑集)』 출판. 10월, 1930~1931년에 발표한 글 38편을 묶은 잡문집 『이심집(二心集)』 출판.

1933

편집하고 서문을 쓴 『한 사람의 수난(一個人的受難)』, 산문집 『위자유서(僞自由書)』, 『양지서(兩地書)』 등 출판.

1934

3월, 잡문집 『남강북조집(南腔北調集)』과 편집하고 서문을 쓴 『인옥집(引玉集)』 출판. 8월, 「역문(譯文)」 창간호 편집. 10월 『목각기정(木刻紀程)』, 12월 『준풍월담(准風月談)』 출판.

1935

1월, 판텔레예프의 동화 『손목시계(錶)』의 번역을 마침. 2월, 고골의 『죽은 혼령』을 번역하기 시작. 4월 『십죽재전보(十竹齋箋譜)』 1권, 5월 잡문집 『집외집(集外集)』, 9월 잡문집 『문외문담(門外文談)』과 고리키의 『러시아 동화』(일본어 번역본)를 번역해 출판. 12월, 구추백의 유작 『해상술림(海上述林)』 상권 편찬.

1936

1월, 단편 소설집 『고사신편(故事新編)』의 교정을 마치고 출판. 6월 1934년에 쓴 잡문 61편이 수록한 『화변 문학(花邊文學)』, 7월 『케테 콜비츠 판화 선집』, 10월 체호프의 『나쁜 아이와 별나고 기이한 소문』 번역본 등 출판. 10월 19일 폐결핵이 악화되어 56세의 나이로 사망.

이 책에 언급된 사람들

강소원(江紹原, 장사오위안 : 1898~1983) 민속학자이자 비교종교학자로 북경대학 교수로 재직했으며, 미국에서 비교종교학과 철학을 공부했다.

고장홍(高長虹, 가오창훙 : 1898~1954) 중국 현대문학사에 큰 영향을 끼친 문학 단체 광표사(狂飆社 : '5·4운동' 이후 산서성을 중심으로 활동한 문학 단체)의 주요 인물. 산서성 출신으로는 비교적 이른 시기에 노신을 알게 되었으며, 노신이 조직한 '망원사(莽原社)'의 핵심 인물로, 노신이 「망원」을 편찬하는 것을 적극적으로 도왔다.

고힐강(顧頡剛, 구제강 : 1893~1980) 고사변학파의 창시자로 역사학자이자 민속학자. 중국 근대 학술 발전에 큰 영향을 미쳤다. 호적의 국고정리운동의 영향으로 1920년대부터 중국의 역사와 고대 문헌의 연구와 진위를 판단하는 일을 했다.

구추백(瞿秋白, 취추바이 : 1899~1935) 신문학운동의 지도자, 작가, 문예이론가이며 중국 공산당 초기 지도자 중 한 사람. 1930년대 노신과 함께 좌익문학 운동을 지도하는 등 노신과 친밀한 사이이며, 『노신 잡감 선집(魯迅雜感選集)』을 편집·출판했다.

나진옥(羅振玉, 뤄전위 : 1866~1940) 금석학과 고증학의 대가로 특히 갑골 문자의 연구와 전파에 힘썼다. 갑골 문자의 해독을 시도한 저서 『은허서계전고석(殷墟書契前考釋)』으로 학계의 인정을 받았으며 돈황에서 발견된 문서 등의 연구로 돈황학의 기초를 다졌다.

나청정(羅清楨, 뤄칭전 : 1905~1942) 판화가. 신판화운동의 선구자. 상해 신화(新華)예술대학 서양화과를 졸업하고, 일본에서 공부했다. 1932년부터 독학으로 목각을 배웠으며, 노신과 친분을 가졌다. 이후 노신이 일으킨 신판화운동을 적극 도왔다.

누적이(樓適夷, 러우스이 : 1905~2001) 태양사(太陽社)에 참여했으며, 일본에서 유학했다. 1931년 귀국해 중국좌익작가연맹의 기관지인 「전초(前哨)」와 「문학도보(文學導報)」, 「문예신문(文藝新聞)」 등의 편집을 맡았다. 신화일보사 문화면 편집자, 「항전문예(抗戰文藝)」와 「문예진지(文藝陣地)」 편집자, 인민문학출판사 부사장, 「역문(譯文)」 편집위원 등을 역임했다.

대정농(臺靜農, 타이징눙 : 1903~1990) 소설가이자 서예가로 대만대학 교수를 지냈다. 일찍이 미명사(未名社)의 일원으로 노신과 교제를 했다. 금문과 각석 등에 두루 정통했으며, 특히 전각과 회화에 뛰어났다.

도원경(陶元慶, 타오위안칭 : 1893~1929) 화가. 1924년 노신을 알게된 후 『고민의 상징(苦悶的象徵)』 표지를 그렸다. 이밖에도 노신의 저술과 번역서인 『무덤(墳)』, 『방황(彷徨)』, 『아침 꽃 저녁에 줍다(朝花夕拾)』, 『당송전기집(唐宋傳奇集)』 등의 표지를 그렸다.

마쓰다 쇼(增田涉 : 1903~1977) 일본의 중국 문학 연구자이자 노신의 학생으로 『중국소설사략(中國小說史略)』을 일본어로 번역했다. 동경제국대학을 졸업하고, 아쿠타가와 류노스케와 사토 하루오의 영향으로 중국 문학에 경도되었으며, 사토 하루오와 우치야마 간조의 소개로 노신 문하에서 공부했다. 1931년 상해에서 노신에게 중국 소설사를 공부했으며, 노신의 지도와 도움으로 『중국소설사략』을 일본어로 번역했다.

성방오(成仿吾, 청팡우 : 1897~1984) 작가, 문예이론가, 교육자. 일본에서 유학했으며, 창조사(創造社) 설립자 중 한 사람. 1927년부터 중국공산당에 들어가 활동했다.

손복원(孫伏園, 쑨푸위안 : 1894~1966) 산문가로 본명은 복원(福源, 푸위안). 일찍이 산회사범학당(山會師範學堂)과 북경대학에서 공부했으며, 두 차례 노신의 학생이 되었다. 1912년 북경 「신보(晨報)」의 문화면 편집을 담당했다. 노신의 『아Q정전』이 이 신문에 처음으로 연재되었다.

손복희(孫福熙, 쑨푸시 : 1898~1962) 초등학교 교사와 북경대학 도서관 직원으로 일했으며, '5·4운동' 에 참여했다. 프랑스 국립 리앙 미술학교에서 공부한 후 서호예술학원, 절강대학, 중산대학 등에서 강의했다.

손용(孫用, 쑨융 : 1902~1983) 항주종문중학(杭州宗文中學)을 졸업하고, 우편국 관련 일을 20년 동안 했다. 영어와 에스페란토어를 독학했으며, 각국의 진보적인 문학을 번역했다. 1928년에는 노신이 만든 월간지 「분류(奔流)」에 번역문을 발표하면서 노신과 왕래를 시작했다. 1950년 상해에 있는 노신저작편간사(魯迅著作編刊社)에서 일하면서 『노신 전집』의 편집에 참여했다.

심윤묵(沈尹默, 천이무 : 1883~1971) 서예가이자 교육자. 진독수, 이대교, 노신, 호적 등과 「신청년(新青年)」을 발행했다.

양지화(楊之華, 양즈화 : 1901~1973) 혁명 운동과 여성 운동에 참여했으며, 구추백의 아내이다.

양행불(楊杏佛, 양싱푸 : 1893~1933) 경제학자, 사회 활동가. 중국 인권 운동 및 중국 관리 과학의 선구자.

여열문(黎烈文, 리례원 : 1904~1972) 신문 주간. 일본과 프랑스에서 유학하는 동안 「신보(申報)」의 필진으로 일했다. 1932년 귀국 후 「신보」 문화면 '자유담(自由談)'의 주간을 역임했다. 이 기간 그는 노신, 구추백, 진망도 등 진보적인 작가의 글을 '자유담'에 실어, 당시 가장 영향력 있는 문화면이 되었다. 1935년에는 노신, 황원 등과 역문사(譯文社)를 조직하고, 외국 문학을 번역하고 소개하는 일을 했다.

왕독청(王獨清, 왕두칭 : 1898~1940) 창조사를 발족시킨 작가로 특히 시에 뛰어났고, 표현 기법에서는 상징파의 영향을, 내용에 있어서는 낭만주의적 색채가 짙다.

욱달부(郁達夫, 위다푸 : 1896~1945) 작가로 노신과 함께 잡지 「분류(奔流)」를 펴냈으며, 창조사 조직과 중국좌익작가연맹에 참여했다. 항일전쟁 때 구국운동에 참여했으며, 중국 문학사의 주요 인물로 북경대학 등의 교수를 역임했다. 대표작으로는 단편 소설집 『침륜(沈淪)』 등이 있다.

위건공(魏建功, 웨이젠궁 : 1901~1980) 언어학자이자 교육자. 중국 현대 언어학을 개척했다. 대표작으로 음운학사를 연구한 『고음계연구(古音系研究)』 등이 있다.

위맹극(魏猛克, 웨이멍커 : 1911~1984) 중국좌익작가연맹에 참여했고, 일본에서 유학할 때 중국좌익작가연맹 동경지부 「잡문(雜文)」의 편집을 맡았다. 귀국 후에는 북평작가협회에서 활동했고 「북평신보(北平新報)」, 「문예주간(文藝周刊)」의 편집을 맡았다. 이후 중화전국문예계항적협회에 참여했고, 호남대학 중문과 교수 등을 역임했다.

위소원(韋素園, 웨이쑤위안 : 1902~1932) 미명사의 주요 인물로 문학 작품을 주로 번역하였다. 번역서로는 고골의 소설 『외투』 등이 있다.

유석(柔石, 러우스 : 1902~1931) 시인, 소설가로 본명은 조평복(趙平復, 자오핑푸). 진보적 문학 활동에 참여했고, 노신과 함께 중국자유운동대동맹, 중국좌익작가연맹을 발기했다. 국민당에 의해 살해당한 '좌련 5열사' 가운데 한 사람.

유현(劉峴, 류셴 : 1915~1990) 판화가. 북평예전(北平藝專)에서 공부했으며, 노신이 일으킨 신목각운동의 영향을 받았다. 일본 동경미술학교에서 유화를 공부한 후 항일운동에 뛰어들었다. 노신예술문학원에서 강의를 하면서 그곳 생활을 반영한 작품 활동을 했다.

이제야(李霽野, 리지예 : 1904~1997) 번역가. 노신 선생의 학생이자 전우로 러시아 문학 작품을 많이 번역했다. 특히 1924년 번역을 시작한 첫 번째 문학 작품은 러시아 작가 안드레예프의 『왕성중(往星中)』으로 노신이 세운 미명사에서 출판했다. 이때 노신을 처음 알게 되고, 미명사의 일원으로 활동했다.

임어당(林語堂, 린위탕 : 1895~1976) 작가이자 언어학자로 음운학(音韻學)을 연구하고 손복원, 주작인과 함께 주간지 「어사(語絲)」에 평론을 발표했다. 소품문지(小品文誌) 「인간세(人間世)」 등을 창간하여 소품문을 유행시켰으며, 평론집을 발표해 영국에 중국 문화를 소개하기도 했다.

장석금(蔣錫金, 장시진 : 1915~2003) 작가, 노신 연구가, 아동 문학 연구가로 동북사범대학 교수를 지냈다. 노신과 노신 작품 연구에 힘을 써서 『노신 전집』의 주석과 탈고 작업에 참여했다.

장이(張頤, 장이 : 1887~1969) 철학자로 서양 고전 철학, 특히 헤겔 철학에 정통해 중국 철학계에서 서양 고전 철학을 전문적으로 연구하는 길을 열었다.

장태염(章太炎, 장타이옌 : 1869~1936) 청나라 말 민주혁명가, 사상가, 중국 근대고증학의 대가로 이름은 병린(炳麟, 빙린). 서구의 자산 계급 유심주의에 영향을 받았고, 문화예술 방면에도 공헌한 바가 크다.

전군도(錢君匋, 첸쥔 : 1906~1998) 본명은 전금당(錢錦堂, 첸진탕)이며, 책 장정과 중국화에 뛰어났다. 상해예술사범학교를 졸업하고, 풍자개(豊子愷)에게 서양화를 배웠다. 「죽은 혼령 백도」, 모순의 『식(蝕)』, 파금의 『가(家)』, 『봄(春)』, 「소설월보(小說月報)」 등의 표지 디자인을 맡았다.

전도손(錢稻孫, 첸타오쑨 : 1887~1966) 번역가, 작가, 교육공무원. 외교관으로 일하는 부친을 따라 일본, 벨기에, 이탈리아 등지에서 공부했고, 1912년 중화민국 수립 이후 교육부에서 일했다. 이 당시 교육부에서 같이 일했던 노신, 허수상과 친하게 지냈다.

전행촌(錢杏邨, 첸싱춘 : 1901~1977) 작가이자 학자. 중국 공산당에 가입한 후 장광자(蔣光慈, 장광츠)와 태양사(太陽社)를 조직했으며, 「태양월간(太陽月刊)」, 「해풍주보(海風週報)」 등을 편집해 혁명 문학을 선전했다. 1930년에는 중국좌익작가연맹과 중국좌익문화동맹의 상임위원을 역임했다.

정진탁(鄭振鐸, 정전둬 : 1898~1958) '5·4운동' 시기, 구추백과 함께 신사회(新社會)를 만들어, 신문화운동을 일으켰다. 심안빙(沈雁冰, 천옌빙), 엽소균(葉紹鈞, 예사오쥔) 등과 함께 문학연구회를 만들었고, 「문학주간(文學週刊)」과 「소설월보」를 펴냈다. 청화대학을 비롯한 여러 대학에 재직했다.

제수산(齊壽山, 치서우산 : 1881~1965) 번역가, 작가. 채원배와 함께 독일에서 유학했다. 채원배가 초대 교육총장을 지낼 때 그를 도와 교육부에서 일했다. 노신, 허수상과 친했고 『노신 일기』에 자주 언급된다. 노신과 함께 독일어판 『리틀 존』을 번역했다.

조가벽(趙家璧, 자오자비 : 1908~?) 양우도서공사(良友圖書公司)에서 일하면서 『양우문학총서』 40종, 『중국신문학대계(中國新文學大系)』 10권 등을 편집했다. 이밖에도 문집과 화집을 편집했는데, 이들은 모두 편집이 뛰어나고 인쇄 상태도 좋아서 당시 출판계에서 높이 평가했다. 노신은 이것을 '양우식(良友式)'이라고 불렀다.

조정화(曹靖華, 차오징화 : 1897~1987) 번역가, 산문가, 교수. 1920년대 초 소련에서 유학 후 소련의 진보적인 작품을 번역했다. 노신과 편지를 주고받으며 우의를 다졌다. 노신과 교류하는 가운데 외국의 혁명 문학을 소개했고, 우수한 판화와 간행물을 수집해 노신에게 보내주었다.

주건인(周建人, 저우젠런 : 1888~1984) 노신의 셋째 동생이며 노신의 영향으로 생물학을 가르쳤다. 고등교육부 등에 근무했으며, 과학에 대한 글을 많이 남겼다.

주작인(周作人, 저우줘런 : 1885~1967) 노신의 둘째 동생으로 본명은 괴수(櫆壽). 산문가, 시인, 번역가로 중국 신문화운동의 대표적인 인물 가운데 한 사람.

진망도(陳望道, 천왕다오 : 1891~1971) 교육자, 수사학자, 언어학자. 일본에서 유학할 때 마르크스주의 책을 접했으며, 귀국 후에는 「신청년(新青年)」의 편집을 맡았다. 1920년 진독수 등과 함께 상해에서 마르크스주의연구회를 조직했고, 사회주의청년단 설립에 참여했다. 같은 해 『공산당선언』의 중국어 완역본을 처음으로 출판했다.

진사증(陳師曾, 천스쩡 : 1876~1923) 시인 진삼립(陳三立, 천싼리)의 장자이고, 역사학자 진인각(陳寅恪, 천인커)의 형. 일본에서 박물학을 공부했다. 귀국 후 미술 교육 관련 일을 했으며 시문, 서예, 회화, 전각에 뛰어났다.

진삼립(陳三立, 천싼리 : 1859~1937) 중국 구문학을 대표하는 만청민초 시절의 시인. 동광체(同光體) 시파의 대표 인물이다.

진연교(陳煙橋, 천옌차오 : 1911~1970) 판화가. 중국좌익미술가연맹에 참여했으며 진철경, 하백도 등과 야수사(野穗社)를 조직했다. 1933년 노신과 서신 왕래를 시작한 후 그의 격려로 판화 창작을 했다. 목각 작품 「랍(拉)」, 「창(窓)」, 「풍경(風景)」은 노신이 엮은 『목각기정(木刻紀程)』에 수록되었다.

진철경(陳鐵耕, 천톄겅 : 1908~1969) 판화가. 중국좌익미술가연맹에서 활동했으며, 노신이 주최하는 목각 강습회에도 참여했다. 당시 상해에서 일기 시작한 신판화운동의 주요 구성원. 1938년 노신예술문학원 미술과에서 강의했으며 1940년 태행산 항일 근거지에 '노예(魯

藝)' 분교를 세우고 교장을 맡았다. 심양 노신미술학원, 광주미술학원 등에서 강의했다.

채원배(蔡元培, 차이위안페이 : 1868~1940) 사상가이자 교육자로 중국교육회와 급직적인 혁명열사 단체 '광복회'를 조직했고 중화민국 초대 교육부 총장을 지냈다. 1916~1927년까지 북경대학 총장을 지냈으며, 서양 근대 미학 사상을 중국에 소개했다.

최진오(崔眞吾, 추이전우 : 1902~1937) 노신이 하문대학에 재직할 때 하문대학의 학생으로 앙앙사(泱泱社)를 만들고, 문학 잡지 「파정(波艇)」을 책임 편집하여 노신의 지지를 얻었다. 1928년 노신, 유석, 왕방인(王方仁)과 공동으로 조화사(朝花社)를 만들어 유럽의 문학 작품과 판화 작품을 소개했다.

풍설봉(馮雪峰, 펑쉐펑 : 1902~1967) 문예이론가, 작가, 번역가. 마르크스주의 문예이론을 소개했으며, 1930년 노신, 유석 등과 함께 중국자유운동대동맹을 설립했다.

하백도(何白濤, 허바이타오 : 1913~1939) 판화가. 광주미술학원 서양화과에서 공부한 후 상해신예전(上海新藝專)에 들어갔다. 일찍이 진연교 등과 야수사(野穗社)를 조직하고, 이후에는 목각연구회에 가입했다.

허광평(許廣平, 쉬광핑 : 1898~1968) 노신의 아내로, 북경여자사범대학에 재학 중 당시 강사로 있던 노신과 알게 되었다. 1926년 광주(廣州)에서 교편을 잡다가 이듬해 상해로 옮겨 노신과 결혼했다. 항일문예공작에 종사하며 노신을 돕고 혁명 운동을 지원하였다.

허수상(許壽裳, 쉬서우탕 : 1883~1948) 교육자이자 전기 문학 작가로, 자는 계불(季茀). 일본의 동경홍문학원에서 공부할 때 노신을 처음 알게 되어 평생의 지기가 되었다. 북경대학, 대만대학 교수 등을 역임했으며, 「절강조(浙江潮)」를 편집했다.

호적(胡適, 후스 : 1891~1962) 학자, 시인으로 중국 근대 문학 초창기의 기수이며 백화문학의 제창자. 항일전쟁 시기 장개석 정부에서 미국 대사를 지냈으며, 북경대학 총장을 역임했다.

호정언(胡正言, 후정옌 : 1580~1671) 명나라 말기의 서화가이자 출판인. 명나라 말 혁신적인 예술가라고 할 수 있으며, 특히 전각, 회화, 제묵(制墨)에 뛰어났다. 그가 조판 인쇄한 『십죽재서화보(十竹齋書畫譜)』와 『십죽재전보(十竹齋箋譜)』는 인쇄사상 획기적인 작품이다. 특히 『십죽재전보』를 인쇄할 때는 그가 처음으로 만든 '공화(拱花)' 인쇄 기술을 사용했다.

황신파(黃新波, 황신보) 판화가. 중국좌익작가연맹, 중국좌익미술가연맹에 참여했으며, 노신의 지도하에 신목각운동을 했다.

황원(黃源, 황위안 : 1905~2003) 1934년 잡지 「역문(譯文)」과 『역문총서(譯文叢書)』를 편집했다. 항일운동을 했으며, 중국공산당에 가입했다. 1941년 노신예술학원 화중분원(華中分院)의 지도 주임, 1943년 노신학원 원장을 역임했다.

자르는 선

우 편 엽 서

우편요금
수취인 후납

발송유효기간
2009.6.30~2011.6.30

마포우체국 승인
제 40556호

보내는 사람

□□□ - □□□

도서출판 일빛

서울시 마포구 서교동 339 - 4(2층)

ilbit@naver.com

1 2 1 - 8 3 7

좋은 책은 독자와 함께 만듭니다. 엽서를 보내주시면 일빛의 독자회원으로 모시겠습니다.
회원님들께는 일빛의 신간보도자료를 우선적으로 발송해드리며
일빛 블로그(http://blog.naver.com/ilbit)에 서평을 올려주신 분 중 선정을 통해
일빛의 신간 1부를 증정해드립니다.

■ 구입한 책 제목

■ 구입한 서점

□ 온라인 서점 ( ) □ 오프라인 서점 ( )

■ 구입한 날짜 년 월 일

■ 구입한 동기 (해당 란에 ∨표시)

□ 신간안내나 서평을 보고 [에 실린글]
□ 서점에서 우연히 눈에 띄어서
□ 주위의 권유 [로부터]
□ 선물로 받음 [에게서]

■ 구입하신 책에 대한 소감이나 도서출판 일빛에 하고 싶은 말씀을 적어주세요.

(내용 · 제목 · 표지 · 책값 등)

■ 독자님께서 관심 있는 책의 분야는 무엇입니까? (해당란에 ∨표시, 복수응답 가능)

□ 역사 □ 문학 □ 문화예술 □ 사회과학 □ 자연과학
□ 외국어 □ 실용 □ 아동 · 청소년 □ 경제경영 □ 자기계발

■ 독자 회원란

이름 | 성별 | 나이 |

1. 생년월일 |
2. 직업 |
3. 연락처 | E-mail |
4. 요즘 읽은 책 중 다른 사람에게 권하고 싶은 책 |
5. 구독하고 있는 신문 · 잡지 |

* 독자님의 소중한 개인정보는 외부로 유출되지 않도록 철저히 관리하겠습니다.

자르는 선